DIE 4 VOM SEE

BAND 3

ALEXANDER LOMBARDI · SANDRA BINDER
DIE 4 VOM SEE
Der silberne Schlüssel
und das Geheimnis der Wahrheit
WDL
WORT DES LEBENS
SCM

SCM

Stiftung Christliche Medien

SCM ist ein Imprint der SCM Verlagsgruppe, die zur Stiftung Christliche Medien gehört, einer gemeinnützigen Stiftung, die sich für die Förderung und Verbreitung christlicher Bücher, Zeitschriften, Filme und Musik einsetzt.

MIX
Papier | Fördert gute Waldnutzung
FSC® C014496
www.fsc.org

3. Auflage 2023

Max-Eyth-Straße 41 · 71088 Holzgerlingen
Internet: www.scm-verlag.de; E-Mail: info@scm-verlag.de

Umschlaggestaltung: Patrick Horlacher, Stuttgart
Titelbild und Illustrationen: Clara Vath, vath-art.de
Satz: Christoph Möller, Hattingen
Druck und Verarbeitung: GGP Media GmbH, Pößneck
Gedruckt in Deutschland

ISBN 978-3-417-28873-5
Bestell-Nr. 228.873

Inhalt

Die 4 vom See – das sind …

Antonia Reihmann

Alter: 12
Hobbys: Klettern, Archäologie
Beste Freundin: Emma
Lieblingsort: Antonia hängt am liebsten im »alten Heinrich« ab oder sitzt auf dem Burgturm und guckt auf den Starnberger See. Außerdem klettert sie auf jeden Berg, der ihr in die Quere kommt.
Lieblingsessen: Wiener Schnitzel mit Pommes
Besondere Kennzeichen: trägt immer Jeans und Sneaker. Hat Diabetes.

Emma Weiß

Alter: 12
Hobbys: Reiten, Biologie
Beste Freundin: Antonia
Lieblingsbeschäftigung: auf ihrem Pferd »Firestorm« reiten, mit ihren Freunden abhängen, Lesen, Träumen und in ihrem Labor forschen
Besondere Kennzeichen: Emma ist Vegetarierin. Sie trägt eine Brille und geht ohne Pferdeschwanz nicht aus dem Haus.

Franky Giuliani
Alter: 12
Hobbys: Computer, Zocken, Kochen
Bester Freund: Jaron
Lieblingsessen: Pizza und Döner
Besondere Kennzeichen: Franky trägt am liebsten Jogginghosen. Auf seine Baseballkappe würde er niemals verzichten. Außerdem hat er immer das neueste Smartphone.

Jaron Rahn
Alter: 12
Hobbys: Kung-Fu
Bester Freund: Franky
Lieblingsbeschäftigung: mit seinen Freunden zusammen sein, in Flugzeugbüchern stöbern, Flugzeugmodelle bauen
Lieblingsessen: Currywurst mit Pommes
Besondere Kennzeichen: hat immer perfekt gestylte Haare.

Special Feature:

Was bisher geschah

Für alle, die es interessiert, fassen wir hier zusammen, was bei den ersten zwei Abenteuern der »4 vom See« passiert ist. Allerdings muss man das alles nicht vorher wissen, sondern kann auch direkt auf Seite 13 in den dritten Band einsteigen!

Jerusalem, 135 nach Christus

Der Priestersohn Benjamin flieht vor den römischen Soldaten, die die Stadt erobern. Sein Vater gibt ihm einen Schatz mit: eine goldene Schale aus dem Tempel. Benjamin kommt mit einer römischen Familie in die Gegend am Starnberger See. Jahre später versteckt sein Sohn die wertvolle Schale in einer Höhle. Rätselhafte Hinweise auf das Versteck bringt er in einer Brosche an.

Die Seeburg, Starnberger See, heute

Antonia, Franky, Jaron und Emma sind beste Freunde. Sie treffen sich regelmäßig im *alten Heinrich*, einem ausgedienten Zirkuswagen, den Antonias Vater für sie eingerichtet hat. Die vier vom See, wie sie sich nennen, beschäftigen sich gern mit ungelösten Rätseln. Sie klären Diebstähle auf und werden hellhörig, als sich im Vorfeld eines Reitturniers merkwürdige Vorkommnisse häufen. Auch hier gelingt es den Freunden, Licht ins Dunkel zu bringen!

Als die vier in einer geheimen Gruft zwei Skelette finden, die eine alte Broschenfassung und einen auffälligen Schlüssel bei sich haben, ist ihre Neugierde geweckt. Bei ihrer Recherche stoßen sie auf eine alte Sage: Irgendwo am Ufer des Starnberger Sees soll eine goldene Schale versteckt sein. Dieser wird nachgesagt, dass sie heilende Kräfte habe. Auf der Suche nach diesem Schatz können die Freunde zwei der Steine aufspüren, die einst von der Brosche gehalten wurden. Um den Hinweis, den die Brosche verbirgt, enträtseln zu können, müssen sie den dritten Schmuckstein finden.

Zum Ersten:

Das Ende einer Jagd

Würmsee[1], im Forst von Schloss Unterallmannshausen, 1571 (vor 448 Jahren)

Ferdinand hasste die Kälte und den Dreck. Fröstelnd zog er die Schultern hoch und umklammerte die Zügel seines Pferdes noch fester.

Sein Bruder Gustav, der neben ihm ritt, warf ihm einen verächtlichen Blick zu. Doch das war nichts Neues. Ferdinand wusste, dass der Ältere ihn für ein Weichei hielt.

»Na, hast du Spaß?«, höhnte Gustav. »Schön, so an der frischen Luft, meinst du nicht auch? Mal was anderes als der Staub, den du in der Bibliothek immer einatmest. Mutter hatte schon recht, als sie darauf bestand, dass du diesmal mitkommst.«

Ferdinand antwortete nicht, sondern seufzte nur innerlich. Er wusste aus Erfahrung, dass es wenig Sinn hatte, seinem zwei Jahre älteren Bruder zu widersprechen. Auch eine geistreiche Bemerkung konnte er sich sparen. Entweder würde der Sechzehnjährige

1 So hieß der Starnberger See bis 1962.

nicht verstehen, was er meinte, und sich dann über sich selbst ärgern. Oder er würde die Ironie begreifen und auf Ferdinand wütend werden. In beiden Fällen würde er den Jüngeren seinen Zorn spüren lassen.

Daher ließ Ferdinand sein Pferd etwas zurückfallen, während Gustav mit einem letzten Grinsen zu seinen Freunden aufschloss, die vor ihnen ritten. Umringt von der Meute der Jagdhunde lachten sie gerade schallend über irgendetwas.

Gustav sagte etwas in die Runde, worauf sich alle zu Ferdinand umdrehten und erneut in Gelächter ausbrachen.

Der Vierzehnjährige tat so, als würde er es gar nicht bemerken. Jetzt konnte er zum Glück wieder ungestört seinen Gedanken nachhängen. Jedenfalls so lange, bis irgendein bedauernswertes Tier in Sicht kam, das sich als Beute eignete.

Die Jagdgesellschaft war ein kleines Stückchen weiter gekommen, als einer der Hunde, der den Pferden vorauslief, anschlug. Augenblicklich änderte sich die Stimmung in der Gruppe. Die Jäger griffen hinter sich, zogen ihre Waffen aus den Satteltaschen und packten die Zügel noch fester.

Blitzschnell nahm die Hundemeute die Fährte auf und stürmte bellend los, die Reiter folgten im Galopp. Ferdinand überlegte einen Moment, sich seitlich in die Büsche zu schlagen, um dem, was nun folgen würde, einfach auszuweichen.

Aber der Waffenmeister der Grafenfamilie, der links hinter ihm ritt, hatte sein Zögern bemerkt und warf ihm einen strengen Blick zu. Ferdinand hatte keine Chance zu entwischen. Also schnalzte er leise mit der Zunge und trieb seine Stute ebenfalls zu einem Galopp an.

Das Pferd schnaubte. Ganz wie ihr Herr liebte die Stute die Ruhe, einsame Ausritte und sonnige Tage auf der Weide. Nicht das Gedränge, den Lärm und die Anstrengung einer Jagd. Trotzdem beschleunigte das Tier gehorsam und setzte leichtfüßig über einen liegenden Baumstamm hinweg.

Der Ritt ging durch Gebüsch, an alten Bäumen vorbei und über zahlreiche Felsbrocken, die im Wald der Familie von Beilstein verteilt lagen. Zweige peitschten Ferdinand ins Gesicht, regenfeuchte Blätter durchnässten seinen Umhang. Die Kälte kroch ihm den Rücken hinauf und er beugte sich noch tiefer über den Hals des Pferdes.

Er hielt sich absichtlich im hinteren Teil der Gruppe. Seine Armbrust hatte er nicht einmal aus der Satteltasche geholt. Er hatte kein Interesse daran, das Wild zu stellen und den ersten Schuss zu setzen. Wenn es nach ihm ging, würde er heute überhaupt nicht schießen. Und so war er einer der Letzten, die einen steilen Abhang hinabritten, an dessen Fuß sich die Jagdgesellschaft versammelt hatte.

Die meisten Reiter waren schon abgestiegen und standen um einen prächtigen Hirsch herum, der auf dem Boden lag. Als Ferdinand näher kam, konnte er zwischen den Männern hindurch sehen, dass das Tier noch lebte. Die Hunde waren kaum zu bändigen, sie jaulten und bellten, während die Jagdhelfer sie an den Halsbändern zurückhielten.

Ferdinand zügelte seine Stute und stieg ab. Er ging zu den Männern, blieb aber im Hintergrund.

Da rief ihn sein Bruder von vorne. »Ferdinand!«

Sofort drehten sich alle zu ihm um und machten ihm Platz.

Zögernd folgte der Vierzehnjährige der Aufforderung und ging nach vorne. Gustav und seine Freunde sahen ihm entgegen, als planten sie etwas.

»Heute soll die Ehre dir gehören«, erklärte Gustav, während er seinem Bruder mit einem breiten Grinsen seine Armbrust hinstreckte.

»Wie meinst du das?«, fragte Ferdinand unsicher.

»Na, gib ihm den Rest! Du siehst doch, dass er leidet. Erlös ihn von seinen Qualen, das machen ehrbare Jäger so.«

Ferdinand rutschte das Herz in die Hose. »Ich? Aber ich will nicht …«

»Na, komm schon«, höhnte sein Bruder. »Tu's einfach. Es wird dich etwas Härte lehren, deshalb hat Mutter doch darauf bestanden, dass du mitkommst.« Er trat auf Ferdinand zu und drückte ihm die Waffe an die Brust. »Vorsicht!«, grinste er. »Ist schon gespannt.«

Ferdinand blieb nichts anderes übrig, als die Armbrust zu nehmen. Er sah den Hirsch an.

Der lag auf der Seite, die Beine von sich gestreckt. Sein Brustkorb hob und senkte sich hastig. Die Augen waren weit aufgerissen. Ein erster Schuss hatte ihn im Hals getroffen. Ferdinand erkannte den Bolzen, er stammte von der Armbrust seines Bruders. Offenbar hatte der Schuss das Tier zu Boden gerissen, aber nicht tödlich verwundet.

Gustav beugte sich vor und packte den Jüngeren am Ellbogen. »Los jetzt!«, zischte er. »Oder ich erzähle Mutter von deinem Versagen. Du weißt, was das bedeutet.«

Ferdinand schluckte. Zu seiner Mutter hatte er keine besonders enge Beziehung. Sie gab ihm immer wieder zu verstehen, dass sie wenig mit ihm anfangen konnte, weil er so zurückhaltend war. Bestimmt würde ein negativer Bericht seines Bruders ihr Verhältnis nicht gerade verbessern.

Er trat noch näher an das Tier heran. Dann legte er die Armbrust an und löste die Sicherung. Sein Atem ging stoßweise, sein Finger am Abzug zitterte. Schließlich kniff er ein Auge zu, zielte zwischen die Augen des Hirschs und krümmte den Finger.

In diesem Moment brüllte einer von Gustavs Freunden: »Der schießt doch nie, lasst mich das machen!«

Ferdinand zuckte zusammen, der Abzug löste aus und das Geschoss schwirrte davon. Der Bolzen flog nur wenige Zentimeter am Kopf des Tieres vorbei, zwischen zwei Männern hindurch und bohrte sich dann in die Rinde eines dahinterstehenden Baumes.

Ein Aufschrei ging durch die Gruppe. Die beiden Männer, die ganz dicht an der Schusslinie gestanden hatten, brüllten vor Empörung und wollten sich auf Ferdinand stürzen. Andere hielten sie johlend davon ab.

Gustav riss seinem Bruder die Armbrust aus der Hand. Sein Kopf war hochrot angelaufen, er schnaubte vor Wut. »Unfähig bist du! Blind, wie Vater! Gib schon her, alles muss man selber machen.«

Mit einer raschen Bewegung positionierte er einen neuen Bolzen auf der Waffe, legte an und tötete den Hirsch mit einem zielgenauen Schuss.

Der Mann, der Ferdinand gerade so erschreckt hatte, rief provozierend: »War doch klar, dass er das nicht hinkriegt. Ein Feigling ist er, wie sein Vater. Diese Lutheraner sind doch alles Weicheier! Keine echten Männer, null Mumm in den Knochen!«

Beifällige Kommentare wurden laut.

Gustav ließ die Waffe sinken und starrte seinen Bruder an, zitternd vor Zorn.

Währenddessen stand Ferdinand nur da. Er hatte den Kopf gesenkt und hoffte, dass diese Szene bald vorbei sein würde.

»Ich kann nicht begreifen, wie so etwas Unfähiges mein Bruder sein kann!«, brüllte Gustav.

Dass seine Freunde laut auflachten, schien ihn nur noch wütender zu machen.

»Hol wenigstens den Bolzen, den du verschossen hast!« Er gab dem Jüngeren einen Stoß.

Ferdinand blinzelte in die Richtung, in die der Schuss gegangen war. Aus dieser Entfernung konnte er den Bolzen nicht genau erkennen, aber er setzte sich gehorsam in Bewegung und stolperte auf den Baum zu. Dort angekommen, begann er, den Bolzen aus der Rinde zu pulen. Das Geschoss hatte etwa in Kopfhöhe eingeschlagen und saß ziemlich fest.

In diesem Moment hörte er, wie hinter ihm wieder eine Armbrust gespannt wurde. Gleich darauf ertönte das Klicken der Sicherung. Erstaunt drehte er sich um. Hatten die Jäger noch ein weiteres Tier entdeckt?

Doch als er zu der Gruppe hinschaute, sah er, dass alle Gesichter ihm zugewandt waren. Dann schnarrte eine Sehne. Und im selben Augenblick schoss ein glühend heißer Schmerz durch seine rechte Hand.

Kapitel 1:

Franky

Am Starnberger See

Als er aufwacht, tasten seine Hände über Ziegelsteine. Die weiche Decke seines Krankenhausbettes ist verschwunden. Es riecht irgendwie modrig. Nach uraltem Stein und Erde.

Und wo ist das Fenster? Das hier ist definitiv nicht das Krankenhaus.

Es gelingt ihm irgendwie, sein Handy aus der Hosentasche zu ziehen und die Taschenlampenfunktion einzuschalten. Dann kneift er die Augen zusammen und versucht, sich zu konzentrieren. Aber er kann kaum etwas erkennen; es fühlt sich so an, als sei sein Kopf voller Watte.

Anscheinend liegt er auf dem Steinboden eines Kellerraums. Da vorne ist eine Tür.

Er nimmt alle Kraft zusammen und robbt darauf zu. Kiesel bohren sich in seine Handflächen, sein Arm tut weh, als er ihn zur Klinke hochstrecken will. Er versucht, sich auf den Ellenbogen aufzustützen, um sich aufzurichten, aber die Schmerzen sind zu schlimm.

Erschöpft schließt er die Augen wieder und lässt sich fallen. Dabei landet seine Hand auf etwas Weichem. Als er es zu sich zieht, entfaltet sich eine Decke, die nach Schimmel riecht und offenbar ganz steif ist vor lauter Schmutz.

Aber das ist ihm in diesem Moment völlig gleichgültig.

Franky zieht die Decke über sich und rollt sich zusammen. In seinem Kopf wird es dunkel.

⁂

Drei Tage vorher

»Du wirst es nicht glauben, Franco *mio*!«

Stirnrunzelnd blickte Franky von seinem Tablet auf und sah seinen Vater im Türrahmen stehen. Germano Giuliani wedelte mit seinem Handy und strahlte übers ganze Gesicht.

»Mann, Papa, klopf doch an! Ich marschier doch auch nicht einfach in dein Zimmer rein!«, murrte der Zwölfjährige.

Aber sein Vater ließ sich nicht beirren, sondern redete einfach weiter. »Michele Pfeiffer kommte zum Training heute!«, rief er, während er ihm das Handy unter die Nase hielt.

Franky warf irritiert einen Blick darauf und sah dann wieder seinen Vater an. »Ja, und, wer soll das sein?«, fragte er.

»Verstehst du nicht? Du kennste ihn doch«

»Nein.«

»Er iste Scout beim FC Bayern! Er wohnt hier am See und liebt Pizza. Iste schon oft Gast in unsere Restaurant gewesen, und da habe ich ihn gefragt, ob er nicht mal kommen will zu eine Spiel. Habe ihm erzählt, wie gut du biste.«

»Ja, und?«

»Oh, *figlio mio*, das iste deine Chance!«

»Ach, Papa ...« Franky schaute wieder auf sein Tablet. Wenn sein Vater ihn nur in Ruhe lassen würde!

»Du weißte, was das heißte!« Germano positionierte sich direkt vor Franky, der auf dem Bett saß, und stemmte die Arme in die Seiten.

Franky sah seufzend auf. Sein Vater würde ja doch nicht aufgeben. »Nein, das weiß ich nicht«, murmelte er, obwohl er es schon ahnte.

»Franco! Das kann endlich sein deine Durchbruch! Du haste das Talente. Ich sehe das. Du haste das Zeug zu werden Profi! Du weißte, dass ich kann das beurteilen. Damals, ich habe gespielt beim FC Parma und wir ...«

»... sind 1986 in die zweite Liga aufgestiegen«, vollendete Franky den Satz, den er schon so oft gehört hatte.

Frankys Eltern Germano und Elvira waren als junge Erwachsene von Italien nach Deutschland gekommen. Heute trainierte Germano die Jugend des TV Allmannshausen, also auch die Mannschaft, in der sein Sohn Franky spielte.

»*Sì*, genau!«, bestätigte Germano. »Du haste Fantasie beim Spiel, du haste Geschick mit dem Ball, du biste beste Spielführer, den ich gesehen habe je.«

»Ja, kann schon sein.«

»Nein, nix ›kann sein‹ – du haste das Talente. Glaub mir!«

Statt einer Antwort zuckte Franky nur mit den Achseln

»Du musse nur ein paar Kilo abnehmen!«

»Mann, Papa!« Franky hasste es, wenn sein Vater ihn so bedrängte und dann auch noch auf sein Gewicht anspielte. *Warum meint er nur, dass ich unbedingt Fußballprofi werden muss? Fußball ist ja okay, aber nicht die ganze Zeit*, dachte Franky. Er war lieber mit seinen Freunden Jaron, Antonia und Emma unterwegs, um sich mit ungelösten Rätseln rund um den Starnberger See zu beschäftigen.

Oder er setzte sich eine Weile an den Computer und verfeinerte seine Hackerkünste.

Warum sah sein Vater nicht, dass auch noch andere Dinge wichtig waren? Warum bestand er darauf, dass Franky Fußball als Leistungssport betrieb?

Vielleicht liegt es daran, dass er selbst nicht die Möglichkeit hatte, in die erste Liga aufzusteigen, nachdem er sich das Sprunggelenk verletzt hatte, überlegte der Zwölfjährige.

Franky hatte keine Lust auf das Spiel heute, wollte aber seinen Vater, der ihn immer noch begeistert ansah, auch nicht enttäuschen. Nur weil Germano den Fußballscout ans Spielfeld gelotst hatte, meinte er offenbar, dieser Tag würde Frankys Leben verändern.

»Ich werde mein Bestes geben«, seufzte der Junge deshalb.

»*Va bene!* Also mach dich jetzt fertig. Das Spiel gehte bald los! *Andiamo.*«

»Jaja, ich komm ja schon«, antwortete Franky und stand widerwillig auf.

* *

Die Kabine füllte sich mit Spielern. Sie würden heute gegen den MTV Berg spielen, und zwar in einem Match, das den weiteren Verlauf der Saison bestimmen konnte.

Es war einer dieser Tage, an denen es Franky definitiv nicht auf den Platz zog. Denn das Wetter war typisch für Mitte Januar: kalt, ein wenig regnerisch. Bald durften sie die Halle benutzen, aber aus Platzgründen fand dieses Spiel noch auf dem winterlich braunen Rasen statt.

Franky zog sich um und ging nach draußen, um sich aufzuwärmen. Da bemerkte er, dass seine besten Freunde Jaron, Antonia und Emma am Spielfeldrand standen und ihm zuwinkten.

»Hey, Franky«, rief Jaron und lachte. Seine sportliche, durch Kung-Fu trainierte Gestalt überragte die beiden Mädchen um ein paar Zentimeter. Seine Jacke stand wie immer offen und die langen Haare fielen ihm gut gestylt ins Gesicht.

»Cool, dass ihr da seid!« Franky rannte zu den dreien hinüber und klatschte sie ab.

»Ist doch klar! Wir wollen doch dabei sein, wenn ihr heute das Spiel gewinnt«, erwiderte Jaron und klopfte seinem Kumpel auf die Schulter. »Du hast uns so viel vorgejammert, da haben wir gedacht, du kannst jede Unterstützung gebrauchen.«

»Ja, vielleicht.« Franky zuckte mit den Schultern.

»Oh, oh, ich sehe da große Begeisterung«, frotzelte Antonia und grinste ihn an. Sie war, wie Jaron, eine begeisterte Sportlerin, wenn es sie auch eher in die Kletterhalle oder an hohe Felsen in der freien Natur zog. Wie fast immer trug sie ein Sweatshirt und hatte ihre langen blonden Haare zu einem Pferdeschwanz zusammengebunden.

»Ach, ich bin froh, wenn das Spiel heute vorbei ist«, meinte Franky. »Mein Vater macht mal wieder Druck!«

»Warum gerade heute?« Emma – die Dritte im Bunde – sah ihn fragend an.

»Na, heute kommt irgend so ein Typ vom FC Bayern, der uns beim Spielen zuschauen will. Papa meint, dass ich mich unbedingt anstrengen soll«, erklärte Franky, während er auf der Stelle dribbelte, um sich aufzuwärmen.

»Ist doch nicht schlecht, ist voll die Chance«, sagte Antonia aufmunternd.

»Chance? Für was denn?«, maulte Franky.

Antonia kniff die Augen zusammen und musterte ihn. Sie schien zu merken, dass er nicht gut drauf war. Und ihr eindringlicher Blick war wirkungsvoller als jedes ausführliche Verhör.

Franky hörte auf zu dribbeln und seufzte. »Ich hab halt keine Lust heute. Fußball ist ja okay, ich spiel auch echt gerne. Aber auf den Stress mit den Turnieren und dreimal die Woche Training hab ich einfach keinen Bock. Das will nur mein Vater so.«

»Und warum sagst du ihm nicht, dass es dir zu viel wird?«, fragte Emma und rückte ihre Brille zurecht. Sie war die Jüngste der vier Freunde, hatte aber oft die besten Ideen. Ihr brauner Pferdeschwanz wippte, als sie jetzt von einem Fuß auf den anderen trat. Für sie schien Frankys Problem ganz einfach zu lösen zu sein.

»Ach, weil …« Franky wusste nicht, was er sagen sollte.

»Na, Franky – bereit, heute den Ball zu treffen?«, ertönte es hinter ihm. Leo von Beilstein, der größte Angeber der Mannschaft, grinste ihn an. »Oder stolperst du mal wieder durchs Spiel, so wie immer?«

Sein Kumpel Luggi Huber, der meistens zwei Schritte hinter ihm lief, lachte laut. Er war allerdings der Einzige.

Franky verdrehte die Augen, schüttelte den Kopf und beachtete die beiden nicht weiter. Doch sie machten sich ohnehin schon wieder aus dem Staub.

»Warum sollte er das tun? Er will euch beide ja nicht kopieren«, rief Antonia ihnen hinterher.

Luggi und Leo lachten nur höhnisch und rannten davon.

»Sind die immer so drauf, selbst im Spiel?«, wollte Emma wissen. Sie kannte Leo und Luggi nur aus der Schule.

»Allerdings«, antwortete Franky und dribbelte weiter. »Aber sie sind schon echt gute Spieler.«

»Ah, da biste du ja, ich habe dich schon die ganze Zeit gesucht!« Germano Giuliani lief auf seinen Sohn zu. Ein Mann, den Franky nicht kannte, folgte ihm.

»Und deine Freunde sinde auch schon da!« Als Germano die kleine Gruppe erreicht hatte, lächelte er die vier gut gelaunt an.

Jaron, Antonia und Emma grüßten ihn höflich.

Franky wusste, dass sie seinen Vater für einen netten Mann hielten, der zwar leicht aufbrauste, sich aber schnell wieder beruhigte. Außerdem war er ein toller Gastgeber und immer für einen Scherz zu haben.

»Ich spüre, dass heute iste ein guter Tag!«, rief Germano überschwänglich. Dann wandte er sich an seinen Begleiter und legte eine Hand auf dessen Schulter. »Wenn ich euch vorstellen darf: Das hier iste Michele Pfeiffer. Er iste Scout vom FC Bayern! Und dasse«, er legte die andere Hand auf Frankys Kopf, »iste mein *figlio*, äh, Sohn Franco und seine Freunde!«

Während er sprach, schien er vor Freude fast überzusprudeln, er grinste übers ganze Gesicht.

Franky war die Situation äußerst peinlich.

»Hab gehört, dass du großes Talent hast«, sagte der Scout freundlich zu ihm.

Franky zuckte mit den Achseln und antwortete verlegen: »Vielleicht.« Er wäre am liebsten im Boden versunken, so unwohl fühlte er sich.

»Na, dann wünsche ich dir heute ein gutes Spiel!«

»Danke.«

Zu Frankys großer Erleichterung erklärte Michael Pfeiffer nun, dass er sich einen guten Platz suchen würde. Anschließend drehte er sich um und ging in Richtung der kleinen Tribüne.

»So, du musse dich jetzt noch richtig warme machen«, meinte Germano, wobei er seinen Sohn eindringlich ansah.

»Jaja, Mann, Papa! Das krieg ich schon allein hin«, erwiderte Franky genervt.

»Iste schon gut«, beschwichtigte Germano, bevor er

sich lächelnd an die übrigen drei wandte: »Und ihr feuerte Franco an! Nach dem Spiel lade ich euch ein zu einer Pizza!«

»Oh, das hört sich gut an«, meinte Jaron, sichtlich erfreut, und auch die beiden Mädchen nickten begeistert. Frankys Eltern betrieben die Pizzeria am Sportheim in Allmannshausen. Dort gab es die beste Pizza im ganzen Landkreis. Der Scout war nicht der einzige Promi hier am See, der immer wieder für eine frische »Pizza Margherita« zu ihnen kam.

»Wir feuern ihn an, so laut wir können«, versprach Antonia lachend, und die anderen beiden stimmten eifrig zu.

»*Bene!* Oh, ich bin so stolz auf dich, *figlio mio*«, rief Germano Giuliani und klopfte seinem Sohn auf die Schulter. Dann drehte er sich um und ging zum Spielfeldrand, wo sich die Trainer während des Spiels aufhielten.

Als er weg war, sagte Franky etwas verlegen zu seinen Freunden: »O Mann, sorry. Wenn er erst mal in Fahrt ist, ist er nicht mehr zu bremsen.«

»Ist schon gut«, grinste Emma. »Wir kennen ihn doch! Er ist halt sehr temperamentvoll.«

Ein Pfiff riss die Gruppe aus ihrem Gespräch.

»Oh, es scheint loszugehen«, meinte Franky. »Also, drückt mir die Daumen.« Damit wandte er sich ab und joggte zu seiner Mannschaft, die mittlerweile vollständig am Spielfeldrand versammelt war.

Während Franky mit seinen Mannschaftskameraden aufs Feld lief, blickte er sich zu seinen Freunden um. Jaron, Emma und Antonia suchten sich gerade freie Plätze, was nicht weiter schwierig war. Bei diesen Temperaturen war die Größe des Publikums meist überschaubar.

Franky fand seinen Platz bei den Stürmern und wartete auf den Anpfiff. Zuerst hörte er noch vage die Anfeuerungsrufe der Fans, bald aber konzentrierte er sich voll aufs Spiel. Der MTV Berg machte mächtig Druck und so stand es schon nach zehn Minuten 1:0 für Berg.

Als das Tor fiel und die Gegner jubelten, warf Franky einen Blick auf seinen Vater. Der stand wild fuchtelnd am Spielfeldrand und brüllte ihm alle möglichen Anweisungen zu.

Frankys Mannschaft hatte Mühe, den Ball zu erobern, obwohl Franky einige Zweikämpfe gewinnen konnte. Er strengte sich wirklich an. In der 29. Spielminute hatte er dann eine echte Chance. Einer seiner Mitspieler passte ihm den Ball zielgenau zu, Franky dribbelte einen Gegenspieler aus und gab Gas. Hinter ihm fingen die Zuschauer an zu schreien.

Franky kam vor das gegnerische Tor, hatte freie Bahn und schoss.

Der Torwart hechtete nach dem Ball und packte ihn, doch er rutschte ihm aus den Händen.

Schnell rannte Franky weiter und bekam den Ball wieder vor die Füße. Mittlerweile liefen allerdings schon drei Gegenspieler auf ihn zu.

Sein Mannschaftskamerad Leo war ebenfalls in seiner Nähe und rief: »Ich bin frei!«

Aber Franky schoss noch einmal aufs Tor.

Einer der Gegenspieler stoppte in vollem Lauf zwischen Franky und dem Tor und lenkte den Ball mit dem Fuß ab, sodass er gegen den linken Torpfosten knallte.

Sofort rannte der Torwart zum Ball und schloss ihn diesmal sicher in die Arme.

Durch die Fans des Allmannshauser Fußballklubs ging ein Raunen der Enttäuschung.

Franky ließ den Kopf hängen, beugte sich nach vorne

und stützte seine Hände auf die Oberschenkel. Dann sah er zu seinem Vater hinüber, der jetzt nur noch den Kopf schüttelte.

»Mann, du Idiot«, fauchte Luggi ihn an. »Leo war komplett frei! Den hätte er reingekriegt!«

»Ja, sorry, hab es nicht gesehen«, gab Franky kleinlaut zur Antwort.

»Dann mach die Augen auf!«, blies jetzt auch Leo ins selbe Horn.

»Ist ja gut, ich weiß, dass das Mist war«, zischte Franky, der sich jetzt selbst fürchterlich über die versaute Torchance ärgerte.

Der Rest der ersten Halbzeit verlief ohne weitere Höhepunkte. Keine der beiden Mannschaften konnte mehr eine Chance in ein Tor verwandeln. Als der Schiedsrichter zur Pause pfiff, trottete Franky vom Spielfeld und sah, wie sein Vater ihn zu sich herwinkte.

Auch das noch, dachte er, *jetzt kann ich mir auch noch Papas nerviges Gerede anhören.* Glücklicherweise gesellten sich seine Freunde mit dazu, sobald er seinen Vater erreicht hatte.

»Oh *figlio mio*«, begann Germano und packte ihn an den Armen. »Das war die Chance! Warum haste du nicht zu Leo gepielt! Er war frei!«

»Weil ich ihn nicht gesehen habe«, erwiderte Franky patzig. »Mann, das kann doch mal passieren!«

»Ich fand's trotzdem einen echt coolen Spielzug von dir«, warf Emma ein.

»Ja, sicher«, meinte Germano. »Aber du musse dir noch viel mehr Mühe geben. Was solle der Scout von dir denken? Vergiss nicht: Du haste das Talente! Verstanden?«

»Ja, klar, mach ich. Ich werde mich anstrengen, um alle deine Träume zu erfüllen!«, sagte Franky wütend, drehte sich auf dem Absatz um und stapfte zu den Umkleidekabinen.

Obwohl sein Vater ihm noch »Franco!« hinterherrief, beachtete er ihn nicht weiter.

⁂

»Was hat der Junge?« Germano Giuliani sah die Freunde ratlos an. »Er hat so viel Talente. Warum setzt er das nicht ein? Er spielt ohne Freude.«

»Äh, ich glaube, dass Franky schon Spaß an Fußball hat, aber vielleicht will er nicht dauernd spielen«, sagte Emma zögernd.

»Aber er hat das Zeug zu einem ganz großen Spieler. Das sehe ich«, beharrte der Italiener. »Und dazu musse er spielen, spielen, spielen.«

»Mag schon sein, aber vielleicht ist er noch nicht so weit«, meinte Antonia.

Jaron nickte bejahend.

»Ja, wahrscheinlich hast du recht«, seufzte Germano Giuliani und schien sich ein wenig zu beruhigen. »Muss schon sagen, Franco hat wirklich gute Freunde.« Er lächelte die drei an. »Aber ich gehe noch zu dem Scout«, fuhr er fort. »Ich musse noch mal mit ihm reden. Wir sehen uns nach dem Spiel in der Pizzeria?«

»Ja, gerne«, bestätigte Jaron.

»*Bene, bene. Arrivederci!*« Mit diesen Worten wandte Germano sich ab und ging schnurstracks auf Michael Pfeiffer zu.

»Krass, der will Franky ja echt zum Profi machen«, sagte Jaron nachdenklich.

»Ich finde, Franky sollte unbedingt mal mit ihm reden«, erklärte Antonia. »Ich glaube nämlich nicht, dass er da so viel Lust drauf hat.«

»Dafür müsste er ja seinen ganzen Vorrat an Schokoriegeln vernichten«, kicherte Emma, und die anderen lachten ebenfalls.

Gemeinsam bummelten sie zur Tribüne zurück, wo Frankys Vater auf den Scout einredete, der freundlich lächelte. »Kein Problem«, hörten sie den Scout sagen, als sie näher kamen, »das Spiel ist ja noch nicht zu Ende. Er ist technisch wirklich ein guter Spieler.« Die drei beobachteten, wie Germano zufrieden nickte.

»Na, scheint ja gar nicht so schlecht für Franky auszusehen«, stellte Jaron fest. »Der Scout hat ihn noch nicht aufgegeben.«

»Ja, vielleicht, aber wenn er das doch gar nicht will?« Emma runzelte die Stirn.

»Dann muss er seinem Vater die Wahrheit sagen«, erwiderte Antonia energisch.

»Schon, aber das ist doch gar nicht so einfach«, verteidigte Emma ihren Kumpel.

»Seht, da kommen die Spieler, es scheint weiterzugehen«, unterbrach Jaron die Überlegungen der beiden Mädchen. Daraufhin setzten sie sich und warteten auf den Anpfiff der zweiten Halbzeit.

Wieder startete das Spiel mit hohem Tempo, diesmal aber war es der Allmannshauser Fußballklub, der den Gegner unter Druck setzte. Und tatsächlich, nach einem Pass von Franky zu Leo konnte dieser den Ausgleich zum 1:1 schaffen. Die drei Freunde lachten sich fast kaputt, als Frankys Vater am Spielfeldrand einen Freudentanz aufführte.

Es war in der 68. Spielminute, als Jaron beobachtete, wie Franky von Leo einen Pass zugespielt bekam. Franky stoppte den Ball und sah sich um. Da ein Verteidiger der gegnerischen Mannschaft direkt auf ihn zurannte, gab er den Ball an Luggi weiter. Dann stürmte er auf das gegnerische Tor zu.

Jaron sprang auf und feuerte seinen Freund aus voller Kehle an.

Luggi spielte den Ball wieder zurück, aber leider viel zu stark. Als der Ball zwischen Frankys Füßen landete, kam der Zwölfjährige ins Straucheln. Er hatte keine Chance, sich zu fangen, und fiel zu Boden. Weil Leo, der ihm gefolgt war, nicht mehr abbremsen konnte, stolperte er über ihn. Dabei trat er mit voller Wucht auf Frankys Arm.

Entsetzt beobachtete Jaron, dass Franky sich mit schmerzverzerrtem Gesicht hin- und herrollte. *Das sieht nicht gut aus,* dachte er erschrocken.

»Mein Arm, mein Arm!«, hörte er Franky schreien.

Der Schiedsrichter hatte das Spiel unterbrochen, Frankys Vater rannte aufs Spielfeld. Dicht hinter ihm liefen zwei Sanitäter, die sich nun über den Verletzten beugten. Seine Mannschaftskameraden, die gegnerischen Spieler, alle standen um ihn herum, sodass die drei Freunde ihn nicht mehr sehen konnten. Aber sie hörten ihn, denn er schrie immer noch vor Schmerzen.

Emma kullerten Tränen über die Wangen. Sie war ebenfalls aufgesprungen und rief: »Was hat er nur?«

»Anscheinend ist der Arm gebrochen«, meinte Jaron besorgt.

»Oh weh, das wäre ja furchtbar«, stellte Antonia fest.

Es war schlimm für die drei Freunde, nicht genau zu wissen, was mit Franky los war. Im Publikum herrschte betretenes Schweigen. Alle beobachteten, was weiter geschah.

Einer der Sanitäter löste sich aus der Gruppe um Franky, rannte vom Feld und kam kurze Zeit später mit einer

Trage zurück. Frankys Schreie hatten sich inzwischen in ein leises Wimmern verwandelt. Dann bemerkte Jaron, wie ein Krankenwagen an den Rand des Spielfeldes fuhr. Franky wurde auf die Trage gelegt und zum Wagen gebracht. Er lag mit geschlossenen Augen da, sein Vater lief neben ihm her.

Als die Sanitäter Franky in den Krankenwagen luden, hielten es Jaron, Emma und Antonia nicht länger an ihren Plätzen aus und liefen hinüber. Jaron war ganz schlecht, und er konnte sehen, dass Emma erneut mit den Tränen kämpfte.

Die Türen des Wagens schlossen sich gerade, als sie atemlos bei Frankys Vater ankamen. Er wechselte noch ein paar Worte mit einem Sanitäter, bevor dieser auf der Beifahrerseite einstieg. Dann fuhr der Krankenwagen los.

»Was ist passiert?«, rief Emma.

»Der Arm iste wahrscheinlich gebrochen«, antwortete Germano Giuliani niedergeschlagen.

»Wo wird er jetzt hingebracht?«, wollte Jaron wissen.

»In die Klinik nach Kempfenhausen. Ich hole meine Frau, dann fahren wir gleich dorthin.«

In diesem Moment kam Michael Pfeiffer auf die Gruppe zu. »Es tut mir sehr leid«, sagte er freundlich. »Ich hoffe, es ist nicht allzu schlimm?«

»Na ja, der Arm iste gebrochen.«

»Ach, das wird sicherlich wieder.«

»Und, hat Franco eine Chance?«, erkundigte sich Germano. »Er hat heute wirklich einen schlechten Tag.«

»Nun ja«, zögerte der Scout, »technisch ist er schon gut, aber halt nicht schnell.«

»Sie müssen ihm noch mal eine Chance geben – ich weiß, dass er das kann«, bettelte Frankys Vater.

Jaron konnte sehen, dass der Scout Mitleid mit Germano hatte. »Also gut«, stimmte er zu. »Wenn Franco wieder gesund ist, komme ich noch einmal vorbei.«

»Oh, *grazie mille*! Sie werden sehen, er kann gut spielen.«

Michael Pfeiffer nickte. »Wünschen Sie ihm bitte von mir gute Besserung.«

Die beiden Männer schüttelten sich die Hände, dann ging der Scout in Richtung Parkplatz davon.

»So, ich fahre jetzt zum Krankenhaus«, sagte Germano.

»Dürfen wir mitfahren?«, fragte Jaron, und auch Emma und Antonia sahen Frankys Vater bittend an.

»Tut mir leid, das gehte nicht«, erwiderte er. »Ich habe nur die Ape dabei.« Er deutete auf den kleinen dreirädrigen Kastenwagen, der nicht weit entfernt parkte. In dieses Gefährt passten höchstens zwei Leute, und das auch nur, wenn sie sehr eng saßen.

Jaron zuckte mit den Achseln. »Dann fahren wir mit den Fahrrädern nach Kempfenhausen.«

»Das iste eine gute Idee!«, sagte Frankys Vater. »Bis später.«

Die drei Freunde sahen ihm zu, wie er in den kleinen Wagen stieg und sich knatternd entfernte.

»Mir ist immer noch ganz flau«, erklärte Antonia.

»Ja, mir auch«, bestätigte Emma.

Jaron stimmte zu, er fühlte sich genauso.

»Sollen wir vielleicht einfach mal für Franky beten?«, fragte Antonia.

Jaron und Emma nickten.

»Lieber Gott, ich bitte dich jetzt für Franky, dass es ihm schnell wieder besser geht und er keine Schmerzen hat. Und ich bitte dich auch, dass er nicht operiert werden muss, Amen.«

»Amen«, wiederholten die beiden anderen.

Kapitel 2:

Im Krankenhaus

»Und, habt ihr gewonnen?«, fragte der Sanitäter, der sich über Franky beugte. Seine Warnjacke raschelte, er roch nach Rasierwasser. Seine Hand lag auf Frankys Schulter.

Der Junge durchschaute, was der Mann mit der Frage bezweckte. *Du willst mich von den Schmerzen ablenken, mir meine Angst nehmen. Netter Versuch.*

Trotzdem antwortete er: »Wir waren dabei zu gewinnen, ja. Es stand 2:1. Aber wir können niemanden mehr einwechseln. Ob meine Mannschaft diesen Vorsprung halten kann, obwohl sie in Unterzahl spielen müssen, weiß ich nicht.«

Und es half. Über das Spiel nachzudenken, lenkte ihn tatsächlich ab. Sein Atem wurde ruhiger. Oder waren es die Schmerzmittel, die anfingen zu wirken?

Der Sanitäter nickte und lächelte. »Verstehe. Na, dann hoffen wir mal, dass deine Teamkameraden das hinkriegen werden. Und um dich kümmern wir uns, damit du auch bald wieder auf dem Spielfeld stehen kannst.«

Das hat keine Eile, dachte Franky.

»Dein Arm sollte bald nicht mehr wehtun«, fuhr der Sanitäter fort und kontrollierte den Infusionsbeutel, der über Franky Kopf baumelte. »Wir sind nicht mehr lange unterwegs. Aber ich will noch kurz deinen Blutdruck messen.« Sanft nahm er den unverletzten Arm des Jungen und legte ihm die Manschette an.

Während sie sich pfeifend füllte, schaute Franky durch den oberen Teil des Fensters hinaus, der nicht von der undurchsichtigen Folie bedeckt war. Er sah die kahlen Wipfel von Bäumen vorbeifliegen. Der Krankenwagen fuhr um eine Kurve, dann wurde er langsamer.

Die Bäume verschwanden, ein Dach schob sich in Frankys Sichtfeld. Der Wagen stoppte.

Während Pfleger ihn von einem Raum zum anderen schoben und der verletzte Arm geröntgt wurde, verlor Franky vollständig das Zeitgefühl. Als er wieder in dem Zimmer der Notaufnahme lag, in das er zuerst gebracht worden war, konnte er nicht sagen, ob er erst wenige Minuten im Krankenhaus war oder schon viele Stunden.

Eine Schwester betrat den Raum. »Wir müssen deinen Arm noch freilegen«, erklärte sie. »Leider muss ich dafür das Trikot aufschneiden, damit es nicht zu sehr wehtut.« Sie lächelte entschuldigend.

Franky nickte nur. Das Trikot war ihm in diesem Moment völlig egal.

Die Schwester holte eine Verbandsschere aus einer Schublade und trennte den Stoff auf. Während sie das Shirt entsorgte, saß Franky halb nackt auf der Liege, was ihm ein wenig peinlich war.

Doch sie schien nicht einmal zu bemerken, dass er rot wurde. Geschickt half sie ihm, sich zu waschen und einen Krankenhausschlafanzug mit weiten Ärmeln anzuziehen, der nach Desinfektionsmittel roch.

Nachdem sie den Raum wieder verlassen hatte, starrte Franky die Neonröhren an der Decke an. Der Schock und die Aufregung ließen langsam nach, er wurde müde. Aber zum Schlafen blieb keine Zeit, denn die Tür öffnete sich erneut.

Der junge Arzt mit den strubbeligen Haaren und der runden Brille, der ihn in der Notaufnahme in Empfang genommen hatte, kam herein, ein Röntgenbild in der Hand. »So, jetzt können wir schauen, was genau mit deinem Arm passiert ist«, verkündete er ein wenig zu gut gelaunt und schaltete den Monitor an der linken Wand ein. Dann wischte er über den Bildschirm und öffnete das Röntgenbild. Er betrachtete es nachdenklich.

Franky konnte über die Schulter des Arztes hinweg das Bild vom Inneren seines Arms sehen: Der Oberarmknochen war dicht über dem Ellenbogen in zwei Hälften gespalten, ein schräger Bruch klaffte dunkel in dem weißen Knochenbild. Dem Jungen wurde ein wenig schwindlig.

»Mmmh«, murmelte der Arzt und rieb sich das Kinn. Dann drehte er seinen Kopf zu Franky. »Dass der Arm gebrochen ist, siehst du wahrscheinlich selbst«, meinte er und deutete auf die entsprechende Stelle. »Das ist im Grunde kein Problem, aber sicherheitshalber möchte ich noch eine Spezialistin hinzuziehen. Sie kann genauer sagen, wie wir jetzt am besten vorgehen.«

Er schien zu bemerken, dass Franky blass geworden war, und fügte hinzu: »Du musst dir aber keine Sorgen machen. Das wird schon wieder. Ich werde Dr. Dragumir rufen und dann sehen wir weiter.« Der Arzt nickte ihm zu und verließ den Raum.

Wieder lag Franky allein in dem fensterlosen Zimmer, doch nicht lange. Als sich die Tür erneut öffnete, kam seine Mutter herein.

»Oh *piccolo mio*«, rief sie und beugte sich über ihn. »Tut es sehr weh?«

Franky schüttelte den Kopf. »Geht schon. Aber der Arm ist gebrochen, sie überlegen gerade, was sie tun werden.«

Seine Mutter nickte und streichelte ihm übers Haar.

»Ich habe draußen den Arzt getroffen. Er kommt wohl gleich.«

Und so war es. Kurze Zeit später öffnete sich die Tür wieder und der junge Arzt trat ein, in Begleitung einer etwas älteren Frau. Sie war schlank, mit sorgfältigem Make-up und einer schicken Kurzhaarfrisur. Ein Hauch von Parfüm umgab sie, und sie blickte Franky mit freundlichen, aber irgendwie scharfen Augen an.

Er erkannte den Ausdruck: So sahen einen manche Lehrer an – die, die streng, aber fair waren. Denen nichts entging und bei denen es im Klassenzimmer immer mucksmäuschenstill war. *Autorität*, dachte er, *das ist das Wort dafür*. Dr. Dragumir strahlte Autorität aus.

Sobald sie im Raum war, ging alles sehr schnell. Sie begrüßte Franky und seine Mutter und richtete ihre Aufmerksamkeit dann auf den Leuchtkasten. Wenige Momente vor dem Röntgenbild und eine kurze, gemurmelte Unterhaltung mit dem anderen Arzt genügten ihr, bevor sie sich wieder an den Patienten und seine Mutter wandte.

»Ich vermute, dass die Wachstumsfuge am Ellenbogen beeinträchtigt wurde«, erklärte sie. »Der Bruch selbst ist sehr sauber, sodass der Knochen durch eine einfache Ruhigstellung wieder gut zusammenwachsen würde. Aber der Bruch geht leider quer durch die Zone, in der sich dein Knochen verändert. Ich möchte ausschließen, dass es zu Wachstumsstörungen kommt; in deinem Alter ist der Knochen noch lange nicht ausgewachsen.

Wir müssten also operieren und einen Draht einsetzen, der die Wachstumsfuge in der richtigen Position hält. Der bleibt dann so lange drin, bis alles wieder festgewachsen ist.«

Franky schluckte. Das klang brutal.

Er blickte seine Mutter an, die am Kopfende seiner Liege stand und ihre Hand auf seine Schulter gelegt hatte. Auch ihr Gesicht sah besorgt aus.

»Ist das eine schwierige Operation?«, fragte sie Dr. Dragumir.

Die Ärztin schüttelte den Kopf und lächelte. »Sie müssen sich keine Sorgen machen. Ich werde Ihren Sohn selbst operieren und ich habe diesen Eingriff schon oft durchgeführt.« Mit einem Blick auf ihren jüngeren Kollegen fügte sie hinzu: »Dr. Menne wird Ihnen alles Weitere erklären.«

Dann schüttelte sie Frankys Mutter die Hand, lächelte Franky aufmunternd zu und verließ den Raum.

Was Dr. Menne alles über die Risiken der Prozedur erzählte, bekam Franky nicht ganz mit. Die Angst vor der bevorstehenden Operation nahm ihn zu sehr gefangen. Seine Mutter unterschrieb einen Zettel, danach wurde sein Bett aus dem Untersuchungszimmer gerollt, durch endlose Flure, in einen Raum, in dem es vor Ärzten und Krankenschwestern zu wimmeln schien.

Mehrere Leute machten sich an ihm zu schaffen; irgendjemand veränderte etwas an der Infusion, die ihm schon im Krankenwagen gelegt worden war. Das Letzte, an das Franky sich erinnerte, waren Dr. Dragumirs freundliche, aber scharfe Augen über einer Chirurgenmaske, die ihn ansahen.

Antonias Mutter hatte darauf bestanden, dass die drei Freunde zuerst zur Seeburg kamen und zu Abend aßen, bevor sie sich auf den Weg machten. Deshalb war es schon dunkel, als Jaron, Antonia und Emma auf ihren Fahrrädern in Kempfenhausen eintrafen. Das Krankenhaus – eine imposante Anlage – lag wie eine herrschaftliche Villa in einem Park in Ufernähe. Jetzt, im Winter, hielt sich niemand in dem weitläufigen Gelände auf, aber im Sommer musste es hier wunderschön sein.

Die Freunde betraten das Gebäude und sahen sich suchend im Eingangsbereich um, der für ein Krankenhaus sehr wohnlich wirkte. Einige Leute saßen auf gepolsterten Sitzgruppen, die mit großen Kübelpflanzen voneinander getrennt waren. Jaron war der Erste, der den Schalter entdeckte, über dem »Information« stand. Er trat an den Tresen und erkundigte sich nach Franky.

Die Dame wollte ihm nichts Genaues sagen, erklärte ihnen aber, wohin sie gehen sollten.

Kurze Zeit später öffnete Antonia eine Tür und blieb auf der Schwelle stehen. Statt eines Patientenzimmers sahen die Freunde einen kleinen Raum mit Stühlen, Tischen, Kaffeemaschine und Spielecke vor sich. Germano und Elvira Giuliani saßen an einem der Tische.

Sie wandten den Kopf, als die Tür aufging; auf ihren Gesichtern spiegelte sich Enttäuschung.

Wahrscheinlich haben sie einen Arzt erwartet, dachte Jaron und fragte sich im selben Augenblick: *Aber wo ist Franky?*

Frankys Mutter stand auf. »Schön, dass ihr gekommen seid«, sagte sie und lächelte. »Das wird Franco sehr freuen, wenn er aufwacht.«

Jetzt begriff Jaron. *Deshalb sind die Eltern nicht bei ihm. Das hier ist ein Wartezimmer.* »Muss Franky etwa operiert werden?«, erkundigte er sich.

Elvira nickte, sie wirkte besorgt. »Der Arm ist gebrochen, und die Ärzte wollen einen Draht einsetzen, weil die Wachstumsfuge beschädigt ist. Sie haben Franco vor einer Stunde in den OP geschoben. Bis jetzt haben wir noch nichts gehört. Aber setzt euch doch zu uns.«

Frankys Vater nickte den dreien freundlich, jedoch etwas abwesend zu, als sie sich nun ebenfalls an dem Tisch niederließen. Er hielt sein Handy in der Hand und tippte irgendwas.

»Ist es sehr schlimm?«, fragte Emma.

Frankys Mutter zuckte mit den Schultern. »Ich weiß es nicht wirklich. Aber sie haben hier eine Spezialistin, die operiert ihn gerade. Er ist also wohl in guten Händen.«

Germano sah auf. »Ich hoffe, dass sie wissen, was sie tun. Warum musse das gerade passieren jetzt, warum?« Er gestikulierte wild mit der rechten Hand, während er sprach.

Darauf wusste niemand eine Antwort, deshalb verstummte das Gespräch für eine Weile. Zu hören waren nur die Geräusche aus dem Flur und die Tastengeräusche von Germanos Handy. So saßen sie, bis es zweimal kräftig klopfte.

Sofort richteten sich alle Blicke auf die Tür. Eine attraktive ältere Ärztin trat ein, sie trug lilafarbene Operationskleidung unter ihrem weißen Kittel.

»Dr. Dragumir«, rief Frankys Mutter und stand auf.

Germano ließ das Handy sinken.

»Aber, bitte, bleiben Sie doch sitzen«, meinte Dr. Dragumir und trat an den Tisch.

Elvira setzte sich langsam wieder, während die Ärztin die drei Freunde prüfend ansah.

»Das sind Francos Freunde«, erklärte Elvira hastig und stellte sie vor: »Jaron Rahn, Emma Weiß und Antonia Reihmann.«

Die Ärztin schien zufrieden und nickte. »Wie schön«, sagte Sie knapp, aber nicht unfreundlich. Sie zog einen Stuhl heran und setzte sich. »Ich habe eine gute Nachricht für sie, wenn auch mit einer gewissen Einschränkung: Wir sind mit der Operation fertig. Der Eingriff selbst ist gut verlaufen, ich konnte den Draht optimal platzieren und der Knochen liegt jetzt wieder in der richtigen Position.«

Langsam stützte Dr. Dragumir nun die Arme auf die Tischplatte und legte die Fingerspitzen zusammen. Sie blickte Elvira in die Augen, während sie fortfuhr: »Allerdings gab es Schwierigkeiten bei der Narkose. Leider hat Franco das Mittel, das wir ihm gegeben haben – es heißt Midazolam – nicht gut vertragen. Es kam zu Problemen mit der Atmung.«

Elvira stieß einen kleinen Schrei aus und schlug die Hand vor den Mund.

»Das kann bei Kindern ab und zu passieren«, erklärte die Ärztin in beschwichtigendem Tonfall. »Wir kennen das und wissen, was in einem solchen Fall zu tun ist. Die Atmung haben wir auch gut in den Griff bekommen, aber leider ist Franco noch nicht aufgewacht. Eigentlich sollte er inzwischen wenigstens erste Reaktionen zeigen, doch er ist immer noch bewusstlos.«

Alle starrten Dr. Dragumir an. Elviras Augen waren weit aufgerissen, Germano hatte die Stirn in Falten gelegt. Zum ersten Mal war auch ihm die Angst um seinen Sohn anzusehen.

»Wir haben Franco auf die Intensivstation verlegt.«

Jaron spürte einen Kloß im Hals. Stand es so schlimm um seinen Freund?

Die Ärztin lächelte jedoch und schien in keiner Weise besorgt zu sein. »Ich weiß, dass das im Moment für Sie sehr erschreckend klingt. Die Verlegung auf die Intensivstation ist allerdings nur eine Vorsichtsmaßnahme. Francos Vitalzeichen sind alle normal und er atmet selbstständig. Auf dieser Station haben wir die nötigen Geräte, um Ihren Sohn lückenlos zu überwachen, und merken sofort, wenn sich etwas verändert. Ich bin mir sicher, dass er bald aufwachen wird.«

»Wann wird Franco wachen auf?«, fragte Germano.

Dr. Dragumir zuckte leicht mit den Schultern. »Genau kann ich das natürlich nicht wissen, aber ich erwarte es eigentlich jede Minute«, antwortete sie. »Ich werde Sie persönlich sofort informieren, wenn es so weit ist.«

Sie lächelte ihn erneut beruhigend an, was er allerdings gar nicht zu registrieren schien.

Frankys Mutter war fassungslos. Tränen standen in ihren Augen, und Jaron konnte sehen, dass sie immer wieder schluckte.

Nun erhob sich die Ärztin. »Ich werde nach Ihrem Sohn sehen und komme zurück, sobald ich Neuigkeiten habe.«

»Dürfen wir zu ihm?«, rief Elvira.

Dr. Dragumir schüttelte den Kopf. »Noch nicht«, sagte sie. Dann schüttelte sie Frankys Eltern die Hand, nickte den drei Freunden freundlich zu und verließ den Raum.

Alle saßen wie vom Donner gerührt da. Mit solchen Problemen hatte niemand gerechnet. Es war doch nur ein kleiner Sportunfall gewesen!

Jaron sah Emma und Antonia an, die beide wie erstarrt wirkten. Obwohl die Beteuerungen der Ärztin durchaus überzeugend geklungen hatten, war die Situation schwer einzuschätzen. Franky wachte nicht auf. Was konnte das bedeuten?

Schluchzend holte Elvira ein Taschentuch aus ihrer Handtasche und drückte es gegen ihren Mund. Germano schien es nicht zu bemerken, er starrte immer noch auf die Tür, hinter der die Ärztin verschwunden war. Seine Augenbrauen waren zusammengezogen, sein Gesichtsausdruck schwankte zwischen Entsetzen und Wut.

Emma zupfte Jaron am Ärmel. Sie sah erst ihn, dann Antonia an, wobei Tränen hinter ihrer Brille schimmerten. »Ich würde gerne für ihn beten. Wollen wir?«, flüsterte sie.

Antonia nickte sofort.

Auch Jaron fühlte, dass sie irgendetwas unternehmen mussten. Und er hatte keine Ahnung, was sie sonst tun konnten.

Da wandte sich Emma an Frankys Eltern. »Wir beten jetzt für Franky. Möchten Sie mitbeten?«

»Das ist eine gute Idee«, sagte Elvira und nickte. »Natürlich beten wir mit, nicht wahr, Germano?«

Ihr Mann zögerte einen Moment, zuckte dann aber mit den Achseln.

Jaron schloss die Augen und senkte den Kopf. Er dachte an Franky, seinen cleveren Freund, der ihnen schon so oft mit seinen genialen Ideen aus der Patsche geholfen hatte. Frankys mitreißendes Lachen klang ihm in den Ohren, und Jaron spürte, wie es ihn vor Angst um seinen Freund geradezu würgte. Es war so schrecklich, ihm nicht helfen zu können!

Doch dann kam ihm ein Gedanke: *Es gibt jemand, der Franky hundertprozentig helfen kann, und das ist der allmächtige Gott. Indem ich mich an ihn wende, kann ich tatsächlich etwas für Franky tun.*

Er hörte Emmas Stimme: »Gott im Himmel. Du weißt, dass Franky noch nicht aufgewacht ist. Das macht mir voll Angst. Ich weiß nicht, was ihm fehlt. Bitte sorge doch dafür, dass er wieder gesund wird. Bitte pass auf ihn auf und weck ihn wieder auf. Amen.«

»Amen«, wiederholten Jaron und Antonia.

Antonia betete als Nächste. »Lieber Gott, wir machen uns voll Sorgen um Franky. Du hast ihn in deiner Hand. Bitte hilf ihm. Bitte mach, dass er bald wieder bei uns ist.« Sie brach ab und räusperte sich.

Da nahm Jaron den Faden auf. »Gott, wir brauchen deine Hilfe. Du kannst doch alles«, sagte er leise. »Lass Franky ganz schnell wieder gesund werden, darum bitten wir dich. Amen.«

»Amen«, flüsterten die anderen.

Kurze Zeit war es still, dann wisperte Elvira: »Lieber Gott, bitte pass du auf meinen Jungen auf.« Sie holte tief Luft, es klang wie ein Schluchzen.

Germano machte keinen Mucks.

Schließlich sagte Antonia noch einmal »Amen«, um das gemeinsame Gebet zu beenden. Alle wirkten etwas verlegen, aber Jaron spürte trotzdem eine gewisse Erleichterung. Es kam ihm so vor, als hätte er eine besonders schwierige Angelegenheit einer absolut vertrauenswürdigen, kompetenten Person übergeben.

Lange saßen sie einfach da und warteten auf Nachricht von Dr. Dragumir. Sie sprachen wenig, obwohl Elvira ein paar Mal versuchte, die Freunde in eine Unterhaltung zu verwickeln. Sie erkundigte sich nach ihren abenteuerlichen Erlebnissen und nach der Schule, aber es kam kein wirkliches Gespräch in Gang. Alle waren zu sehr mit ihren eigenen Gedanken beschäftigt.

Wie viele Stunden waren vergangen, als es wieder an die Tür klopfte?

Jaron wusste es nicht. Doch er schreckte auf und sah voller Hoffnung zu der Person hinüber, die nun den Raum betrat.

Dr. Dragumir hatte sich umgezogen, sie trug den weißen Arztkittel über einer eleganten Bluse aus schimmerndem Stoff und einem knielangen dunkelblauen Rock.

Als sie die Gruppe anlächelte, schlug Jarons Herz schneller. »Er ist wach!«, sagte sie. »Es ist alles gut.«

Jaron stieß die Luft, die er unbewusst angehalten hatte, aus und hörte, wie auch die anderen aufatmeten.

»Oh, das ist wunderbar, danke, Dr. Dragumir!«, rief Elvira freudig.

Die Ärztin nickte. »Wenn Sie möchten, können Sie jetzt zu ihm.« Zu den Freunden gewandt, fügte sie jedoch hinzu: »Auf der Intensivstation sind leider immer nur zwei Besucher erlaubt. Deshalb müsst ihr drei euch noch etwas gedulden. Heute dürft ihr Franco noch nicht sehen.«

Zuerst war Jaron enttäuscht, dann aber merkte er erst so richtig, wie froh er war, dass es Franky gut ging. Was machte es schon, dass sie ihn erst morgen besuchen konnten? Hauptsache, er würde bald wieder völlig okay sein!

»Dann fahren wir wohl nach Hause, oder?«, schlug er den beiden Mädchen vor.

Antonia nickte und bat Frankys Eltern: »Würden Sie uns bitte Bescheid geben, wann wir ihn besuchen können?«

»Selbstverständlich«, sagte Elvira. Offensichtlich gerührt, nahm sie jeden der drei in den Arm. »Danke, dass ihr hier wart. Das werden wir Franky erzählen; es wird ihn bestimmt sehr freuen, nicht wahr, Germano?«

Frankys Vater nickte.

»Bitte sagen Sie ihm einen lieben Gruß von uns«, verabschiedete sich Emma mit heiserer Stimme.

Elvira versprach es lächelnd, bevor sie mit Germano und der Ärztin den Raum verließ.

Als Jaron an diesem Abend in seinem Bett lag – viel später als sonst und todmüde –, dachte er an die Gebete, die sie für Franky gesprochen hatten. Dabei stieg ein Gefühl der Geborgenheit in ihm auf. Es war schön, sich so eng mit seinen Freunden verbunden zu fühlen. Und die Gewissheit zu haben, dass Gott immer da war, so schlimm die Situation auch sein mochte.

»Danke, Herr«, flüsterte er, »danke, dass du so mächtig bist. Vielen Dank, dass du auf Franky aufgepasst hast. Und danke für meine Freunde.«

Dann schloss er die Augen und schlief ein.

Kapitel 3:

Ein Stein mit Tränen

Nach der Schule saß Antonia auf einer Mauer vor der Seeburg und ließ die Beine baumeln. Da verkündete ihr Handy, dass eine Nachricht angekommen war. Sie hatte ihr Smartphone noch in der Hand, weil sie gerade erst über die Chat-Gruppe »Die vier vom See« bei Franky nachgefragt hatte:

Wie geht's dir? 😮
Können wir dich besuchen? 🚑

Als sie nun seine Antwort las, musste sie grinsen:

Klar! 👍 Mama und Papa bringen gleich Pizza ☺

Franky ging es eindeutig viel besser, sagte sich Antonia erleichtert. Dann tippte sie:

In welchem Zimmer bist du?

Antwort:

Moment! Muss eine Schwester fragen!

Und kurz darauf:

Station 5, Zimmer 484.

Sie schrieb zurück:

Sobald die anderen da sind, kommen wir.

Franky schickte noch ein »Daumen-hoch«, dann steckte Antonia das Handy in die Tasche zurück und blickte auf den See. Es war außergewöhnlich warm für einen Wintertag. Antonia genoss es, draußen sein zu können, ohne nass zu werden oder zu frieren. Leider war laut ihrer Wetter-App schon in zwei Tagen wieder mit heftigen Schneefällen zu rechnen.

Aber zum Glück heute noch nicht. Heute konnten sie mit den Fahrrädern nach Kempfenhausen fahren, um Franky zu besuchen.

Antonia und Jaron wohnten beide in der Jugendherberge Seeburg. Antonias Eltern Gitti und Andreas waren die Herbergseltern dieser imposanten Burg, weshalb Antonia und ihre beiden jüngeren Geschwister dort ihr Zuhause hatten.

Jarons Mutter Angelika war die Sekretärin, sie hatte vor ein paar Monaten mit ihrem Sohn die leere Hausmeisterwohnung bezogen. Auf dem Gelände der Burg befand sich außerdem der Treffpunkt der vier Freunde: ein ehemaliger Zirkuswagen – genannt der alte Heinrich –, in dem sie ungestört Musik hören und Pläne schmieden konnten.

Antonia wurde ungeduldig: Warum brauchten Jaron und Emma heute so lange? Sie warf die Haare zurück, schaute auf die Uhr und blickte dann wieder zum See.

In diesem Moment tauchte vor ihr eine Gestalt auf, die sie sofort erkannte: Opa Hans stieg die Stufen zur Burg hinauf und winkte ihr zu, als er sie entdeckte.

Sobald er sie erreicht hatte, setzte er sich – etwas schnaufend – neben sie und legte ihr einen Arm um die Schulter. Sein weißer Haarkranz und die Schweißperlen auf seiner Stirn glänzten in der Sonne. »Na, Antonia?«, erkundigte er sich. »Alles klar bei dir?«

»Nicht ganz«, antwortete sie. »Gleich kommen Emma und Jaron, dann fahren wir zum Krankenhaus in Kempfenhausen, um Franky zu besuchen.«

»Franky liegt im Krankenhaus?«, fragte Opa Hans überrascht. »Was ist denn passiert?«

»Er hat sich gestern bei einem Fußballspiel verletzt. Sein Arm ist gebrochen und er musste operiert werden.«

»O nein, das tut mir aber leid. Wie geht es ihm?«

»Anscheinend hat er das Narkosemittel nicht so richtig vertragen, deshalb war er nach der Operation noch eine ganze Weile bewusstlos. Aber heute ist er wohl schon wieder ganz der Alte: große Klappe und einen guten Appetit.«

Um Opa Hans' Augen bildeten sich lauter kleine Lachfältchen. »Ja, so ist er. Hättet ihr was dagegen, wenn ich mitkomme? Ich würde ihn auch gerne kurz besuchen, bevor ich arbeiten muss.«

Antonia freute sich. »Nein, natürlich nicht. Franky wird das sicher toll finden. Wir wollten mit den Fahrrädern hinfahren, wär das für dich in Ordnung?«

»Na, diese Strecke werde ich hoffentlich gerade noch bewältigen. Weißt du was? Ich gehe zurück zum Fischerschuppen, hole mein Rad und warte dort auf euch.«

Opa Hans wohnte an der Seestraße Richtung Berg, direkt am Ufer, in einem alten Bootshaus. Im Erdgeschoss, das zum Wasser hin offen war, lag sein Fischerboot; im ersten Stock befand sich eine kleine, sehr gemütliche Wohnung mit einem gigantischen Ausblick auf den See und die Berge. Obwohl der ältere Herr mit Antonia nicht verwandt war, betrachtete sie ihn längst als eine Art Ersatzopa. Und ihren Freunden ging es genauso.

Antonia nickte. »Alles klar. Bis gleich.«

Er lächelte ihr zu, stand auf und ging die Treppe wieder hinunter, die die Seeburg mit der Seestraße verband. Antonia sah ihm hinterher, bis er aus ihrem Blickfeld verschwunden war.

Dann schaute sie auf die Uhr. Es war drei Uhr, Jarons Kung-Fu-Training und Emmas Mathematik-AG waren schon vor einer halben Stunde zu Ende gegangen. Wo blieben die beiden nur? Antonia wurde ungeduldig.

Gerade wollte sie ihr Handy wieder aus der Tasche ziehen, um ihnen eine Nachricht zu senden, da hörte sie wildes Klingeln. Jaron und Emma kamen auf ihren Fahrrädern hinter den Bäumen hervor und bremsten direkt unter ihr.

»Hey Antonia!«, rief Jaron zu ihr herauf. »Was sitzt du da so faul rum – wir wollten doch zu Franky!«

Antonia schnaubte. *Was für eine Frechheit!* »Ihr seid doch diejenigen, die spät dran sind!«, gab sie zurück. »Musstet ihr unterwegs noch ein Mittagschläfchen halten, oder was?«

Jaron lachte nur und sagte etwas zu Emma, das Antonia nicht verstehen konnte.

Sie sprang auf, lief zu ihrem Fahrrad, das schon auf dem Parkplatz vor dem Portal bereitstand, und sauste die Straße hinunter.

Als sie ihre Freunde erreicht hatte, sagte sie: »Opa Hans möchte auch mitkommen. Er wartet am Fischerschuppen auf uns.«

»Das ist super!«, meinte Emma. »Jetzt aber nichts wie los!«

Franky wusste nicht, wie seine Eltern das geschafft hatten, aber die Pizza, die ihm sein Vater aufs Bett legte, war noch warm. Der Duft füllte das ganze Krankenzimmer, in dem er im Moment alleine lag.

»Danke!«, sagte er strahlend und öffnete die Schachtel. »Mmmh, Sardellen, Knoblauch und Peperoni, meine Lieblingspizza!«

»*Sì*«, lächelte seine Mutter, »wir wissen doch, was du dir wünschst.« Sie setzte sich zu ihm auf den Bettrand und half ihm, die Pizza in Stücke zu teilen. Der große Gips, der Frankys verletzten Arm vom Handgelenk bis knapp unter die Schulter einschloss, behinderte ihn doch sehr.

Mit der anderen Hand klappte er geschickt ein Stück zusammen, biss ab und kaute. *Herrlich!* Bis jetzt hatte er im Krankenhaus ja nur ein Frühstück und ein Mittagessen erhalten, beides ließ aber für die nächsten Tage nichts Gutes ahnen. An die Pizza seiner Mama kam eben nichts heran.

Sein Vater hatte sich inzwischen einen Stuhl geholt und sah ihm belustigt beim Essen zu. »Wenn deine Arm so schnell wieder gut wird wie deine Appetit, dann biste du bald wieder gesund«, meinte er und lachte. »O M*io figlio*, ich bin so froh, dass es dir schon geht viel besser!«

Elvira nickte. »Du hast uns einen ordentlichen Schrecken eingejagt, als du gestern nicht aufgewacht bist. Wir haben uns große Sorgen gemacht. Deine Freunde übrigens auch, sie waren gestern Abend ebenfalls hier.«

»Dasch ist nedd!«, nuschelte Franky mit vollem Mund und freute sich. Auf die drei war Verlass.

An den vorherigen Abend hatte er nur vage Erinnerungen: Den Aufenthalt in der Intensivstation hatte er fast komplett verschlafen. Nur, dass seine Eltern irgendwann an seinem Bett gewesen waren, hatte er mitbekommen.

Aber Franky wusste noch ganz genau, wie er heute Morgen aufgewacht war. Danach hatte man ihn relativ bald im Bett quer durchs Krankenhaus bis in dieses Zimmer geschoben.

Seine Mutter legte eine Hand auf die Bettdecke. »Es ist gut zu sehen, dass du schon wieder so fit bist. Hast du noch schlimme Schmerzen?«

Kopfschüttelnd schluckte Franky den letzten Bissen hinunter und griff nach einem neuen Stück Pizza. »Nein. Geht schon. Manchmal sticht es im Ellbogen, aber die meiste Zeit ist es echt gut«, erklärte er, bevor er wieder von der Pizza abbiss. »Jaron und die Mädschen wolln übrigensch au gleisch kommen.«

Germano nickte. »Das haben wir uns schon gedacht. Ihr seid wirklich ein gutes Team. Ich freu mich, dass du haste so gute Freunde.«

Auch Elvira nickte.

»Wir können leider nicht bleiben sehr lange«, verkündete sein Vater. »Wir müssen in die Pizzeria.«

»Luigi ist ausgefallen. Wir müssen heute Abend beide am Pizzaofen einspringen«, fügte seine Mutter hinzu.

Franky zog nur die Augenbrauen hoch. Ihm war der Restaurantbetrieb vertraut; er wusste, wie viel Arbeit seine Eltern investierten. Wenn jemand krank war, blieb dessen Aufgabe eben auch noch an ihnen hängen. Aber Franky fühlte sich dadurch nicht vernachlässigt, denn er kannte es nicht anders.

»Wir haben gerade mit Dr. Dragumir gesprochen. Dein Arm sieht gut aus, sie ist sehr zufrieden mit dem Ergebnis der Operation«, sagte Elvira. »Wenn alles so weiterläuft, bist du in wenigen Tagen wieder zu Hause.«

Sie griff nach einer Tasche, die sie neben sich auf den Boden gestellt hatte. »Wir haben dir ein paar Sachen mitgebracht.« Sie zog den Reißverschluss auf und holte einen frischen Schlafanzug, etwas Unterwäsche, einen Waschbeutel und Frankys Tablet heraus.

»O, super! Danke!«, rief Franky, ließ das Pizzastück in die Schachtel zurückfallen und schnappte sich das Tablet.

Seine Mutter schüttelte nur lächelnd den Kopf, während sie sich zum Schrank drehte, um alles Übrige zu verstauen.

In diesem Moment klopfte es an die Tür, und Jaron, Antonia und Emma kamen herein – dicht gefolgt von Opa Hans.

Kaum hatte der alte Mann das Zimmer betreten, deutete er schmunzelnd auf die Pizza. »Ist das hier die reguläre Krankenhausverpflegung?«, fragte er. »Wenn ja, werde ich mich das nächste Mal, wenn ich einen Arzt brauche, hier einweisen lassen!«

Germano stand auf und begrüßte die Freunde. »*Molto gentile*, dass ihr seid da. Auch Sie, *Signore* Bernwieser. Es ist sehr nett von Ihnen, dass Sie Franco besuchen.«

Opa Hans nickte. »Das ist doch selbstverständlich. Ich muss doch wissen, wie es meinem schlauen Freund hier geht.«

Franky merkte, dass Jaron ihn eindringlich musterte. »Und, geht's dir wieder besser?«, fragte er.

»Klaro, alles bestens«, antwortete Franky. »Ich hab schon gehört, dass ihr euch Sorgen gemacht habt. Wäre echt nicht nötig geworden. Mich bringt so schnell nichts um.«

»Reiß nur mal deine Klappe nicht so weit auf«, erwiderte Emma, die neben Jaron getreten war. »Dass es dir heute wieder so gut geht, konnte gestern noch niemand ahnen.«

»Jaja, jetzt mach dir mal wegen mir nicht ins Hemd, Emma-Schätzchen«, wiegelte Franky ab. »Auch ein Stück?« Er streckte ihr ein Pizza-Dreieck entgegen.

Doch seine Freunde schüttelten die Köpfe.

»Ach, lass mal«, sagte Emma und zog die Nase kraus. »Wir kennen deinen Geschmack: Du bist wirklich der einzige Mensch, der denkt, dass Sardellen und Peperoni auf dieselbe Pizza gehören.«

Franky grinste und aß weiter. »Wie du meinscht«, schmatzte er. »Bleibt mehr für mich.«

»Franco, wir machen uns dann mal auf den Weg«, sagte seine Mutter.

Und sein Vater fügte hinzu: »*Ciao, figlio mio*, und erhol dich gut. Der Scout war *molto* beeindruckt von dir. Er will dich noch mal sehen. Du musse bald wieder sein gesund!«

Papa kann es einfach nicht lassen, dachte Franky, während er sich von seinen Eltern verabschiedete. Nachdem die beiden das Zimmer verlassen hatten, zogen die Freunde einen Stuhl für Opa Hans heran und setzten sich dann auf Frankys Bettkante.

»Auf der Herfahrt hat Jaron erzählt, dass gestern ein Scout vom FC Bayern da war«, sagte Opa Hans.

»Ja«, bestätigte Franky. »Papa war voll aufgeregt. Ich sollte unbedingt gut spielen. Heute hat er mir gleich berichtet, dass der wohl recht begeistert von mir gewesen sei. Er will mich trotz des Unfalls unbedingt noch einmal sehen.«

»Das ist doch eine super Sache! Ich wusste gar nicht, dass du so gut Fußball spielst«, meinte Opa Hans.

»Ja, schon … Aber es gibt eben andere Sachen, die mich noch mehr interessieren«, murmelte Franky. »Und außerdem nerven mich diese Idioten, die mich auf dem Platz ständig anmachen.«

Der alte Mann nickte. »Ja, das habe ich auch schon erlebt, dass der Ton bei solchen Spielen ganz schön rau werden kann. Das spricht für dich, Franky, dass du da nicht mitmachen möchtest.«

»Du solltest deinem Vater endlich sagen, dass du nicht mehr Fußball spielen willst«, erklärte Antonia energisch.

Franky verzog das Gesicht. »Ich weiß«, druckste er, »aber du kennst ihn nicht. Wenn er was will, dann will er es. Ganz besonders, wenn es was mit Fußball zu tun hat. Irgendwie schaltet da sein Verstand aus.«

»Nun, ich kann gut verstehen, dass dir das schwerfällt«, meinte Opa Hans. »Sich zur Wahrheit zu stellen, ist nicht immer einfach. Aber ich stimme Antonia zu: Du solltest es deinem Vater sagen. Und zwar bald. Je länger du wartest, desto schwerer wird es. Und je später dein Vater die Wahrheit erfährt, desto größer wird seine Enttäuschung sein.«

Franky presste die Lippen zusammen. Diese unverblümte Aufforderung passte ihm gar nicht. »Ach, was weiß ich.« Er zuckte mit den Achseln. »Jetzt muss mein Arm erst mal heilen. In der nächsten Zeit kann ich ja sowieso nicht Fußball spielen.«

»Du wirst immer Ausreden finden, es nicht zu tun, glaub mir.«

Franky verschränkte die Arme vor der Brust, so gut es mit dem Gips ging, und starrte auf die Bettdecke.

»Na, überleg es dir. Ich bin mir sicher, du wirst die richtige Entscheidung treffen«, sagte Opa Hans und stand auf. »Tut mir leid, aber ich muss schon wieder nach Hause; ich möchte heute noch auf den See hinausfahren. Aber ich komme bald wieder, wenn ich darf.«

»Klar, gerne«, antwortete Franky und sah den alten Mann an, der ihm gutmütig zulächelte. *Opa Hans kann man einfach nicht lange böse sein,* dachte er.

Als Antonia ebenfalls aufstand, um sich von Opa Hans zu verabschieden, rutschte etwas aus ihrer Hosentasche auf die Bettdecke. Es war der Mondstein, den die Freunde bei ihrem letzten Abenteuer gefunden hatten.

Hastig griff sie danach und steckte ihn in die Tasche

zurück, aber es war zu spät. Opa Hans hatte den kleinen Gegenstand bereits bemerkt.

»Was war das?«, fragte er und runzelte die Stirn.

»Ach, nichts Wichtiges«, wich Antonia aus.

Der alte Mann blickte sie erschrocken an. »Aber dieses ›nichts Wichtige‹ sieht mir verdächtig nach einem antiken Halbedelstein aus. Hat der womöglich etwas mit der legendären goldenen Schale zu tun, nach der ihr schon eine ganze Weile sucht?«, fragte er.

Sein Gesicht hatte das übliche freundliche Lächeln verloren, er sah nun fast ein wenig zum Fürchten aus. »Habe ich euch nicht ausdrücklich davor gewarnt, euch noch weiter in Gefahr zu bringen?«

»Ja, Opa Hans, das hast du«, erwiderte Antonia in beschwichtigendem Tonfall. »Und wir wissen ja auch, dass wir vorsichtig sein sollen.«

»Also, ›vorsichtig sein‹ trifft es nicht ganz. Ich habe euch gesagt, ihr sollt die Suche sein lassen.«

Darauf wussten die vier Freunde nichts zu antworten. Opa Hans ins Gesicht zu sagen, dass sie genau das Gegenteil gemacht hatten, brachte keiner von ihnen fertig.

Seine Miene wurde wieder weich und er lächelte die Freunde etwas traurig an. »Nun gut«, meinte er. »Wenn ihr meinen Rat schon nicht haben wollt – beten werde ich auf jeden Fall für euch. Und jetzt muss ich wirklich gehen.«

Der alte Mann drückte Antonia und Emma und legte Jaron kurz den Arm um die Schulter. Dann ließ er die Freunde – mit einem letzten mahnenden Blick in die Runde – allein.

»Na, das war aber auch nicht gerade ein Beispiel von Ehrlichkeit«, sagte Jaron ein wenig spöttisch zu Antonia. »Warum wolltest du ihm den Stein denn nicht zeigen?«

»Keine Ahnung. Ich hab nur irgendwie das Gefühl, immer, wenn wir ihn einweihen, will er uns zurückhalten«, erwiderte sie zögernd. »Ich bin mir sicher, dass er mehr weiß, als er sagt.«

»Komisch, dass er uns nicht weiterhelfen will«, stellte Emma verwundert fest und schob sich ihre Brille zurecht.

Antonia setzte sich wieder und legte den Stein auf die Decke zurück. »Hm, dann müssen wir wohl selbst die Wahrheit rausfinden«, sagte sie. »Wie gehen wir weiter vor?«

Jaron kniff nachdenklich die Augen zusammen. »In letzter Zeit musste ich immer wieder an dieses Bild denken, das ich im Foyer des Schlosshotels gesehen habe.«

»Du meinst, als du im Herbst auf der Geburtstagsparty der schönen Isabelle gewesen bist?«, schnaubte Antonia. »Das war ja klar, dass du dieses Mega-Event nicht vergessen kannst. Hat dir wohl gefallen dort, was?« Sie sah Jaron böse an.

Auf das Thema Isabelle reagiert Antonia nach wie vor empfindlich, dachte Franky, wobei er sich ein Grinsen verkniff. Isabelle von Beilstein ging in dieselbe Klasse wie die vier Freunde und war deren Meinung nach die eingebildetste Zicke weit und breit.

»Was soll das denn heißen?«, fragte Jaron, offensichtlich genervt.

»Nichts.«

»Ja, klar, nichts«, äffte Jaron sie nach.

»O Mann, könnt ihr das bitte mal lassen?«, seufzte Emma. »Das geht echt tierisch auf die Nerven.« Sie sah Jaron an. »Warum musstest du an das Bild denken?«

»Irgendetwas darauf kam mir bekannt vor.«

»Ja, klar, der Typ – wie hieß er doch noch gleich?«, fragte Franky.

»Ferdinand von Beilstein. Der ist auf diesem Porträt abgebildet«, bestätigte Jaron. »Und inzwischen wissen wir ja, dass er Ende des 16. Jahrhunderts in der Gruft unter der Sankt-Valentins-Kapelle gestorben ist.«

»Genau, da haben wir ja sein Skelett gefunden. Dem Skelett fehlt ein Finger, und dem Jungen auf dem Bild fehlt ebenfalls ein Finger«, stellte Antonia fest.

»Stimmt, aber das meine ich nicht«, fuhr Jaron fort.

»Was dann?«, erkundigte sich Franky.

»Ich weiß es eben nicht.«

»Zeig doch noch mal her«, schlug Emma vor.

Daraufhin holte Jaron sein Handy aus der Hosentasche und suchte nach dem Foto, das er von dem Ölporträt gemacht hatte. Als er es gefunden hatte, betrachteten die Freunde einen etwa vierzehnjährigen Jungen, der irgendwie traurig wirkte. Er trug eine blaue Jacke und hatte die rechte Hand auf eine Säule gelegt. Der kleine Finger daran fehlte.

»Ich glaube, ich weiß, was dir aufgefallen ist«, sagte Emma schließlich. »Zoom doch bitte mal diesen Ausschnitt näher heran.« Sie deutete auf die rechte obere Ecke des Porträts.

Sofort vergrößerte Jaron den Hintergrund. Er bestand aus Vorhängen, Bildern und einem Möbelstück, das aussah wie eine Mischung aus Kommode und Schreibtisch.

»Schaut mal hier, an dem Sekretär«, sagte Emma und zeigte auf eine ganz bestimmte Stelle.

Alle beugten sich noch tiefer über das Handy, während Jaron den Ausschnitt noch näher heranzoomte.

»Das gibt's doch nicht!«, rief Franky. »Das ist der Schlüssel, den wir neben dem Skelett gefunden haben!«

Jetzt sahen es die anderen auch: In dem Möbelstück steckte ein kleiner silberner Schlüssel, der mit einem verschlungenen Muster und den Initialen *FB* verziert war.

»Dieser Schlüssel gehört also zu Ferdinands Schreibtisch«, schlussfolgerte Emma. »Womöglich hat er darin irgendetwas Wichtiges versteckt, das uns weiterhelfen könnte. Meint ihr, es gibt dieses Möbelstück noch?«

»Kann schon sein«, sagte Jaron. »Wir sollten uns im Schlosshotel mal genauer umschauen.«

»War ja klar, dass du das sagst«, stichelte Antonia. »Frag doch die schöne Isabelle, ob sie dich rumführt.«

»Jetzt reicht's aber, Antonia«, schimpfte Jaron, bevor er sich an die anderen beiden wandte. »Glaubt ihr nicht auch, dass das eine lohnende Spur ist?«

»Selbstverständlich«, sagte Franky, »der sollten wir auf jeden Fall nachgehen.«

»Ich wäre ja dafür, dass wir uns erst einmal den Hinweisen widmen, die wir schon dahaben«, meinte Antonia und nahm den Stein in die Hand. »Habt ihr eine Idee, was wir mit den Symbolen hierdrauf anfangen sollen?«

Emma griff nach dem Halbedelstein und betrachtete die Oberfläche genauer. »Auf dem ersten Stein, dem Bernstein, haben wir Äste entdeckt, die ein Kreuz bilden. Das hat uns ja schließlich zur der Kreuz-Eiche geführt, unter der wir dann diesen Stein gefunden haben. Und hier sind Tränen oder Tropfen eingearbeitet. Außerdem der Schriftzug *omnem lacrimam – alle Tränen*.«

»Das hat bestimmt irgendwas mit Wasser zu tun«, überlegte Jaron.

»Vielleicht liegt der dritte Stein ja im Starnberger See«, stöhnte Franky.

Alle schauten ihn entsetzt an.

»Na, dann gute Nacht«, brummte Jaron. »Wenn das stimmt, können wir gleich einpacken. Oder tauchen lernen.«

Unwillkürlich begannen alle zu grinsen.

Dann schüttelte Emma den Kopf. Sie drehte den Stein hin und her. »Irgendwie glaube ich das nicht. Auf dem See gibt es vielleicht Wellen. Aber Tropfen passen eher zu einem Bach oder einer Quelle.«

»Könnte auch einem Wasserfall sein«, meinte Antonia.

Emma ließ den Stein sinken. »Ja, könnte alles sein. Mist, hier gibt es bestimmt Tausende von Bächen und Quellen. Sollen wir die alle absuchen?«

»Das kannst du vergessen«, sagte Franky achselzuckend.

Jaron runzelte die Stirn. »Meint ihr, wir sollten noch mal jemanden einweihen, der uns bei der Suche helfen kann?«

»Wen denn?«, entgegnete Antonia. »Opa Hans kommt wohl nicht infrage.«

»Und Weixlhammer traue ich inzwischen nicht mehr über den Weg«, erklärte Emma.

Richard Weixlhammer war der örtliche Antiquitätenhändler, der den Freunden schon ein paar Mal nützliche Tipps gegeben hatte. Daraufhin hatten sie ihn ins Vertrauen gezogen und ihm ihre größte Entdeckung gezeigt, eine geheime Gruft unter der Kapelle in Allmannshausen. Er hatte dann die Behörden informiert und den vieren den Zugang zur Gruft verweigert.

Franky spürte auf einmal, wie müde er war. Der Besuch seiner Eltern und die unausgesprochenen Dinge, die zwischen ihm und seinem Vater schwangen, hatten ihn offenbar mehr angestrengt, als er gedacht hatte.

»Wisst ihr was? Wie wir das mit dem Schreibtisch im Schlosshotel anstellen wollen, können wir ja noch besprechen. Und in Bezug auf den Stein kann ich erst mal ein bisschen recherchieren. Hier im Krankenhaus hab ich freies WLAN, und es gibt ja sonst nicht viel zu tun«, sagte er und unterdrückte ein Gähnen. »Wenn das nichts bringt, können wir uns immer noch was anderes überlegen.«

Emma nickte. »Das klingt gut. Und ich glaube, jetzt lassen wir dich erst mal in Ruhe. Du bist müde, oder?«

Franky lächelte verlegen. Er wurde wirklich immer schlapper. »Ist vielleicht besser«, murmelte er.

Sorgfältig packte Antonia den Stein wieder ein.

Jaron klopfte ihm auf die Schulter. »Dann mach's mal gut, Großer. Ärger die Schwestern nicht zu sehr.« Er lachte. »Wir kommen morgen nach der Schule wieder vorbei.«

Als seine Freunde die Tür hinter sich zuzogen, ließ Franky seinen Kopf auf das Kissen sinken und schloss die Augen. Sein Arm pochte leise, doch die Müdigkeit war stärker.

Kapitel 4:

Seltsame nächtliche Begegnungen

Als Franky erwachte, schmerzte sein Arm entsetzlich. Nicht nur die Wunde selbst, sondern der ganze Ober- und Unterarm fühlten sich an, als steckten Nadeln darin.

Er wälzte sich auf die Seite und starrte auf die Wand, an der sich der Schatten einer Baumkrone abzeichnete. Das spärliche Licht einer Laterne erhellte den Park vor seinem Fenster, doch ansonsten war es draußen komplett dunkel.

Da er nicht mehr einschlafen konnte, drehte er sich schließlich wieder auf den Rücken und suchte mit der freien Hand nach der Fernbedienung, die an der Kabelleiste über seinem Bett hing. Er schaltete die Lampe über sich ein und drückte dann auf den Knopf, der das Oberteil des Betts nach vorne kippte.

Erst, als er fast aufrecht saß, war er zufrieden. Wenn er jetzt den Gipsarm in seinem Schoß ablegte, konnte er sich fast ein wenig entspannen. Sein Tablet befand sich in der Schublade seines Nachttischs.

»Wollen wir doch mal sehen, wie viele Quellen und Bäche es tatsächlich hier am See gibt«, sagte er zu sich selbst, während er das Tablet hervorholte und ein paar Worte in die Suchleiste tippte.

Die Liste, die vor ihm erschien, ließ sich schneller überfliegen, als er befürchtet hatte. Er scrollte einmal hindurch und sah sich dann die einzelnen Treffer genauer an. Unter anderem fand er wieder einen Verweis auf das Monster vom Starnberger See – den »Wurm vom Würmsee« – und einen Text, der erklärte, dass der See keinen Zufluss hatte, sondern sich aus unterirdischen Quellen speiste.

»Also liegt der Stein vielleicht doch im See?«, murmelte Franky vor sich hin.

Doch gleich darauf wurde ihm klar, dass das Unsinn war. Wer auch immer die Schale vor Hunderten von Jahren versteckt hatte, hatte gewollt, dass jemand sie fand. Sonst hätte er keine Hinweise hinterlassen. Hätte er die Schale nämlich ein für alle Mal loswerden wollen, dann hätte er sie einfach im See entsorgt. Und hätte sich die Mühe gespart, eine so aufwendige Schatzsuche auszuklügeln.

Nein, der dritte Stein konnte zweifellos entdeckt werden. Die Frage war nur, wo.

Franky variierte die Suchbegriffe und stieß schließlich auf ein Video über eine merkwürdige Sache. Da standen Leute mitten im Wald und sprachen über eine sogenannte *Drei-Bethen-Quelle.*

Fasziniert lauschte Franky, wie ein älterer Herr einen anderen älteren Herrn interviewte und dieser etwas von drei verwunschenen Jungfrauen schwafelte, die unter einem Berg am Ufer schlafen und einen Schatz bewachen sollten. Hinter den beiden ragte ein Eisenrohr aus der Erde, aus dem Wasser sprudelte. Mehrere kahle Äste, die mit bunten Bändern geschmückt waren, bildeten darüber eine Art Baldachin.

Je länger der Film lief, desto breiter wurde Frankys Grinsen. Die beiden Männer redeten mit großer Ernsthaftigkeit von mystischen Energien, von Erdadern und Wünschelrutenlinien und wie sie die heilsame Kraft des Ortes bereits spüren würden.

»Die sind ja echt verstrahlt«, murmelte er nach ein paar Minuten und klickte kopfschüttelnd weiter. Das abergläubische Gefasel musste er sich nicht länger anhören.

Aber die Quelle an sich war schon interessant. War es nicht oft so, dass Legenden und Sagen auf wahren Ereignissen beruhten? Vielleicht interpretierten die beiden nur ihre eigene Weltanschauung in einen Ort hinein, der tatsächlich einen Schatz beinhaltete, beziehungsweise den Hinweis auf einen Schatz?

Mit zusammengekniffenen Augen suchte Franky nach dem Ort dieser Quelle. Sie lag in der Nähe von Leutstetten, etwa fünf Kilometer nördlich des Sees. Als er auf das Symbol für die Quelle klickte, wurden einige Informationen angezeigt. Unter anderem der Vermerk *alter Wallfahrtsort*.

Das Stichwort *Wallfahrt* erinnerte Franky daran, dass sie auf der Suche nach dem zweiten Stein zunächst einer falschen Spur gefolgt waren. Sie hatten gedacht, am Ziel der Kreuz-Eichen-Wallfahrt müsse der nächste Hinweis versteckt sein, aber darin hatten sie sich getäuscht.

Franky schaute sich die Umgebung der Quelle auf der Satellitenkarte an und folgte dem Lauf des Flusses Würm in Richtung Seeufer. Da fiel ihm auf einmal etwas ins Auge: Mitten auf einer Wiese südlich von Leutstetten wurde auf eine weitere Sehenswürdigkeit verwiesen, und zwar auf eine *Villa Rustica*. Das klang doch lateinisch?

Er zoomte diese Stelle näher heran und vor ihm erschienen mehrere Rechtecke aus Stein. Es gab sogar Panoramafotos – sie zeigten eine Ausgrabungsstätte, die durch ein Glashaus geschützt wurde.

Jetzt wurde Franky erst recht neugierig und recherchierte weiter. Was er dazu auf Wikipedia fand, ließ ihn staunen: Diese Villa Rustica war offenbar der Gutshof eines Publius Julius Pintamus gewesen. Er war ein Veteran der römischen Armee, der sich nach fünfundzwanzig Dienstjahren als Bauer am Ufer des Starnberger Sees niedergelassen hatte. Anscheinend hatte er in einer Legion gedient, die auch bei Jerusalem gekämpft hatte. Und zwar ungefähr zu der Zeit, als die Stadt zerstört worden war.

Hatte Publius etwa die Schale aus dem Tempel nach Bayern gebracht? Und den dritten Stein bei der Drei-Bethen-Quelle versteckt, die nicht weit von seinem Gutshof entfernt war?

Außer der eigentlichen Legende um die Schale stellte diese Villa Rustica tatsächlich den ersten Hinweis dar, der den Starnberger See mit Jerusalem verband. Franky wurde ganz kribbelig, am liebsten hätte er gleich seine Freunde angerufen und sie zu dieser Ausgrabungsstätte geschickt.

Aber ein Blick auf die Uhrzeit hielt ihn davon ab: Es war drei Uhr morgens.

In diesem Moment öffnete sich leise die Tür, Licht fiel aus dem Flur in sein Zimmer. Eine Krankenschwester trat an sein Bett und sah ihn missbilligend an. Ihr Namensschild wies sie als *Schwester Monica Simonovici* aus. Sie war nicht sehr groß und etwas untersetzt, ihre dunklen Haare waren von grauen Strähnen durchzogen.

»Du schläfst ja gar nicht!«, sagte sie erstaunt. Sie sprach mit einem starken Akzent. Besonders das *R* rollte sie auf beeindruckende, fast einschüchternde Weise. »Das geht aber gar nicht! Du musst dich von der Operation erholen und darfst nicht die ganze Nacht hindurch zocken. Gib mir das mal.« Damit nahm sie ihm mit festem Griff das Tablet weg.

»Ich zocke nicht«, protestierte Franky empört.

Doch die Krankenschwester warf nur einen flüchtigen Blick auf das Tablet, bevor sie es ausschaltete und in der

Schublade verstaute. »Ist ja auch egal, was du gemacht hast. Du musst jedenfalls schlafen, junger Mann!«

Franky konnte es gar nicht leiden, wenn man ihn *junger Mann* nannte, und widersprach erneut.

Schwester Monica ließ sich dadurch nicht irritieren, sondern drückte auf den Knopf, der das Oberteil seines Bettes wieder in die Liegeposition fahren ließ. »So, das ist besser«, sagte sie, schaltete das Licht über ihm aus und wandte sich zur Tür. Über die Schulter hinweg fügte sie noch hinzu: »Und jetzt schlaf.«

»Aber ich kann nicht schlafen, mein Arm tut so weh«, rief Franky, während er sich mühsam aufrichtete. »Nur deshalb bin ich noch wach.«

Daraufhin drehte sich die Schwester noch einmal um und runzelte die Stirn. »Das kann nicht sein. Du hast schon die volle Dosis Schmerzmittel bekommen, die du kriegen darfst. Leg dich hin, entspann dich, dann wird es schon gehen.«

»Das hab ich versucht!«

»Dann versuch es noch mal. Und der Computer bleibt aus, hörst du? Ich schaue später noch einmal nach dir.« Mit diesen Worten verließ sie das Zimmer und schloss die Tür hinter sich.

Franky saß im Dunkeln und starrte ihr entrüstet hinterher. Was war denn das für ein Auftritt? Waren hier alle Schwestern so unfreundlich?

Seufzend ließ er sich auf sein Kissen zurückfallen. Im Liegen schmerzte der Arm wieder stärker, und so lag er eine Weile da, ohne dass er schläfrig wurde.

Schließlich brachte er sein Bett erneut in die Sitzposition und schaltete das Licht wieder ein. *Bringt ja nichts, dass ich mich hier im Dunkeln von einer Seite auf die andere wälze und grüble,* dachte er.

Er merkte, dass er Durst hatte, doch die nachfüllbare

Flasche auf seinem Nachttisch war leer. Die Schwester würde er deshalb nicht rufen, das war ihm klar.

Also muss ich mir selbst helfen, beschloss er und schlug die Decke zurück.

Vorsichtig stand er auf. Erst wurde ihm ein wenig schwindlig, aber dann ging es recht gut. Nur dem gebrochenen Arm gefiel diese Aktion gar nicht: Die Schmerzen wurden noch heftiger.

Mit der Flasche in der Hand tappte Franky zur Zimmertür, öffnete sie und spähte in den Flur. Kein Mensch war zu sehen. Da er nicht wusste, wo sich der Wasserspender befand, ging er einfach nach rechts. Nach ein paar Metern hörte er Stimmen.

»Diese Kuh geht mir so auf die Nerven!«, schimpfte eine Frauenstimme.

Franky blieb stehen und linste um die Ecke. Durch einen offenen Türrahmen konnte er ins Schwesternzimmer hineinschauen. An einem Tisch saß eine Krankenschwester, sie hatte eine Tasse Kaffee vor sich. Franky erkannte Schwester Monica, die gerade bei ihm gewesen war.

Eine zweite Schwester stand mit dem Rücken zu ihr an einer Arbeitsfläche und schnitt Obst in eine Müslischale. »Die hat dich ganz schön auf dem Kieker, stimmt's?«, sagte sie zu ihrer Kollegin.

Schwester Monica schnaubte. »Bei jedem Handgriff sieht sie mir über die Schulter, und bei jedem noch so kleinsten Fehler setzt es sofort eine Ermahnung. Das ist einfach unerträglich!«

»Was hast du denn gemacht, dass Dr. Dragumir dich so genau überwacht?«

»Vielleicht sind mir wirklich ein paar Fehler unterlaufen. Aber das passiert doch jedem mal, oder nicht?«

»Ja, schon. Aber du solltest aufpassen. So habe ich die Chefin noch nie erlebt. Wenn dir Schnitzer unterlaufen sind, melde das lieber, bevor du echte Probleme kriegst.«

»Ach was, melden«, antwortete Schwester Monica abfällig. Doch ihre Stimme klang nicht mehr so sicher wie am Anfang des Gesprächs. »Ich mach das nicht mehr lange mit, das sage ich dir.«

Die andere Krankenschwester nahm ihre Müslischale und ging zum Tisch. Dabei bemerkte sie, dass Franky um die Ecke lugte. »Hallo, was treibst du denn da?«, sprach sie ihn an.

Nun drehte sich auch Schwester Monica um. »Ich hatte dir doch gesagt, dass du schlafen sollst«, schimpfte sie.

Trotzig trat Franky näher und hielt die leere Flasche hoch. »Ich wollte mir nur etwas zu trinken holen«, erklärte er.

»Dafür hättest du uns doch rufen können«, meinte die andere Schwester.

Franky zuckte mit den Schultern. Er konnte Schwester Monica ja schlecht bei ihrer Kollegin anschwärzen. »Jetzt kann ich es mir auch selbst holen«, sagte er deshalb.

»Brauchst du sonst noch etwas?«, fragte die Krankenschwester und lächelte freundlich.

»Na ja …« Franky zögerte. »Mein Arm tut ziemlich weh.«

»Dann bringe ich dir gleich ein Schmerzmittel.«

»Aber er hat schon die Höchstdosis bekommen, die Dr. Dragumir festgelegt hat!«, protestierte Schwester Monica.

»Monica, du weißt so gut wie ich, dass die Dosis flexibel ist. Wenn er vor Schmerzen nicht schlafen kann, hilft ihm das auch nicht.«

Darauf wusste die resolute Krankenschwester offenbar nichts zu erwidern, denn sie presste nur die Lippen aufeinander.

Die andere Schwester nickte Franky zu. »Geh dir dein Wasser holen, ich komme dann gleich zu dir.«

Sie zeigte ihm, dass der Wasserspender nur wenige Schritte entfernt war, und Franky marschierte gehorsam dorthin. Er stellte seine Flasche auf den dafür vorgesehenen Platz und drückte auf den Knopf für stilles Wasser. Während das Wasser aus dem Automaten floss, blickte er sich um.

Zwei Meter weiter wurde der Flur durch eine Glaswand unterteilt. *HBO-Therapie* stand darauf. Ein Mann in der blauen Kleidung der Pfleger trat aus einer Tür gleich links dahinter und kam in den Teil des Flurs, in dem Franky stand.

Als er an ihm vorbeiging, nickte er ihm freundlich zu und verschwand dann im Schwesternzimmer.

»Hallo, Tom«, hörte Franky die zweite Schwester sagen. »Na, habt ihr heute wieder eine Behandlung, die die ganze Nacht hindurch dauert?«

»Ja, der komische Kauz aus Allmannshausen ist zu einer seiner regelmäßigen Sitzungen da. Habt ihr zufällig noch Kaffee übrig?«, antwortete der Pfleger.

Eine Schranktür öffnete sich, Tassen klapperten. Franky hörte Lachen, konnte das weitere Gespräch allerdings nicht mehr verstehen. Um welchen Kauz es hier wohl ging?

Neugierig drückte er die Klinke der Glastür hinunter. Der Flur dahinter war nur spärlich beleuchtet, doch durch den Türrahmen links von ihm fiel Licht.

Franky trat näher und sah einen großen Raum vor sich. In der Mitte ragte ein riesiger runder Behälter aus weiß lackiertem Metall auf, höher als er selbst. Bullaugen waren darin eingelassen. Das merkwürdige Ding erinnerte ihn an ein Forschungs-U-Boot, das er einmal in einer Dokumentation gesehen hatte.

Neben dem Behälter befand sich ein Steuerpult mit Monitoren, Knöpfen und digitalen Anzeigen. *Fast wie in der Zentrale eines Kraftwerks*, dachte Franky.

Der Schreibtischstuhl vor dem Pult war zurückgeschoben, dort hatte wohl der Mann gesessen.

Franky tappte zu der Anlage, von der ein summendes Geräusch ausging, und schaute durch eines der Bullaugen. Im Innenraum war es fast dunkel. Schläuche hingen von der Decke herab, ihm unbekannte medizinische Geräte blinkten rot und grün. Im Hintergrund konnte Franky vier Sessel erkennen.

Direkt unter dem Bullauge jedoch stand ein Krankenhausbett. Darin lag ein älterer Mann. Er hatte die Augen geschlossen, seine weißen, etwas zu langen Haare waren wie ein Kranz auf dem Kissen ausgebreitet.

Trotz der großen blauen Maske, die sein Gesicht halb verdeckte und aus der ein Schlauch hinauf zur Decke führte, erkannte Franky den Mann sofort. Es war Weixlhammer.

In diesem Moment öffnete der Antiquitätenhändler die Augen und sah Franky an.

Zum Zweiten:

Vater und Mutter

Würmsee, Schloss Unterallmannshausen, 1571

Als die Jagdgesellschaft durch das Tor von Schloss Unterallmannshausen ritt, hatte Ferdinands Hand aufgehört zu bluten. Der Bolzen, den einer von Gustavs Freunden abgeschossen hatte, hatte ihm den kleinen Finger abgerissen, und der Waffenmeister hatte den Stumpf fachmännisch mit einem Lappen verbunden.

Ferdinand war übel, er fühlte kalten Schweiß auf seinem Gesicht, während er die verletzte Hand schützend vor seinem Bauch hielt. Aber der Schmerz ließ langsam nach.

Auf dem Schlosshof, einer ungepflasterten Fläche, umgeben von einer hölzernen Palisade, wartete Gräfin Ginevra von Beilstein auf ihre Söhne. Hinter ihr erhob sich das Herrenhaus, ebenfalls aus Holz errichtet, in dem die Familie von Beilstein seit Jahrhunderten residierte.

Nicht weit entfernt glitzerte der Würmsee. Fischerboote waren darauf zu sehen, die von ihrer morgendlichen Ausfahrt zurückkehrten. Auf der anderen Seite des Herrenhauses befand sich ein bewaldeter Hügel. An seinem Fuß entsprang eine Quelle, die hier alle nur *Zährenborn* nannten.

Im Hof selbst herrschte Betriebsamkeit: Wagen mit Waren wurden entladen, Bedienstete hasteten hin und her, die Pferdeknechte standen bereit, um die Tiere der Reiter zu versorgen.

Die Gräfin stand aufrecht da, die Hände in die Hüften gestützt, und schaute der Gesellschaft mit skeptischer Miene entgegen. Alles an ihr strahlte Überlegenheit und Macht aus – die perfekten Falten ihrer Haube, das prächtige bodenlange Kleid, der teure Schmuck.

Als Gustav sein Pferd auf sie zulenkte, ergriff sie die Zügel und sah zu ihm hinauf. Ferdinand brachte seine Stute dicht dahinter zum Stehen.

»Und, wart ihr erfolgreich?«, erkundigte sie sich.

Gustav warf einen Blick über seine Schulter, hin zu dem Wagen mit dem toten Hirsch, der hinter der Jagdgesellschaft in den Hof gerollt war.

Dann wandte er sich wieder seiner Mutter zu und nickte. »Die Beute war gut. Aber dein Sohn hat völlig versagt.« Er deutete mit dem Kinn auf Ferdinand, der gerade unbeholfen von seiner Stute kletterte.

»Habt ihr wieder einmal gestritten?«, fragte die Gräfin stirnrunzelnd.

Ferdinand lehnte sich an sein Pferd, seine Beine fühlten sich an, als würden sie jeden Moment einknicken. Als er seiner Mutter ins Gesicht sah, konnte er nur Verärgerung erkennen. Wie gewohnt spürte er Gewissensbisse, weil sie nicht zufrieden war. Obwohl es ja meistens Gustav war, der den Streit anfing.

Sein Bruder – groß gewachsen, muskulös und schon mit bemerkenswertem Bartwuchs ausgestattet – war ehrgeizig und ungeduldig wie die Gräfin selbst. Er liebte die Jagd und den Kampf. War er einmal nicht im Wald, so fand man ihn bei den Ställen, wo er stundenlang den Schwertkampf, das Bogenschießen und den Umgang mit Musketen trainierte.

Gräfin Ginevra war stolz auf ihren ältesten Sohn, mit dem es östlich des Würmsees keiner aufnehmen konnte. Ferdinands Interessen missbilligte sie hingegen. Der Vierzehnjährige verbrachte lieber Zeit mit seinem Vater, als Sport zu treiben oder zu jagen.

Sein Vater, Graf August von Beilstein, war meistens in der Bibliothek anzutreffen. Er litt an einer Augenkrankheit, die es ihm unmöglich machte, zu jagen oder in den Krieg zu ziehen. Er war jedoch ein gelehrter Mann mit viel Sinn für gute Geschäfte, der mit Forschern in ganz Europa kommunizierte und sich vorbildlich um die Leitung seiner Kupferminen in Ungarn kümmerte. Seine Krankheit hielt ihn nicht davon ab, mit einer speziell für ihn angefertigten Brille stundenlang zu lesen.

Neben der Sehschwäche hatte sein jüngerer Sohn auch seine Wissbegierde geerbt: Ferdinand liebte es, mit seinem Vater über alle möglichen Erkenntnisse und Theorien zu diskutieren. Der Gräfin war dieses Verhalten ein Dorn im Auge. Deshalb hatte sie heute darauf bestanden, dass Ferdinand mit auf die Jagd ging.

Ginevra hatte die Zügel von Gustavs Pferd losgelassen und schritt nun auf Ferdinand zu. »Was hast du?«, fragte sie und deutete auf seine Hand, die er immer noch schützend an sich drückte.

Bevor Ferdinand antworten konnte, erklärte Gustav: »Ein Unfall, Mutter. Ferdinand hat es nicht fertiggebracht, den Hirsch zu erlegen, sondern stattdessen einen Baum getroffen. Ich bat ihn, den Bolzen wiederzuholen, und da hat sich aus Versehen ein Schuss gelöst.«

Die Gräfin schüttelte den Kopf. »Nicht zu fassen. Er trifft einen Baum!« Sie seufzte. »Ich hätte wissen müssen, dass dein Vater dich völlig verweichlicht hat. Er wird uns noch alle ins Grab bringen, wenn das so weitergeht. Wehrlos sind wir, ohne Schutz!«

Sie deutete auf ein Nebengebäude. »Los, geh in die Küche und lass dir vom Haushofmeister einen Verband anlegen, bevor du noch deine ganze Kleidung verschmutzt.«

Darin hatte sich ihre Fürsorge offenbar erschöpft, denn sie wandte sich wieder Gustav zu.

Ohne etwas zu entgegnen, übergab Ferdinand die Zügel seiner Stute einem Pferdeknecht und machte sich auf den Weg in die Küche.

⁂

Die Nacht war schlimm. Ferdinand konnte lange vor Schmerzen nicht einschlafen; erst früh am Morgen siegte die Erschöpfung. Dann schlief er jedoch tief und traumlos, bis ihn die Bediensteten weckten. Und als er aufwachte, tat die Wunde schon fast nicht mehr weh. Manchmal pochte es noch unter dem Verband, aber er hatte Glück: Die Verletzung schien sich nicht zu entzünden.

Ferdinand kleidete sich an und verließ sein Zimmer. Zunächst wunderte er sich über die hektische Betriebsamkeit auf den Gängen des Herrenhauses.

Doch dann fiel ihm ein, dass die Familie einen besonderen Gast erwartete: Der Bruder seiner Mutter reiste an. Gestern war ein Bote gekommen und hatte die Ankunft für den heutigen Tag angekündigt.

Francesco Maria Rambaldi war Kardinal in Rom und hatte die Familie erst ein Mal, und zwar vor langer Zeit, besucht. Er war in den letzten Jahren aus der Ferne zu einer Art Mentor für Ferdinand geworden. Sie standen in regelmäßigem Briefkontakt, und der Junge freute sich darauf, seinen Onkel endlich persönlich kennenzulernen.

Da seine Mutter mit den Vorbereitungen genug zu tun hatte, würde sie Ferdinand heute Vormittag sicher in Ruhe lassen. Deshalb machte er sich nach dem Frühstück auf den Weg in die Bibliothek, um seinen Vater zu suchen. Graf August von Beilstein war am Vortag erst spät aus der Hauptstadt Bayerns zurückgekehrt, sodass sie sich nach der Jagd nicht mehr gesehen hatten.

Als Ferdinand die schwere Tür zur Bibliothek aufschob, strömten ihm Licht und Wärme entgegen. Sein Vater hatte darauf bestanden, dass dieser Raum gut beheizt werden konnte und dass große Fenster genug Licht zum Lesen einließen. Diese Umstände sowie die Regale voller Bücher hatten die Bibliothek zu Ferdinands Lieblingsplatz gemacht. Dass er hier in aller Ruhe mit seinem Vater reden konnte, war natürlich ebenfalls sehr wichtig.

Wie erwartet sah er ihn in einer der Nischen beim Fenster, den Kneifer in der Hand, über einige bedruckte Blätter gebeugt. Graf August blickte auf, als er die Tür knarren hörte, und lächelte seinem Sohn entgegen.

»Da bist du ja«, sagte er. »Ich habe dich schon erwartet. Schön, dass du doch noch einschlafen konntest – nach dem, was gestern passiert ist. Deine Mutter hat mir davon berichtet.«

Er schaute auf den Verband an Ferdinands rechter Hand und seine Miene wurde besorgt. »Tut es noch sehr weh?«, fragte er leise.

Ferdinand schüttelte den Kopf. »Gestern war es schlimm. Aber heute pocht es nur noch ein bisschen. Solange ich die Hand nicht bewege, ist es in Ordnung.« Interessiert deutete er auf die Blätter, die sein Vater auf dem Tisch zusammenschob. »Was liest du da? Hast du etwas Neues aus München mitgebracht?«

Sein Vater blickte auf den Text, den er gerade gelesen hatte, als ob er sich erst daran erinnern müsste, was dort stand. Er zögerte sichtlich.

»Nun«, begann er, »ich bin mir nicht sicher, ob du dir das hier anschauen solltest. Es ist nicht ganz ungefährlich, sich mit diesen Dingen zu beschäftigen. Wollen wir nicht lieber weiter über Ptolemäus sprechen? Ich habe den Band, in dem wir vor ein paar Tagen gelesen haben, noch hier.«

Er griff hinter sich und zog einen dicken, in Leder gebundenen Folianten von einem niedrigen Regal. »Wir könnten uns weiter mit den Bewegungen der Sonne und der Gestirne beschäftigen.«

Ferdinand wunderte sich ein wenig. Sonst war sein Vater immer gerne bereit, ihn an neuen Entdeckungen und Erkenntnissen teilhaben zu lassen. Dass er zur Vorsicht mahnte, war noch nie geschehen.

Natürlich weckte dies erst recht Ferdinands Neugier. »Über Ptolemäus haben wir genug geredet«, meinte er, zog sich einen Stuhl an den Tisch heran und setzte sich. »Mich interessiert, was du da mitgebracht hast. Wir sprechen doch sonst auch über alles. Warum dann nicht jetzt?«

Graf August von Beilstein sah ihn eine Weile an. »Weißt du, es gibt Schriften, die sollte man hier bei uns in Bayern besser nicht lesen. Denn wenn du sie einmal gelesen hast, gehen sie dir nicht mehr aus dem Kopf. Sie bringen dich auf ganz neue Gedanken. Du änderst deine Meinung über Dinge, die du vorher nie in Zweifel gezogen hast. Und genau das ist es, was diese Lektüre gefährlich macht.«

»Ich glaube, das verstehe ich nicht«, sagte Ferdinand verwirrt.

Sein Vater blickte ihm ernst in die Augen und fuhr fort: »Es gibt Leute, die fürchten sich vor neuen Ideen und kämpfen gegen diejenigen, die sich mit ihnen befassen. Sie scheuen nicht einmal davor zurück, solchen Menschen wehzutun.«

»Wie kann man Angst haben vor neuen Gedanken?«, erwiderte Ferdinand. »Es sind doch nur unsichtbare Gebilde im Kopf eines Menschen.«

Sein Vater lächelte. »Ja, das sollte man meinen, nicht wahr? Aber manche Leute beurteilen das anders. Ihnen macht schon die Möglichkeit, dass sie selbst falschliegen könnten, Angst.«

»Aber mir nicht. Können wir diese Texte nun lesen?«

Seufzend gab der Graf nach. »Du würdest mir ja sowieso keine Ruhe lassen. Und vielleicht ist es gut, wenn du selbst eine dieser Schriften liest und dir dein eigenes Bild machst. Diese hier«, er legte eine Hand auf die Blätter, »ist von Martin Luther. Ich habe schon viel darüber gehört, aber erst gestern hat mir ein Vertrauter ein Exemplar mit nach München gebracht. «

Ferdinand zog scharf die Luft ein. »Du besitzt eine Schrift von Luther?«

»Das ist nicht die erste, Ferdinand. Ich lese Luther schon seit einer Weile.«

»Aber, Vater!«, rief Ferdinand bestürzt. »Luther ist ein Ketzer. Er lehnt sich gegen die Kirche auf und will sie zerschlagen«.

Graf August wiegte den Kopf. »Dass er sich gegen die Kirche auflehnt, stimmt wohl. Aber er ist kein Ketzer. Luther ist ein sehr kluger Mann, der erkannt hat, dass vieles in unserer Kirche im Argen liegt. Und das sagt er laut. Er ist also nicht nur klug, sondern auch sehr mutig. Und es stimmt nicht, dass er die Kirche zerschlagen will. Ganz im Gegenteil: Er will der Kirche helfen, sich zu verändern. Deswegen weist er auf die Missstände hin. Hier, lies selbst.« Er schob Ferdinand die Blätter hin.

Mit zusammengekniffenen Augen las der Junge die Überschrift laut vor: »An den christlichen Adel deutscher Nation. Von des christlichen Standes Besserung.« Dann fragte er: »Ist das ein Brief?«

»Ja. Martin Luther hat ihn vor ein paar Jahrzehnten an alle Fürsten und Bischöfe in den deutschen Fürstentümern geschrieben.«

Ferdinand las still weiter. Der Text war nicht einfach zu verstehen, aber der Vierzehnjährige merkte trotzdem, dass der Verfasser seine Worte genau gewählt hatte und gut argumentieren konnte. Schließlich kam er zu dem Satz: »Alle Christen sind wahrhaftig geistlichen Standes und ist unter ihnen kein Unterschied außer allein des Amts halber.«

Da sah Ferdinand auf. »Was heißt das?«, wollte er wissen.

Graf August antwortete: »Luther nimmt die Bibel beim Wort. Und dort steht, dass jeder Christ ein Priester ist.«

»Aber die Priester haben doch eine besondere Ausbildung, sie bleiben unverheiratet und kennen als Einzige die Worte der heiligen Messe. Sie sind geweiht worden und haben heilige Eide geschworen. Niemand kann ihre Aufgabe übernehmen.«

Ferdinand blickte wieder auf das Schriftstück, das er in den Händen hielt. Nachdem er noch einige Zeilen gelesen hatte, hielt er entsetzt inne. »Hier behauptet Luther sogar, dass nicht einmal der Papst jemand Besonderes sei – dass er nicht mehr sei als ein ganz gewöhnlicher Christ, der getauft wurde!«

Sein Vater nickte. »Ja, genau das behauptet er. Und ich glaube, dass er recht hat.«

Ferdinand begriff plötzlich, warum sein Vater hatte verhindern wollen, dass er diese Worte las. Ihm wurde sehr unbehaglich zumute.

Denn der Verfasser dieser Schrift wagte es tatsächlich, den Priestern und Bischöfen der Kirche ihre Macht abzusprechen. Und dass so etwas gefährlich war, das wusste sogar der Vierzehnjährige. Er hatte oft genug selbst erlebt, dass die Autoritätspersonen der Kirche immer recht haben mussten. Im Firmungsunterricht wurden all diejenigen streng bestraft, die unangenehme Fragen stellten. Es war undenkbar, sich den Würdenträgern der heiligen Kirche zu widersetzen!

Ferdinand wusste, dass sein Vater in Briefkontakt mit einigen Fürsten stand, zum Beispiel dem Grafen von Ortenburg, die sich öffentlich zu einem neuen Glauben bekannten und die Herrschaft der katholischen Kirche über ihre Gebiete ablehnten. Sie nannten sich *Lutheraner* und hatten das lutherische Bekenntnis als verbindlich für ihre Untertanen erklärt.

Aber bisher hatte sich Graf August nie konkret zu diesem Thema geäußert. Und so hatte Ferdinand die abfälligen Kommentare seines Bruders und seiner Mutter nicht weiter beachtet.

Nun wurde ihm jedoch klar, dass sein Vater sich auf die Seite der Lutheraner stellte. Und deshalb bekam er große Angst um ihn. Ein öffentliches Bekenntnis zu den Lehren Martins Luthers würde enorme Konsequenzen haben, so viel stand fest.

Ferdinand dachte an seine Mutter, die aus einer alten italienischen Adelsfamilie stammte. Ihr Bruder Francesco war schon als Junge in ein Kloster eingetreten und dann schnell in der Hierarchie der Kirche aufgestiegen. Gräfin Ginevra hatte ihre Söhne immer ermutigt, dem Onkel zu schreiben. Der sportliche Gustav hatte wenig Interesse, das Italienische zu meistern, daher hatte er diese Gewohnheit bald wieder aufgegeben.

Aber zwischen Francesco und Ferdinand hatte sich in den vergangenen Jahren ein reger Briefwechsel über Glaubensfragen, Kunst und Kultur entwickelt. Der Onkel hatte den Neffen zwar immer dazu angespornt, Fragen zu stellen, ihn aber gleichzeitig darin bestärkt, sich auf die katholische Kirche zu verlassen. Mit dieser Loyalität, die eine kritische Sicht nicht ausschloss, hatte er Ferdinand sehr geprägt.

Allerdings hatte der Junge keine Ahnung, wie der Kardinal die Ausführungen von Martin Luther beurteilte.

Gräfin Ginevra war eine fromme Katholikin. Sie sorgte streng dafür, dass ihre Söhne, die Bediensteten und die Untertanen der Grafenfamilie regelmäßig zur Messe und zur Beichte gingen und auch alle Fastentage beachteten. Niemals würde sie zulassen, dass sich ihr Mann öffentlich zum Lutheraner erklärte!

»Vater, das ist gefährlich«, rief Ferdinand daher entsetzt. »Mutter ahnt schon lange, dass du Luthers Worten glaubst. Wenn du nicht da bist, nennt sie dich einen Lutheraner, auch Gustav tut das schon. Und wenn heute Onkel Francesco anreist und du die Schriften dieses Mönchs hier im Haus hast … Wer weiß, was dann passiert!«

Graf August legte ihm tröstend die Hand auf den Arm. »Verstehst du jetzt, warum ich nicht wollte, dass du dich mit diesen Dingen befasst? Warum ich dich bis heute davon ferngehalten habe?«

Ferdinand schluckte. »Ja, das verstehe ich jetzt. Kannst du diesen Luther nicht einfach vergessen und seine Schriften verbrennen?«

»Ich glaube, du weißt, dass ich das nicht kann. Man kann solche Worte nicht lesen, ohne selbst innerlich Stellung zu beziehen. Ich würde zwar lügen, wenn ich behauptete, ich hätte keine Angst. Aber trotzdem kann ich all dies nicht mehr verdrängen. Dafür haben mich diese Erkenntnisse zu sehr aufgerüttelt.«

Seufzend fuhr er fort: »Ach mein Sohn, manchmal tut es weh, die Wahrheit zu hören. Glaub mir, ich habe lange gezögert, mir selbst einzugestehen, dass Luther in vielem recht hat. Aber jetzt will ich nicht mehr zurück. Auch wenn ich Angst habe. Ich weiß, dass es die Wahrheit ist.«

Er breitete die bedruckten Blätter sorgfältig auf dem Tisch aus. »Komm, lass uns noch ein wenig weiterlesen. Dann zeige ich dir, wo Luther die Heilige Schrift zitiert. Er stützt sich mit seinen Aussagen auf die Worte der Bibel.«

Widerstrebend beugte sich Ferdinand wieder über den Text und las mit, als sein Vater einige Sätze vortrug. Er musste zugeben, dass alles vollkommen logisch und überzeugend klang.

Trotzdem wurde sein Unbehagen immer größer. Er litt jetzt schon sehr unter der Ablehnung, die seine Mutter und sein Bruder ihn spüren ließen. Und er konnte es kaum ertragen, wie verächtlich seine Mutter seinen Vater manchmal anblickte.

Warum gab sein Vater nur so viel auf die Worte eines einzigen Mönchs?

Ferdinand dachte an die Gerüchte, die er gehört hatte. Luthers Schriften hatten schon viel Streit verursacht und sogar Kriege ausgelöst. Würden sie nun auch noch seine Familie zerreißen?

Zum Dritten:

Ein schicksalhafter Besuch

Während sich Graf August und sein Sohn Ferdinand in der Bibliothek über Luthers Schriften beugten, traf der Besucher ein, den Gräfin Ginevra von Beilstein schon sehnsüchtig erwartet hatte.

Ginevra hatte, einen Stickrahmen in der Hand, den ganzen Vormittag an einem der Fenster des Herrenhauses gesessen. Ungeduldig hatte sie immer wieder auf die Straße geblickt, die sich am Seeufer entlang Richtung Alpen schlängelte. Als die Kutsche des Kardinals in Sicht kam, sprang sie sofort auf.

Sie riss die Tür ihres Gemachs auf und rief nach ihrer Zofe. »Schnell«, befahl sie, »lauf in die Küche und bring den gewärmten Wein und die Erfrischungen, die wir vorbereitet haben. Der Kardinal ist angekommen!«

Dann eilte die Gräfin erwartungsvoll die Treppe hinab und trat ins Freie. »Gustav!«, rief sie über den Hof. »Dein Onkel ist da.«

In der offenen Tür des Pferdestalls tauchte der Kopf des Angesprochenen auf. »Ich komme«, antwortete Gustav, während er sich die Hände an einem Lappen abwischte.

Er stellte sich neben seine Mutter, die ihn prüfend musterte. Ganz sauber war sein Gewand leider nicht, aber es war zu spät zum Wechseln.

Die Diener traten gerade aus dem Küchengebäude, zwei voll beladene Tabletts in den Händen, als der Gast eintraf. Francesco Maria Rambaldi reiste standesgemäß in einer bequemen Kutsche, die von zwei edlen Pferden gezogen wurde. Sein Leibdiener saß neben dem Kutscher auf dem Kutschbock; hinter dem Wagen folgte ein bewaffneter Reiter.

Matsch spritzte von den Hufen der Pferde auf, als der Wagen im Tor erschien.

Ginevra spürte, dass ihr Herz schneller schlug; sie war sehr aufgeregt. Ob sich die Erwartungen, die sie im Hinblick auf diesen Besuch hegte, wohl erfüllen würden?

Ihr Bruder war selbstbezogen und unberechenbar. In der Vergangenheit hatte sie es immer geschafft, ihn mit einer Mischung aus Schmeichelei und Provokation in die Richtung zu lenken, die ihren eigenen Interessen dienten. Doch es war Jahre her, dass sie ihn das letzte Mal gesehen hatte, und niemand konnte sagen, wie ihn die Zeit im Vatikan verändert hatten.

Mühsam unterdrückte Ginevra ihre Anspannung und schritt hoheitsvoll auf die Kutsche zu. In diesem Moment öffnete sich der Schlag, und der Kardinal setzte einen Fuß auf die Erde. Er war in eine rote, wallende Robe aus feinster Seide gekleidet und trug ein viereckiges Barett auf dem Kopf.

Sein hageres Gesicht verzog sich jedoch zu einer Grimasse des Abscheus, als er bemerkte, dass sein dünner Lederschuh in einer schlammigen Pfütze gelandet war.

Das fängt ja nicht gut an, dachte seine Schwester, während sie ihr gewinnendstes Lächeln aufsetzte. »Willkommen in Bayern, lieber Bruder«, begrüßte sie ihn in ihrer Muttersprache Italienisch.

»Sei gegrüßt, Schwester. Wie ich sehe, seid ihr mit dem Ausbau eures Hauses noch nicht vorangekommen und versinkt immer noch im Morast. Wie barbarisch!« Er streckte ihr seine gepflegte Hand entgegen, damit sie seinen Ring küssen konnte, was sie auch sofort tat.

Ginevras Lächeln wurde ein wenig gezwungen. »Bitte entschuldige diese Unannehmlichkeit. Leider ist mein Mann, der Graf, immer noch nicht besonders an der Steigerung unseres Komforts interessiert. Seine Bücher sind ihm wichtiger als seine Familie. Solange es nicht um bedrucktes Papier geht, ist ihm alles gleichgültig.«

Sie wandte sich um und winkte die Diener herbei. »Aber, bitte, nimm doch eine Erfrischung.« Sie ergriff einen gefüllten Kelch und reichte ihn ihrem Bruder. »Auch wenn die Weine hier noch lange nicht mit den wunderbaren italienischen Tropfen mithalten können, so haben wir doch wenigstens in dieser Hinsicht einige Fortschritte gemacht.«

Francesco nahm den Kelch und probierte. Dann nickte er anerkennend. »Fürwahr, dieser Wein ist wirklich eine Verbesserung gegenüber dem, den du mir das letzte Mahl angeboten hast.«

Nachdem er noch etwas getrunken hatte, gab er den Kelch seiner Schwester zurück. »Roberto!« Mit diesen Worten winkte er den Bewaffneten heran, der ihn begleitet hatte und der inzwischen abgestiegen war. »Kümmer dich um das Gepäck und die Pferde!«

Ginevra atmete tief durch und entspannte sich ein wenig. Der Anfang war geschafft! Als Nächstes musste sie Francescos Aufmerksamkeit auf seinen ältesten Neffen lenken. »Darf ich dir meinen Sohn, Gustav von Beilstein, präsentieren?«, sagte sie mit einer gewissen Förmlichkeit.

Gustav, der bis zu diesem Moment im Hintergrund gestanden und dem Austausch in Italienisch verständnislos gelauscht hatte, näherte sich dem Kardinal. Er folgte dem Beispiel seiner Mutter und küsste ehrerbietig dessen Ring.

Sein Onkel musterte ihn anerkennend und sagte dann in flüssigem Deutsch mit starkem italienischem Akzent: »Seit wir uns das letzte Mal gesehen haben, bist du zu einem Mann herangewachsen, wie ich sehe. Schön, schön. Und du bist schon auf Brautschau, wie ich höre?«

Verlegen erwiderte Gustav: »Die Richtige war noch nicht dabei, Onkel.«

»Nun, ich denke, da werden wir nachhelfen können, nicht wahr, Ginevra?«

Die Gräfin nickte befriedigt. »Das hoffe ich. Aber nun komm erst einmal ins Haus, lieber Bruder. Deine Gemächer sind gerichtet, und ich habe dir ein Bad vorbereiten lassen. Nach dieser langen Reise möchtest du dich bestimmt erst einmal frisch machen.«

Sie wandte sich an ihren Sohn. »Gustav, zeig dem Kutscher, wo er die Pferde unterbringen kann.«

Dass ihr Ältester unwillig die Stirn runzelte, beachtete sie in diesem Moment nicht weiter, sondern deutete mit einer einladenden Geste Richtung Herrenhaus. »Hier entlang, bitte. Ich hoffe, die Alpenpassage war nicht zu beschwerlich?«

»Nicht mehr als sonst auch. Die Pässe waren alle offen, die Gasthäuser nicht zu voll. Und Roberto schaut für gewöhnlich so grimmig drein, dass alle Räuber Abstand halten. Mehr kann ich nicht wünschen.« Während Francesco neben seiner Schwester herging, hob er seine Kardinalsrobe ein wenig an, damit sie nicht mit dem schmutzigen Boden in Berührung kam.

»Wo sind eigentlich dein Mann und dein jüngerer Sohn?«, meinte er dann. »Ich hatte mich darauf gefreut, Ferdinand endlich persönlich in Augenschein zu nehmen.«

Seufzend hielt Ginevra ihm die Tür zur Eingangshalle auf. »Ich weiß es nicht mit Sicherheit. Aber ich denke, dass sie wie gewöhnlich in der Bibliothek sind und deine Ankunft nicht bemerkt haben. Bitte verzeih diese Unhöflichkeit.«

Francesco blieb stehen und musterte seine Schwester mit einem Seitenblick. »Ich verstehe. Nun, für ausführliche Begrüßungen ist ja später noch Zeit. Vorher haben wir beide einiges unter vier Augen zu besprechen. Wenn deine Vermutung, von der du mir brieflich berichtet hast, stimmt, dann müssen wir mit Überlegung vorgehen.«

Damit sprach er Ginevra aus dem Herzen. Sie hatte ihren Bruder nämlich nicht nur hierher eingeladen, um wieder einmal in aller Ruhe mit ihm plaudern zu können. Sondern sie brauchte seine Hilfe, um sich von ihrem Mann trennen zu können. Sie hegte schon lange nur noch Abscheu für den sanften Graf August, der ihr nie den Zugang zum herzöglichen Hof geebnet hatte, wie sie es bei ihrer Hochzeit gehofft hatte. Falls sie ihn also mit der Hilfe ihres Bruders auf elegante Weise loswerden konnte, würde sie diese Gelegenheit beim Schopf ergreifen.

Als sie Francesco geschrieben hatte, dass ihr Mann sich den Abtrünnigen zugewandt habe, war er tatsächlich sofort bereit gewesen, nach Bayern zu kommen. Obwohl der Kardinal eigentlich gerne über theologische Fragen diskutierte, entsetzte ihn die Vorstellung, dass sich die Lehre Luthers in seiner eigenen Familie breitmachen könnte. Das hatte er seiner Schwester umgehend geantwortet.

»In Rom ist man in großer Sorge«, erklärte er nun. »Seit Luthers Tod kommt die Kirche nicht zur Ruhe.

Keiner kann überblicken, was noch alles geschehen wird. Als ich um Erlaubnis für diese Reise bat, habe ich sie deshalb sofort erhalten. Die Kirche wird die Gegenreformatoren in Bayern mit allen Mitteln unterstützen.«

Ginevra nickte eifrig. »Hast du vielleicht schon einen konkreten Plan?«, fragte sie erwartungsvoll.

Francesco wiegte den Kopf. »Einen genauen Plan noch nicht, nein. Aber es spielt uns in die Hände, dass Albrecht V., der gegenwärtige Herzog von Bayern, ein treuer Katholik ist, der seine Loyalität zu Rom gerade eben erst erneuert hat. Er ist entschlossen, energisch gegen die Ketzer vorzugehen. In ihm haben wir auf jeden Fall einen wichtigen Verbündeten. Ich habe schon Kontakt zu ihm aufgenommen. Er erwartet meinen Besuch.«

Ginevra riss die Augen auf. »Aber das ist ja fantastisch, Francesco! Das übertrifft meine kühnsten Erwartungen.«

Der Kardinal sonnte sich sichtlich in der Bewunderung seiner Schwester. »Warten wir ab, meine liebe Ginevra. Wenn uns der Herr gnädig ist, werden wir im Kampf gegen die Gotteslästerung erfolgreich sein.«

»Oh, das wäre wirklich hervorragend«, hauchte sie.

»Falls du um deine Söhne besorgt bist, so kann ich dich beruhigen: Die können wir retten. Was jedoch deinen Mann betrifft …«

»Ach, Augusts Schicksal ist mir völlig gleichgültig! Von mir aus kann er lieber heute als morgen verschwinden.«

»Sehr gut«, meinte Francesco zufrieden. »Ich freue mich, dass du dich dem wichtigen Anliegen der Gegenreformation nicht in den Weg stellst, liebe Schwester.«

Ginevra unterdrückte ein Lächeln der Entzückung. Sollte es tatsächlich so leicht sein, ihr Ziel zu erreichen? Womöglich würde sie schon in kurzer Zeit frei sein und sich nicht mehr von diesem langweiligen Mann in ihren Ambitionen bremsen lassen müssen.

»Gustav ist alt genug, um die Pflichten eines Grafs zu übernehmen«, sagte sie. »Und Ferdinand ist ein fügsamer Junger, er wird nicht viel Widerstand leisten.«

Der Kardinal nickte.

»Wir müssen nur verhindern, dass August weiterhin die Hand auf seinem Reichtum hält«, fuhr sie fort.

Nun sah Francesco sie eindringlich an. »Das erfordert aber eine gute Planung. Wir brauchen Beweise für Augusts Abtrünnigkeit.«

Inzwischen hatten sie die Tür zu dem Gemach erreicht, das Ginevra für ihren Bruder hatte herrichten lassen.

»August ist kein Dummkopf«, erklärte sie leise. »Er weiß sehr gut, was er gefahrlos sagen kann und was nicht. Sogar mir gegenüber ist er mit seinen Äußerungen sehr zurückhaltend.«

Francesco rieb sich das Kinn. »Ohne handfeste Beweise kann ich wenig machen. Ich brauche Material, um gegen deinen Mann vorgehen zu können.«

Ginevra sank der Mut. Im ersten Moment hatte alles so einfach geklungen: Francesco war hier, ließ seine Beziehungen spielen und alle ihre Wünsche erfüllten sich.

Aber es würde sehr schwierig werden, August dazu zu bringen, sich selbst zu schaden. Sie wusste, dass er ihr nicht traute. Und es war ihr im Laufe ihrer ganzen Ehe noch nie gut gelungen, ihn aus der Reserve zu locken. Was sollte sie nur tun?

In diesem Moment ertönten hinter ihnen Schritte. Dann tauchte Francescos Diener auf, keuchend und schwitzend, schwer beladen mit einer der Kleidertruhen des Kardinals.

Francesco ergriff den Ellbogen seiner Schwester. »Nun, lass nicht gleich alle Hoffnung fahren, meine Liebe. Wir werden schon einen Weg finden, verlass dich drauf.«

Er wies mit dem Kinn auf die Tür, vor der sie immer noch standen, und lächelte dünn. »Und jetzt wäre es wunderbar, wenn du mir meine Gemächer zeigen könntest. Ein Bad klingt wirklich sehr verlockend.«

Zum Vierten:

Die Macht der Kirche

»Und deshalb glaube ich, dass wir den Lehren des Kopernikus keine weitere Bedeutung zusprechen sollten. Es sind theoretische Überlegungen eines armen, in die Irre geleiteten Menschen«, schloss Francesco seinen Vortrag. Lächelnd griff er nach seinem Weinkelch, den ihm ein Diener gerade aufgefüllt hatte. »Diese Berechnungen zu den Gestirnen scheinen mir nichts als Hirngespinste zu sein.«

Er beugte sich vor und stach mit seinem Messer in eines der Fleischstücke, die auf einer großen Platte in der Mitte der Tafel lagen. Während er davon abbiss, lehnte er sich zurück und genoss ganz offensichtlich die Bewunderung, die sich auf den Gesichtern seiner Tischnachbarn abzeichnete.

Ferdinand, der seinen Onkel genau beobachtete, war tatsächlich sehr beeindruckt. Der Kardinal war ein Mann, der Autorität ausstrahlte und über vieles sehr gut Bescheid zu wissen schien. Gleich zu Beginn dieses Abends hatte er Ferdinand zu sich gewinkt und ihn gebeten, an seiner Seite Platz zu nehmen. Die beiden hatten sich eine ganze Weile angeregt unterhalten, und der Junge hatte sich geschmeichelt gefühlt, dass der gelehrte Onkel ihm so viel Aufmerksamkeit schenkte.

August von Beilstein, der auf der anderen Seite des Kardinals saß, hatte sich ebenfalls rege an der Diskussion beteiligt. Ferdinand war aufgefallen, dass der Kardinal den Grafen aufmerksam musterte und das eine oder andere Mal die Stirn runzelte. Allerdings hatte der Junge nicht das Gefühl, dass der Onkel seinem Vater auch nur die geringste Ablehnung entgegenbrachte.

Nachdem Francesco einen großen Bissen Fleisch heruntergeschluckt hatte, fuhr er fort: »Ich denke jedoch, dass die Überlegungen dieses deutschen Mönchs, Martin Luther, ernst genommen werden sollten. Das mag nicht unbedingt die offizielle Haltung der Kirche sein, aber meiner Ansicht nach sollte man seinen Kritikern immer genau zuhören.«

Er hielt einen Moment inne und sagte dann an August gewandt: »Hast du dich zufällig mit seinen Schriften auseinandergesetzt?«

Ferdinand sah, wie sein Vater stutzte. August von Beilstein schien zu überlegen, wie er auf diesen überraschenden Vorstoß des Kardinals reagieren sollte.

Noch viel verwunderter als Ferdinands Vater wirkte jedoch seine Mutter. Gräfin Ginevra fiel fast die Kinnlade herunter. Sie ließ das Brot sinken, von dem sie offenbar gerade hatte abbeißen wollen, und starrte ihren Bruder verwirrt an.

»Nun ja«, begann August zögerend, »ich habe natürlich von Luthers Ansichten gehört. Und ich möchte dir zustimmen, dass einige seiner Gedanken durchaus Gegenstand einer Debatte werden sollten.«

»Aber, Francesco«, rief Ginevra, sichtlich entrüstet, »du kannst doch nicht im Ernst meinen ...«

»Schwester, halt dich da raus«, zischte Francesco ihr zu, atmete dann aber tief ein und lächelte dünn. »Dein Ehemann ist ein kluger Kopf, selbstverständlich interessiert mich seine Meinung zu diesem Thema.«

Ferdinand merkte an der düsteren Miene seiner Mutter, dass ihr diese Wendung des Gesprächs überhaupt nicht behagte. Sie straffte sich und wandte sich ihrem ältesten Sohn zu.

Der hatte schon den ganzen Abend wenig Interesse an der Unterhaltung gezeigt, sondern sich lieber dem Inhalt seines Weinkelchs gewidmet. Nun grinste er seine Mutter etwas dümmlich an, worauf sie einen Entschluss zu fassen schien.

»Selbstverständlich«, antwortete sie ihrem Bruder mit ausgesprochen freundlicher Stimme. »Ich sehe schon, euch wird der Gesprächsstoff nicht ausgehen. Aber für mich wird es spät, daher ziehe ich mich zurück. Wir sehen uns morgen in der Kirche, nicht wahr, lieber Bruder? Ich freue mich schon sehr darauf, dass du uns die Messe lesen wirst.« Mit diesen Worten schob sie ihren Stuhl zurück und stand auf.

Francesco neigte zustimmend den Kopf. »Es ist mir eine Ehre. Und danach werde ich euch gerne die Beichte abnehmen, wenn ihr möchtet.«

»Das wäre wunderbar. Ich wünsche eine gute Nacht«, erwiderte die Gräfin, bevor sie hoch aufgerichtet aus dem Saal rauschte.

⁂

Eine ganze Weile später machte sich Francesco, etwas unsicher auf den Beinen von der Reisemüdigkeit und dem Wein, auf den Weg zu seinem Gemach. Der Abend war gut verlaufen – genau so, wie er es gehofft hatte. *Langsam entwickeln sich hier Perspektiven*, dachte er befriedigt. *Es bleibt noch einiges zu tun, aber der Anfang ist gemacht.*

Er hatte seine Tür fast erreicht, als auf einmal seine Schwester aus dem Dunkel in den Schein der Kerze trat, die er in der Hand hielt. Ihr Gesicht war zornig.

»Ich dachte, wir wollten August überführen! Und nun redest du ihm nach dem Mund? Erklär mir das!«

Francesco ärgerte sich. *Das ist mal wieder typisch Frauenzimmer*, dachte er. *Beachtet nur das Offensichtliche und versteht nichts von Strategie.*

»Nun beruhige dich«, zischte er ihr zu. »Das ist alles Teil meines Plans.«

»Deines Plans? Ich dachte, du hättest noch keinen.«

»Jetzt schon. Ich denke, ich weiß, wie wir vorgehen müssen.«

»Und wie?«

Francesco lächelte. »Geduld, meine Liebe. Warte ab, du wirst schon sehen.« Er wusste natürlich, dass sie das in keiner Weise zufriedenstellte, aber er genoss es, sie ein wenig im Unklaren zu lassen.

Ginevra öffnete den Mund, um zu widersprechen, doch er kam ihr zuvor.

»Und nun entschuldige«, fuhr er schnell fort. »Die Reise steckt mir immer noch in den Knochen. Wir sehen uns morgen bei der Messe.« Mit diesen Worten öffnete er seine Zimmertür und ließ seine Schwester einfach im Dunkeln stehen.

Die Messe am nächsten Morgen war eine Qual für den Kardinal. Er war die prächtigen Kirchen des Vatikans gewohnt, deshalb empfand er die ärmliche Ausstattung der Kapelle als Zumutung. Normalerweise hatte er eine ganze Schar von Priestern und Ministranten unter sich, die in jedem Moment wussten, was zu tun war. Und natürlich reagierten sie sofort auf den kleinsten Wink von seiner Seite. Diese Bauernjungen dagegen, die hier als Messdiener tätig waren, konnte er kaum zur korrekten Ausführung der Messhandlungen bewegen.

Ich muss ein ernstes Wort mit dem hiesigen Priester reden, dachte er, als er die Hände zum abschließenden Segen hob.

Kurz darauf ließ er sich mit einem Seufzer der Erleichterung im Priesterabteil des Beichtstuhls nieder.

Endlich kann ich mich hinsetzen, dachte er. *Warum muss diese Mess-Liturgie auch immer so lang sein. Und alles muss man im Stehen machen!*

Allerdings war die Bank, auf der er saß, äußerst schmal und aus rohem Holz, sodass der Kardinal einen Fluch unterdrückte. *Wie schon bemerkt: Es ist eben nicht Rom*, sagte er sich im Stillen.

Dann beugte er sich vor und schloss die Tür. Er hatte noch nicht lange im Halbdunkeln gesessen, als er hörte, dass sich Schritte näherten. Die Familie seiner Schwester wartete in einer Nische der Kapelle darauf, zur Beichte gehen zu können. Francesco war sehr gespannt, wer den Anfang machen würde.

Die Kniebank knarrte leise, als sich jemand hinkniete.

»Im Namen des Vaters und des Sohnes und des Heiligen Geistes. Amen«, hörte er die Stimme seines jüngeren Neffen durch das Holzgitter.

Er antwortete mit den vorgeschriebenen Worten: »Gott, der unser Herz erleuchtet, schenke dir wahre Erkenntnis deiner Sünden und seiner Barmherzigkeit«

»Amen«, bestätigte Ferdinand.

»Nun, mein lieber Neffe? Ich bin gespannt, was du zu berichten hast, und freue mich, dass ich dir einmal persönlich beistehen kann«, sagte der Kardinal und lehnte sich zurück.

Jetzt wird es spannend, dachte er, während er verstohlen lächelte. Seit dem gestrigen Abend fieberte er diesem Moment entgegen, denn er hatte sofort erkannt, dass Ferdinand mehr über die Aktivitäten seines Vaters wusste als die anderen Mitglieder der Familie. *Und ich habe mir auch schon überlegt, wie ich dieses Wissen aus dir heraushole.*

Der Junge zögerte.

»Wenn dich etwas belastet, kannst du es mir ruhig erzählen. Ich weiß ja schon lange, dass du ein ehrlicher und frommer Christ bist. Ich freue mich doch immer, wenn ich einen Brief von dir erhalte«, fuhr er fort, um seinen Neffen daran zu erinnern, wie viel dieser ihm bereits anvertraut hatte. »Wie hat sich denn dein Verhältnis zu Gustav entwickelt? Versteht ihr euch inzwischen besser als früher?«

»Na ja«, begann Ferdinand. »Meistens gehen wir uns aus dem Weg. Aber er ärgert mich nicht mehr so oft wie früher.«

»Und du? Fühlst du dich ihm immer noch überlegen, weil du viele Dinge schneller und besser erfasst als er?«

»Ja … schon. Manchmal.«

»Wir hatten darüber bereits korrespondiert. Hochmut ist eine schwere Sünde.«

»Ich weiß.«

»Und wie steht es mit deiner Mutter, deinem Vater? Bist du ihnen immer gehorsam?«

»Meistens, ja. Nicht immer.«

»Nun, darüber brauche ich wohl keine Worte mehr zu verlieren. Bereust du deine Sünden?«

»Ja, das tue ich.« Ferdinands Stimme klang nun etwas sicherer, so, als hoffte er, gleich alles hinter sich zu haben.

Doch so leicht kommst du mir nicht davon, dachte Francesco bei sich.

»Gibt es vielleicht etwas in deiner Familie, von dem du vermutest, es könne ein Verstoß gegen Gottes Gebote sein?«, fragte der Kardinal weiter. »Auch dies solltest du beichten und dadurch dein Gewissen erleichtern.«

»Nein, da gibt es nichts«, sagte Ferdinand, aber seine Stimme zitterte leicht.

Francesco lächelte in sich hinein. *Jetzt kriege ich dich.* »Mein lieber Neffe, ich fürchte leider, dass das nicht stimmt. Durch deine Briefe habe ich dich ja bereits ein wenig kennengelernt, und ich glaube, dass dich etwas belastet. Vertrau mir. Ich möchte nur, dass es dir gut geht.«

Auf der anderen Seite des hölzernen Trenngitters wurde rascher geatmet.

Der Kardinal wartete noch einen kurzen Moment, bevor er sehr leise fragte: »Ist es vielleicht etwas, das dein Vater dir erzählt hat?«

Ein Schluchzen war die Antwort.

Francesco wartete wieder eine Weile.

»Weißt du, Ferdinand, ich habe mir schon gedacht, dass dein Vater sich mit manchen Dingen etwas zu intensiv beschäftigt. Ich glaube, dass er nicht immer einschätzen kann, welche Konsequenzen das haben könnte. Aber ich habe eine gute Nachricht für dich: Du kannst ihm helfen!« Der Kardinal legte alle Sanftheit in seine Stimme, zu der er fähig war. »Ich kann es möglich machen, dass ihm die Kirche seine Verirrungen verzeiht.«

»Aber würde er nicht bestraft werden?«, fragte Ferdinand schniefend.

Francesco verzog seine schmalen Lippen. *Dieser Junge hat zu viel Mitgefühl für einen Vierzehnjährigen,* dachte er grimmig. *Von seiner Mutter hat er das nicht.*

»Er wird vielleicht eine kleine Strafe erhalten, aber nichts Schlimmes. Und ist es nicht eine kleine Buße wert, wieder in den Schoß der Kirche aufgenommen zu werden? Sich der Vergebung Gottes wieder sicher sein zu können?«

»Ich denke schon.«

»Und stell dir vor, wie dankbar er dir einmal sein wird, wenn du ihm das ermöglichst«, bohrte Francesco weiter. »Mein lieber Neffe, du hast schon so oft erfahren, wie gut es tut, in der Beichte sein Herz ausschütten und wieder neu anfangen zu können. Meinst du nicht auch, dass es deinem Vater ähnlich gehen wird?«

Keine Reaktion.

»Hilf ihm, bevor es zu spät ist und er sich selbst diese Möglichkeit verbaut.«

Ferdinand schwieg weiter.

Ich muss wohl etwas deutlicher werden, dachte der Kardinal ungeduldig und fuhr fort: »Denk bitte daran, dass auch du gegenüber der Kirche die Pflicht hast, von sündigem Verhalten zu berichten. Wenn du es nicht tust, machst du dich ebenso schuldig und die Kirche nimmt Schaden. Willst du solch eine schwere Sünde auf dich nehmen?«

Eine Weile noch blieb es still im Beichtstuhl. Nur die Bank, auf der Francesco saß, knarrte leise, als er sich näher ans Gitter vorbeugte und wartete.

Dann, das Ohr fast an der Trennwand, hörte er, wie sein Neffe flüsterte: »Er besitzt Schriften von Luther. Und er liest sie.«

Francesco zog leise die Luft ein. *Genau das hatte ich gehofft! Das ist der Beweis, den ich brauche,* triumphierte er innerlich. Aber er zügelte seine Erregung und antwortete mit sanfter Stimme. »Ich verstehe. Habt ihr über diese Schriften geredet? Was hat er gesagt?«

Wieder dauerte es eine Weile, bis Ferdinand weiterflüsterte. »Er meint, dass Luther in vielem recht hat.« Rasch fügte er hinzu: »Aber er sagt auch, dass Luther die Kirche nicht zerschlagen, sondern nur dazu beitragen will, dass sie sich verbessert.«

»Nun ja, so kann man es auch auslegen.«

»Er glaubt wirklich, dass Luther nur helfen will!«

»Das verstehe ich, Ferdinand, und du hast recht: Das muss man ihm anrechnen. Danke, mein Junge. Es ist gut, dass du mir das erzählt hast.«

»Was geschieht nun mit ihm?«

»Keine Sorge, ich passe schon auf ihn auf. Wo bewahrt er die Schriften auf?«

Keine Antwort.

»Ferdinand? Du willst ihm doch helfen.«

»In der Bibliothek«, kam es ganz leise durch das Gitter. »Er hat ein Geheimfach in seinem Sekretär.«

»Siehst du, es geht doch. Das hast du gut gemacht.«

»Was geschieht nun mit ihm?«, fragte der Junge erneut. Seine Stimme zitterte.

»Ich werde erst einmal mit ihm reden. Wenn er Reue zeigt, wird die Kirche gnädig sein«, antwortete Francesco und dachte bei sich: *Oder auch nicht.*

Laut fuhr er fort: »Dir selbst spreche ich Vergebung zu. Du hast dich als ein echter Gläubiger erwiesen, Ferdinand. Gott, der barmherzige Vater, hat durch den Tod und die Auferstehung seines Sohnes die Welt mit sich versöhnt und den Heiligen Geist gesandt zur Vergebung der Sünden. Durch den Dienst der Kirche schenke er dir Vergebung und Frieden. So spreche ich dich los von deinen Sünden im Namen des Vaters und des Sohnes und des Heiligen Geistes. Amen.«

❖ ❖

Noch nie hatte Ferdinand sich nach einer Beichte so erleichtert gefühlt. Vielleicht lag es daran, dass er zum ersten Mal ein wirklich schweres Vergehen gebeichtet hatte – wenn auch nicht sein eigenes, sondern das seines Vaters.

Als er die Treppe des Herrenhauses hinunterstieg, die zum Speisesaal führte, atmete er tief durch. Er war sich ganz sicher, dass sein Onkel seinem Vater dabei helfen würde, wieder auf den richtigen Weg zu kommen. Er selbst brauchte sich keine Sorgen mehr um den geliebten Vater zu machen.

Die leise Stimme in seinem Kopf, die »Verräter!« flüsterte, verdrängte Ferdinand mit aller Macht.

»Jetzt ist alles gut«, murmelte er vor sich hin, während er die Tür zum Saal aufschob. Er war ein wenig spät dran; die meisten Familienmitglieder saßen schon am Tisch und die Bediensteten trugen gerade das Essen auf.

Schnell glitt Ferdinand auf seinen Stuhl – nicht ohne dass ihn ein strafender Blick seiner Mutter streifte, den er jedoch einfach ignorierte. Merkwürdigerweise war der Kardinal noch nicht erschienen, obwohl Teller und Becher an seinem Platz bereitstanden.

Graf August von Beilstein sprach das Tischgebet, alle bekreuzigten sich und griffen zu.

In diesem Moment wurde die Tür zum Saal so heftig aufgerissen, dass sie krachend gegen die Wand prallte.

Alle fuhren zusammen und wandten sich um.

Francesco stürmte in den Saal, sein Kopf fast so rot wie sein Gewand, in der Hand einen Stapel loser Blätter. Er trat zu Graf August und knallte die Papiere direkt vor ihm auf den Tisch, sodass dessen Becher umfiel und der Wein herausfloss.

Höchst verwundert blickte Graf August auf die Schriften, die nun vor ihm lagen. Ein Blatt löste sich von dem Stapel und segelte auf den Boden.

Ferdinand blieb fast das Herz stehen, als er das oberste Blatt erkannte. Es war die Schrift von Luther, die sein Vater und er gemeinsam studiert hatten.

»Eine Schande ist das!«, brüllte Francesco. »Wie kannst du es wagen, solche Schmierblätter in das Haus zu bringen, in dem meine Schwester wohnt? Welcher Teufel hat dich geritten, dass du glaubst, damit durchzukommen? Und hier findet sich nicht nur *eine* dieser Schriften, sondern gleich eine ganze Geheimbibliothek!«

Ginevra hatte ihr Besteck fallen lassen und in einer übertriebenen Geste die Hände vor den Mund geschlagen.

Gustav starrte seinen Onkel nur voller Unverständnis an.

Indessen hörte sich Graf August den Redeschwall seines Schwagers mit unbeweglicher Miene an. Als dieser innehielt, um Luft zu holen, griff er nach den Papieren. Er holte ein paar Blätter aus der Weinpfütze, rückte den Stapel zurecht und strich das Titelblatt geradezu zärtlich glatt. Dann sah er dem Kardinal in die Augen.

»Ich leugne es nicht«, sagte er leise, aber fest. »Ich weiß zwar nicht, wer dir das Recht gibt, in meinen persönlichen Unterlagen zu schnüffeln, aber ich leugne es nicht. Jawohl, mich interessieren die Worte von Luther. Vieles von dem, was er schreibt, finde ich bedenkenswert. Doch das geht dich nichts an.«

»Und ob mich das etwas angeht. Ich habe jedes Recht dazu! Schließlich bin ich ein Vertreter der Kirche, und in dieser Funktion bin ich befugt, jedes Vergehen anzuzeigen und zu bestrafen! Besonders eine so ungeheuerliche Ketzerei wie diese. Das ist Blasphemie! Gotteslästerung!«

Jetzt stand August auf, sein Gesicht war nun auf gleicher Höhe wie das von Francesco. »In Rom vielleicht«, erwiderte er mit ruhiger Stimme. »Hier aber befindest du dich in meinem Haus, auf meinem Land. Hier bist du in erster Linie mein Schwager, ein willkommener Gast. Also benimm dich auch so.«

Francescos Gesicht wurde blass. Seine Augen verengten sich zu Schlitzen und seine schmalen Lippen wurden fast unsichtbar, so fest presste er sie zusammen. Er beugte sich vor und zischte leise: »So, das ist es also, was du glaubst? Na, dass du dich da mal nicht irrst!«

Mit einem heftigen Ruck drehte er sich dann zu seiner Schwester um. »Ginevra, lass meine Pferde anspannen. Ich reise sofort ab.«

»Aber …«, versuchte die Gräfin zu protestieren, doch er schnitt ihr das Wort ab. »Sofort, habe ich gesagt!«

Daraufhin sprang sie ärgerlich auf und eilte aus dem Saal. Francesco warf August noch einen letzten verächtlichen Blick zu, nahm den Blätterstapel an sich und folgte ihr.

Im Saal war es vollkommen still. Die Diener, die sich während Francescos Auftritt in den Hintergrund zurückgezogen hatten, standen schweigend an der Wand und rührten sich nicht.

Gustav blickte mit offenem Mund zur Tür, hinter der sein Onkel und seine Mutter verschwunden waren.

Langsam setzte sich Graf August wieder und rückte mit abwesender Miene sein Gedeck zurecht.

Da spürte Ferdinand, wie eine Welle von Hitze in ihm hochstieg. Sein Messer fiel klappernd auf den Zinnteller, der vor ihm stand. Er ließ sich schlaff in seinen Stuhl zurücksinken, weil er plötzlich nicht mehr aufrecht sitzen konnte. Gleichzeitig ergriff ihn Panik. Er merkte, wie sein Herz raste, Schweiß trat ihm auf die Stirn. Ihm wurde schlecht.

Es war alles aus. Alles verloren.

Und er war schuld daran.

Mit letzter Kraft richtete er sich auf, schob seinen Stuhl zurück und rannte aus dem Saal.

Dass sein Vater ihm etwas hinterherrief, beachtete er nicht. Der Wunsch, sich zu verstecken, war so übermächtig, dass Ferdinand nicht stehen bleiben konnte. Schluchzend lief er bis zur hintersten Ecke der Bibliothek – dorthin, wo die Bücher in Stapeln und Kisten darauf warteten, einen neuen Platz in den Regalen zu finden.

Er kauerte sich auf dem Boden zusammen und weinte wie ein kleines Kind. Irgendwann war er so erschöpft, dass er einschlief.

Kapitel 5:

Die mystische Quelle

Am Starnberger See

Die Schwester der Morgenschicht musste Franky am nächsten Tag mehrmals wecken, bevor er es schaffte, seine Augen offen zu halten. Die vergangene Nacht war sehr kurz gewesen. Zwar hatte das Schmerzmittel, das er schließlich bekommen hatte, gewirkt, aber er hatte trotzdem nicht sofort einschlafen können.

Das Frühstück ließ Franky größtenteils stehen, die Visite am frühen Morgen bekam er nur halb mit. Er döste den ganzen Vormittag vor sich hin.

Richtig wach wurde er erst, als am frühen Nachmittag Jaron, Emma und Antonia auftauchten. Sie brachten ihm eine Packung seiner Lieblings-Schokoriegel mit, was ihn begeisterte. Strahlend riss er die Umhüllung auf und machte sich daran, einen der Riegel zu verspeisen.

Antonia grinste, als die Schokolade in einem irren Tempo in seinem Mund verschwand. »Haben sie dir kein Mittagessen gegeben?«, fragte sie scherzend. »Vorstellen kann ich es mir ja. Du gehst bestimmt schon allen Schwestern auf die Nerven.«

»Geh ich gar nicht«, protestierte Franky und schluckte den letzten Bissen hinunter. »Wisst ihr, was es als Mittagessen gegeben hat? Eine frittierte Karotte mit Spinat! Wer isst denn so was?! Mega-eklig!«

Seine Freunde lachten. Franky sah ihnen an, dass es für sie völlig unvorstellbar war, dass er sich heißhungrig über eine Karotte hermachte. Jedes Gericht, das nicht aus Italien kam, hatte es bei ihm ohnehin doppelt schwer.

Glücklich seufzend legte Franky die leere Verpackung auf seinen Nachttisch und schaute die drei der Reihe nach an. »Jetzt geht es mir besser. Ihr werdet nicht glauben, was ich heute Nacht erlebt habe: Ich konnte nicht schlafen, und da kam diese furchtbar unfreundliche Schwester rein, ein wirklicher Drachen! Sie hat mir mein Tablet weggenommen. Später habe ich mir dann was zu trinken geholt, und auf einmal ...«

»Langsam, langsam, Kumpel«, sagte Jaron, wobei er mit den Handflächen ein *T* für *Time-out* formte. »Willst du nicht lieber noch mal von vorne anfangen?«

Also erzählte Franky in aller Ruhe. Von Schwester Monicas unfreundlichem Verhalten und dem Gespräch mit ihrer Kollegin, das er wenig später belauscht hatte.

»Ich vermute«, schloss er, »dass in diesem Krankenhaus längst nicht alles rundläuft. Vielleicht waren auch die Probleme bei meiner Operation keine solche Kleinigkeit, wie es die Ärztin dargestellt hat.«

»Meinst du wirklich?« Emma sah ihn erstaunt an.

»Kann doch sein, oder nicht? Auf jeden Fall hat diese Schwester Monica schon ein paar Mal mächtig Ärger bekommen, weil sie Mist gebaut hat.«

»Glaubst du, sie ist nur unfähig, oder macht sie das mit Absicht?«, fragte Antonia nachdenklich.

»Wenn sie es mit Absicht macht, dann wäre das schon voll krass«, stellte Jaron fest.

»Ich hatte schon den Eindruck, dass sie weiß, was sie tut. Womöglich will sie dem Krankenhaus schaden«, überlegte Franky.

»Wenn das so ist«, schlussfolgerte Jaron, »müssen wir auf jeden Fall die Augen offen halten.«

»Stimmt«, bestätigte Antonia. »Und dass du hier Patient bist, verschafft uns die beste Tarnung, um uns ein wenig umzusehen.« Sie lächelte verschmitzt.

Alle nickten zustimmend.

»Ach, übrigens – da gibt es noch etwas, was ich euch erzählen muss«, sagte Franky in gespielt geheimnisvollem Ton.

Jaron grinste. »Ach, wirklich?«

»Ja, heute Nacht hatte ich ja Zeit und habe ein wenig im Internet recherchiert. Und da bin ich auf was Interessantes gestoßen.«

»O Mann, mach's nicht so spannend«, befahl Antonia ungeduldig.

»Tja, Antonia-Schätzchen, wenn ich mich nicht Tag und Nacht und sogar auf dem Krankenbett um unser großes Projekt kümmern würde, kämen wir wohl nie voran«, trumpfte Franky auf und holte das Tablet aus der Schublade.

Dass Antonia die Augen verdrehte und Jarons Grinsen noch breiter wurde, ignorierte er großzügig.

Mit wenigen Klicks landete er wieder bei dem Video, das er über die Drei-Bethen-Quelle in Leutstetten gefunden hatte. »Diese zwei Typen hier sind zwar voll verstrahlt, aber vielleicht ist diese Quelle ja trotzdem der Ort, den wir suchen.«

Neugierig beugten sich Jaron, Antonia und Emma über das Display und schauten das Video mit ihm an. Auch sie mussten lachen, als sie die beiden älteren Herren über die drei Jungfrauen und den Schatz, den diese angeblich bewachten, über Kraftorte und Energielinien reden hörten.

Am Schluss meinte Jaron: »Krass, das könnte schon die Stelle sein, wo der dritte Stein versteckt ist.«

»Aber das hat garantiert nichts mit der komischen Sage von diesen Jungfrauen zu tun«, erklärte Emma.

»Sicher nicht. Das ist nur ein Märchen«, bestätigte Antonia.

»Trotzdem kann es nicht schaden, wenn wir uns dort umsehen. Wir suchen ja nach einer Quelle oder einem Bach. Und wer weiß ...« Jaron hob die Augenbrauen.

Franky nickte. »Genau das habe ich auch gedacht.« Er hielt einen Moment inne und fuhr dann fort: »Ein Fakt am Rande: Auf diesem Berg befindet sich inzwischen ein Golfplatz. Und dort sind bestimmt so einige Schätze in Form von teuren Armbanduhren unterwegs.«

Seine Freunde grinsten.

Franky machte sich wieder an seinem Tablet zu schaffen. »Es gibt da noch etwas anderes, was ich euch zeigen möchte.«

Als er auf der Karte die Gegend südlich von Leutstetten gefunden hatte, zoomte er die Satelliten-Ansicht der Villa Rustica heran. »Schaut euch das mal an.« Er hielt das Tablet seinen Freunden hin. »Das hier liegt ungefähr drei Kilometer von der Drei-Bethen-Quelle entfernt.«

»Was ist das?«, fragte Emma.

»Das, Schätzelein, ist das, was von einem römischen Gutshof übrig geblieben ist. Und der wurde – haltet euch fest – von einem römischen Soldaten errichtet, dessen Einheit bei der Zerstörung von Jerusalem beteiligt war. Ich weiß sogar seinen Namen: Publius.«

»Gibt's ja nicht!«, stieß Jaron aus. »Vielleicht hat der die Schale mitgebracht und hier am Starnberger See versteckt!«

Die Freunde sahen einander wortlos an, jeder wirkte aufgeregt. War diese Entdeckung womöglich ein entscheidender Schritt, der sie ihrem großen Ziel näher brachte? Würden sie vielleicht tatsächlich bald die legendäre goldene Schale finden?

In diesem Moment klopfte es an die Tür.

Die Ärztin, die Franky operiert hatte, betrat das Zimmer. Wenn Antonia sich richtig erinnerte, hieß sie Dr. Dragumir.

Als die gepflegte Dame im weißen Kittel die drei Freunde sah, lächelte sie. »Oh, du hast netten Besuch, wie schön!« Sie schüttelte ihnen der Reihe nach die Hand. »Wir kennen uns ja schon: Jaron, Antonia und Emma, wenn ich mich richtig erinnere, nicht?«

Wow, die hat ja ein tolles Gedächtnis, schoss es Antonia durch den Kopf. *Und ihr Make-up ist so perfekt, als käme sie direkt aus dem Kosmetikstudio.*

Nun wandte sich Dr. Dragumir an Franky. »Ich habe schon gehört, dass es dir heute Nacht nicht so gut ging. Deshalb wollte ich noch mal nach dir sehen und fragen, ob alles in Ordnung ist. Kannst du mir beschreiben, wo genau die Schmerzen waren?«

»Am Ellenbogen war es am schlimmsten, aber eigentlich hat mir der ganze Arm wehgetan.«

»Mmmh.« Dr. Dragumir griff nach dem Gips und drehte ihn hin und her. »Ein paar Schmerzen sind nach so einer Operation eigentlich völlig normal.« Sie holte eine Röntgenaufnahme aus einer Akte, die sie mitgebracht hatte, und hielt sie gegen das Fenster.

Eine Weile war es ganz still.

Während die Ärztin das Röntgenbild betrachtete, sah Antonia sich zum ersten Mal gründlich um. Franky lag immer noch allein im Zimmer, der zweite Platz für ein Bett an der Tür war leer. Das Fenster nahm die ganze Stirnseite des Raumes ein. An der Wand gegenüber von Frankys Bett hing ein großer Flatscreen, daneben ein Bild, das Antonia bisher noch nicht aufgefallen war. Nun jedoch schaute sie es sich näher an.

In einem Krankenzimmer hätte man vielleicht eher ein schön komponiertes Landschaftsbild erwartet. Doch es handelte sich um einen Schnappschuss, der fröhlich lachende Kinder mit brauner Haut und dunklen Augen zeigte. Sie trugen altmodische Kleidung und saßen in einem kahlen, blau gestrichenen Raum auf Metallbetten. Im Hintergrund stand eine Frau in strenger Schwesterntracht; auch sie lachte freundlich in die Kamera. Das Foto wirkte nicht gestellt, sondern spontan.

Merkwürdig, dachte Antonia, *so ein Bild passt irgendwie nicht hierher.* Sie wusste, dass in diese Klinik viele wohlhabende Patienten aus München kamen; es gab sogar einen exklusiven Flügel für Privatpatienten. *Vielleicht kann ich die Ärztin danach fragen.*

»Ich kann nicht erkennen, dass irgendein Problem vorliegt«, sagte Dr. Dragumir jetzt und blätterte in der Akte. »Der Draht sitzt optimal, die Post-OP-Phase ist bisher völlig normal verlaufen. Allerdings kann es schon mal vorkommen, dass sich die Wundheilung etwas verzögert. Deshalb würde ich vorschlagen, dass ich dir noch eine Dosis Schmerzmittel gebe und morgen noch mal nach dir schaue.« Sie blickte Franky an. »Einverstanden?«

Franky nickte. »Klar, wenn Sie meinen.«

»Ich bin gleich wieder da.« Die Ärztin schlug die Akte zu, lächelte und verschwand im Flur, um kurz darauf mit einem Medikament zurückzukommen. Sie spritzte es direkt in den Infusionsbeutel, der über Franky an der Stange hing. »So«, erklärte sie, »jetzt müsste es besser werden.«

»Danke«, sagte Franky.

Dr. Dragumir klopfte ihm freundlich auf die Schulter. »Mach dir keine Sorgen, das wird schon wieder.«

Als ihr Blick zu den drei Besuchern wanderte, nutzte Antonia ihre Chance. Sie zeigte auf das Bild an der Wand und fragte: »Sagen Sie, Dr. Dragumir, wo ist denn dieses Foto aufgenommen worden? Ich finde es sehr ungewöhnlich.«

Dr. Dragumir nickte. »Du hast recht«, antwortete sie, »so was würde man hier vielleicht nicht erwarten. Es wurde in einem Kinderkrankenhaus in Rumänien aufgenommen. Das Krankenhaus liegt in einer der ärmsten Gegenden des Landes, und dort fehlt es praktisch an allem: an Medikamenten, Verbandszeug, Spielsachen, Personal … Ich habe eine Stiftung ins Leben gerufen, die dieses Krankenhaus unterstützt. Außerdem bin ich regelmäßig dort, um zu operieren und die Ärzte vor Ort weiter auszubilden.«

Antonia war beeindruckt. Dr. Dragumir war also nicht nur sehr kompetent und für ihr Alter ziemlich gut aussehend, sondern sie schien sich auch noch unentgeltlich um Menschen zu kümmern, denen sonst keiner half.

»Toll«, sagte sie. »Das klingt nach einer unglaublich wichtigen Aufgabe.«

»Ja, das ist es«, bestätigte Dr. Dragumir. »Aber nun entschuldigt mich bitte. Ich habe noch andere Patienten, nach denen ich sehen muss.« Sie verabschiedete sich und ging.

»Du bist hier ja offenbar in guten Händen«, sagte Jaron, der ebenfalls sehr beeindruckt wirkte. »Die weiß wohl wirklich, was sie tut.«

»Ja, aber trotzdem ist irgendwo der Wurm drin, das spüre ich«, entgegnete Franky. »Diese Krankenschwester, von der ich euch erzählt habe, ist echt komisch. Dass sie noch nicht rausgeschmissen wurde, wundert mich echt.«

»Ich denke, wir sollten ein Rätsel nach dem anderen angehen«, meinte Emma. »Und ich würde vorschlagen, dass wir drei jetzt erst mal zu dieser Drei-Bethen-Quelle fahren, wir sind ja sowieso schon fast dort.« Vom Krankenhaus aus war es weniger weit nach Leutstetten als von Allmannshausen aus. »Können wir dich denn allein lassen?«

»Ist schon okay, ich komme klar. Und mein Arm tut schon nicht mehr so weh wie vorhin«, antwortete Franky. »Habt ihr ein Handy dabei?«, fragte er dann.

»Klar«, sagte Emma.

»Dann lasst mich doch per Video-Anruf dabei sein, okay?«

»Gute Idee«, stimmte Jaron zu.

»Wir melden uns, sobald wir die Quelle gefunden haben«, versprach Emma.

»Oder diese Villa Rustica«, fügte Antonia hinzu. »Die möchte ich mir auch unbedingt anschauen. Und selbstverständlich bist du live mit dabei, großer Meisterdetektiv!«

Als seine Freunde gegangen waren, machte es sich Franky in seinem Bett gemütlich. Er holte sich noch einen Schokoriegel und verspeiste ihn genüsslich – diesmal ganz ohne Hast. Zu gerne wäre er jetzt mit den anderen unterwegs gewesen, auf der Suche nach dem dritten Stein. Wann sie sich wohl per Video-Anruf bei ihm melden würden?

Er seufzte und kratzte sich am Handgelenk, wo der Gips endete.

Dann beschloss er: *Bis die so weit sind, recherchiere ich selbst noch ein wenig. Letzte Nacht hat mich ja diese Schwester Monica unterbrochen. Vielleicht gibt es noch andere wichtige Hinweise.*

Er griff nach dem Tablet und öffnete wieder den Browser. Diesmal suchte er nicht nach *Quelle*, sondern probierte es mit *Bach* und *Rinnsal*.

Und siehe da: Ziemlich schnell stieß er auf eine weitere vielversprechende Spur: Nicht weit von der Seeburg –

genauer gesagt: auf dem Grundstück des Schlosshotels Unterallmannshausen, das der Familie von Beilstein gehörte – hatte es bis vor zwei Jahrhunderten eine Quelle gegeben. Sie war inzwischen versiegt, und an jener Stelle befand sich nur noch eine kleine Höhle, die *Zährenborn* hieß.

Diesem merkwürdigen Namen kam Franky ebenfalls schnell auf die Spur: *Zähre* war ein altertümliches, poetisches Wort für *Träne, Born* ein ebenso alter Ausdruck für *Quelle.*

»*Tränenquelle*, wie passend«, murmelte er vor sich hin. »Das klingt fast *zu* gut.«

Kurz überlegte er, ob er seine Freunde anrufen und sie dorthin schicken sollte, entschied sich dann aber dagegen.

Als *die vier vom See* im Herbst nach dem zweiten Stein gesucht hatten, waren sie bei ihren Nachforschungen ebenfalls auf ein Grundstück der von Beilsteins gestoßen. Sie waren nachts heimlich über einen Zaun geklettert und hatten ein Abenteuer erlebt, das beinahe übel geendet hätte.

Auf einen derartigen Stress hatte Franky jetzt keine Lust, selbst wenn er nur per Video-Anruf dabei sein würde. »Besser, sie checken erst einmal die andere Quelle, die liegt ja auch viel näher bei dieser Villa Rustica«, sagte er laut. »Und dieser römische Gutshof hat bestimmt irgendwas mit der Schale zu tun.«

Um sich die Wartezeit zu vertreiben, rief er noch einmal die Informationen über die Drei-Bethen-Quelle auf und vertiefte sich in die Sage der drei Jungfrauen Einbeth, Warbeth und Wilbeth.

Nach einer Weile klopfte es an die Tür. »Hallo?«, sagte eine ältere, etwas brüchige Männerstimme vom Türspalt her.

Franky schaute auf.

Mit der Person, die dann hereinkam, hatte er absolut nicht gerechnet: Unter einem weißen, etwas wirren Haarkranz erkannte er das Gesicht von Richard Weixlhammer. Der Antiquitätenhändler trug eine dicke Brille; seine Haut war so blass, dass sie fast transparent wirkte.

»Guten Tag, mein junger Freund«, grüßte Weixlhammer noch einmal und trat an Frankys Bett.

»Hallo«, antwortete der Junge überrascht und etwas misstrauisch.

»Ich habe gestern Nacht bemerkt, dass du mich in der Druckkammer entdeckt hast. Deshalb habe ich mich nach meiner Behandlung erkundigt, ob du hier Patient bist, und dachte, ich schaue mal vorbei.«

Er zog sich einen Stuhl an Frankys Bett und setzte sich. Dabei fiel sein Blick auf das Display des Tablets, auf der die große Überschrift *Mystische Orte – die Drei-Bethen-Quelle in Leutstetten* prangte.

»Ach«, sagte er, »das sieht ja interessant aus. Du bist wieder mal am Recherchieren, wie ich sehe? Sehr beeindruckend. Ich selbst kann leider mit dem Internet gar nichts anfangen. Habt ihr neue Hinweise gefunden?«

Stirnrunzelnd schaltete Franky das Display aus. Es ärgerte ihn, dass Weixlhammer, der die vier Freunde schon einmal gründlich hereingelegt hatte, einen Blick auf seinen Fund werfen konnte. »Na ja, nicht wirklich«, wich er aus. »Wir schauen uns halt alles Mögliche an.«

Weixlhammer nickte.

Um ihn abzulenken, fuhr Franky fort: »Aber erzählen Sie doch: Was haben Sie gestern Nacht in diesem merkwürdigen Behälter gemacht? Der sah aus wie ein U-Boot!«

Der Händler schmunzelte. »Da hast du nicht ganz unrecht. Das war eine Druckkammer, die tatsächlich bei der Behandlung der Taucherkrankheit zum Einsatz kommt.«

»Sie tauchen?«, fragte Franky völlig verblüfft.

Jetzt musste Weixlhammer richtig lachen. »Nein, nein«, wehrte er ab, »das nicht. Aber diese Kammer wird unter anderem zur Behandlung einer Krankheit verwendet, an der ich leide. Es ist Retinopathia pigmentosa, bei der die Netzhaut im Auge langsam kaputtgeht. Wenn ich ein paar Stunden in der Kammer liege, kann das den Verlauf der Krankheit vielleicht etwas aufhalten.«

»Oh«, sagte Franky, »das klingt aber schlimm.«

Weixlhammer zuckte mit den Achseln. »Nun, es gibt diese Krankheit schon sehr lange in meiner Familie. Sie wird vererbt, weißt du? Immerhin können die Ärzte heute mehr tun als früher. Aber meine Augen sind trotzdem schon richtig schlecht geworden. Nachts sehe ich inzwischen so gut wie gar nichts mehr; Auto fahren kann ich nur noch bei Tageslicht.«

»Das tut mir leid«, sagte Franky ein wenig hilflos. Er wunderte sich, dass der Händler ihm so wortreich Auskunft gab.

»Aber, mein junger Freund, was ist dir passiert, warum bist du hier im Krankenhaus?«

Daraufhin erzählte Franky von seinem Sportunfall und der Operation. »Und jetzt warte ich darauf, dass ich endlich nach Hause darf«, schloss er. »Aber der Arm tut immer noch ziemlich weh.«

»Na, das ist so kurz nach einer Operation wahrscheinlich nicht ungewöhnlich«, kommentierte Weixlhammer. Dann holte er seine Taschenuhr aus der Westentasche, klappte sie auf und sagte: »Oh, ist es schon so spät?«

Er stand auf und schob den Stuhl zurück. »Bitte entschuldige«, fuhr er fort, »leider muss ich dich schon wieder verlassen, ich habe noch einen dringenden Termin. Und ich wollte dich auch nicht lange stören.«

»Schon gut«, sagte Franky.

»Gute Besserung weiterhin, und grüß mir deine wunderbaren, schlauen Freunde, in Ordnung?« Der Händler schüttelte Frankys unverletzte Hand und verließ mit einem »Bis zum nächsten Mal!« das Zimmer.

Die Villa Rustica lag südlich von Leutstetten zwischen dem Flüsschen Würm und einem kleinen Wald; mit dem Fahrrad keine halbe Stunde vom Krankenhaus in Kempfenhausen entfernt. Etwas erhöht auf einem kahlen Hang, bot die Ausgrabungsstätte einen weiten Blick ins Tal hinab. Wolken zogen über den grauen Himmel, es roch nach Schnee. Als die drei Freunde an der historischen Stätte ankamen, waren keine anderen Besucher zu sehen.

Antonia zog ihre Handschuhe aus und öffnete die Video-Anruf-App auf ihrem Handy. Sie wählte Frankys Nummer.

»Hi«, begrüßte sie ihn, sobald sein Gesicht auf dem Display erschien. »Wir sind jetzt an dieser Villa Rustica.«

»Alles klar«, antwortete er, »lass mal sehen.«

Sie blickte sich um und hielt das Handy von sich weg, sodass Franky die Umgebung betrachten konnte.

Emma hatte in der Zwischenzeit auf ihrem Smartphone die Seite geöffnet, die Franky ihnen gezeigt hatte, und las. »Als das Haus gebaut wurde, stand es sogar direkt am Ufer«, sagte sie dann. »Anscheinend ist der See mal bis hierher gegangen.«

»Wie bitte? Bis hierher?«, fragte Jaron ungläubig.

»Ja«, fuhr sie fort, »hier steht, dass er sich in den letzten zwei Jahrtausenden fast drei Kilometer nach Süden zurückgezogen hat.«

»Das muss ein wunderschöner Platz gewesen sein: direkt am See, mit Blick auf die Berge. Ich kann verstehen, warum der römische Offizier sich hier niedergelassen hat«, meinte Antonia, während sie sich langsam im Kreis drehte.

»Wie hieß er noch mal?«, erkundigte sich Jaron. Er balancierte auf den niedrigen Mauern aus steingefüllten Drahtkörben, die den Verlauf der ehemaligen Hauswände markierten.

Emma beobachtete ihn missbilligend und knurrte: »Publius hieß er. Und jetzt komm da runter.«

»Mach dich mal locker«, entgegnete Jaron grinsend, hüpfte aber auf den Boden zurück. Dann schlenderte er zu dem Teil der Ausgrabungsstätte, die mit einer Art Gewächshaus vor Wind und Wetter geschützt war. »Und was ist das hier?«, fragte er.

Emma und Antonia stellten sich neben Jaron und blickten durch die Scheibe. Vor ihnen befand sich eine quadratische Vertiefung im Boden, aus der gemauerte Türmchen ragten. An einer Ecke war noch zu sehen, dass sie einmal einen Mosaikboden gestützt hatten.

»Das, mein unwissender Freund, ist eine der vielen Annehmlichkeiten, die die Römer erfunden haben: eine Fußbodenheizung«, dozierte Frankys Stimme aus Antonias Handy. »Vor dem Haus gab es einen Ofen, und von dort wurde heiße Luft in diesen Raum unter den Zimmern geleitet. Muss richtig angenehm gewesen sein.«

»Nicht schlecht. Aber so was haben die Römer hier in Bayern auch sicher gebraucht«, meinte Jaron. »Die hatten doch immer nur Sandalen an.«

Die anderen lachten. »Du hast zu viel *Asterix* gelesen!«, spottete Franky.

»Hahaha«, schmollte Jaron, nahm Antonias Handy an sich und sah seinen Freund herausfordernd an. »Wenn du alles besser weißt, dann sag mir doch mal, was wir hier zu finden hoffen.«

Die Mädchen schauten sich an.

»Na ja«, antwortete Franky zögernd, »das weiß ich eigentlich auch nicht. Es ist halt der Ort, an dem vielleicht der erste Besitzer der Schale gewohnt hat. Und außerdem liegt diese Villa Rustica auf dem Weg zur Drei-Bethen-Quelle.«

»Also, dann fahren wir jetzt dorthin«, schlug Jaron vor und streckte Antonia ihr Handy wieder hin. »Denn das hier ist eine Sackgasse. Hier gibt es nichts zu finden, was nicht schon vor langer Zeit ausgegraben wurde.«

»Ich glaube, er hat recht, Franky«, stimmte Antonia zu. »Das ist zwar alles sehr interessant hier, bringt uns aber nicht weiter. Ich leg jetzt auf – wir melden uns, wenn wir die Quelle gefunden haben.«

»Alles klar, bis gleich«, antwortete Franky, das Display wurde dunkel und Antonia steckte ihr Handy wieder ein.

»Na, dann lasst uns mal weiterfahren«, sagte sie zu den anderen beiden. »Weit ist es nicht mehr bis zur Quelle.«

Von seinem Versteck hinter einem Baum hatte er einen guten Blick auf die Ausgrabungsstätte, die – bis auf die drei jungen Leute – völlig verlassen dalag. Die Hand an den Stamm gelegt, beugte er sich vor und sah besorgt zu, wie Jaron von der niedrigen Mauer hüpfte und Antonia ihr Handy schwenkte.

Es passte ihm gar nicht, bei diesem Wetter draußen herumstehen zu müssen, aber er hatte die Hoffnung verloren, dass die vier Freunde ihn in ihre Suche mit einbeziehen würden. So blieb ihm nichts anderes übrig, als ihnen nachzuspionieren, bis sie fündig wurden.

Was er dann tun würde, hatte er sich noch nicht überlegt. Doch ihm würde schon etwas einfallen.

»Nur Geduld, Richard«, ermahnte er sich selbst. »Lass

sie einen Schritt nach dem anderen machen. Lass sie in aller Ruhe die kalten Spuren verfolgen, die du selbst schon vor langer Zeit entdeckt hast, und warte ab. Hab einfach ein Auge auf sie.«

Als er endlich sah, dass die drei wieder aufbrachen, ging er erleichtert zu seinem Oldtimer-Mercedes zurück, den er am Waldrand geparkt hatte. Sosehr Weixlhammer seinen Wagen liebte, so auffällig war dieser. Eine Verfolgung der radelnden Freunde konnte er nur mit gebührendem Abstand wagen.

Wenn die Freunde etwas Geheimnisvolles oder irgendwie Magisches erwartet hatten, so wurden sie enttäuscht: Die Drei-Bethen-Quelle entpuppte sich als eine kleine Rinne oberhalb eines Waldwegs.

An drei Stellen in dieser Rinne trat Wasser aus dem Boden, das von einem Rohr gesammelt und unter dem Waldweg hindurchgeführt wurde. Auf der anderen Seite sprudelte es mit kräftigem Strahl heraus und floss als kleiner Bach den Abhang hinunter. Ein Schild warnte davor, das Wasser zu trinken.

Jemand hatte einen Ast über die Rinne gelegt und ihn mit bunten Bändern geschmückt, wohl – so hatten es die Leute in dem Video erklärt – als Zeichen der Verehrung irgendwelcher Geister. Weiter den Hang hinauf konnte man zwischen den Bäumen hindurch eine Lichtung erkennen, auf der sich vermutlich der Golfplatz befand. Ansonsten war hier nichts, nur Wald und eisiger Wind.

»Siehst du das?«, fragte Antonia Franky, der wieder per Video-Anruf zugeschaltet war, und hielt das Handy über die Rinne. »Nicht sehr aufregend, oder? Wo soll denn hier ein Stein versteckt sein.«

»Sucht doch erst mal richtig«, antwortete Franky. »Die Höhle unter der Kreuz-Eiche war auch nicht sofort sichtbar.«

»Na gut, ich stell dich so lange mal hier hin«, meinte Antonia und lehnte ihr Handy gegen einen Stein.

Gemeinsam untersuchten die drei Freunde nun den Boden rund um die Quelle: Sie schoben mit den Füßen die reifüberzogenen Blätter beiseite und wühlten mit behandschuhten Händen im Unterholz. Dabei wurden sie ziemlich dreckig – die durchs Wasser aufgeweichte Erde klebte so richtig –, fanden aber nichts außer Steinen und Schmutz.

Antonia war ein Stück den Hang hinaufgeklettert, Jaron stand schon halb im Bach und stocherte mit einem Stock in der Erde herum. Emma untersuchte den Boden unter einigen großen Baumwurzeln.

»Hier ist nichts«, rief Antonia nach einer Weile zu ihren Freunden hinüber.

Jaron und Emma richteten sich auf und sahen zu ihr hoch.

In diesem Moment knackte über Antonia ein Zweig. Überrascht drehte sie sich um und schaute hangaufwärts – und entdeckte eine hagere Person in einem pelzbesetzten Wintermantel und feinen Lederschuhen, die sich unsicher über den unebenen Boden bewegte.

Diese Gestalt hätte Antonia auch aus noch größerer Entfernung erkannt: Es war der Antiquitätenhändler Weixlhammer. Er stieg langsam vom Golfplatz zu ihnen herab, wobei er sich immer wieder an Baumstämmen festhielt. Plötzlich stolperte er jedoch und fiel der Länge nach auf den Waldboden.

»Herr Weixlhammer«, rief Antonia und kletterte, so schnell sie konnte, zu ihm. Sie half ihm auf die Beine und fragte besorgt: »Alles in Ordnung? Haben Sie sich verletzt?«

»Es ist alles gut, mein Kind, danke dir. Ich habe nur für einen kurzen Moment nicht aufgepasst«, antwortete der Händler und klopfte sich mit verlegener Miene den Dreck von seinem Mantel.

»Aber was, um Himmels willen, macht ihr hier draußen bei dieser Kälte?«, sagte er dann. »Ich war gerade auf dem Golfplatz spazieren und habe euch hier unten rumklettern sehen. Da habe ich mir Sorgen gemacht. Das ist doch kein Wetter, in dem man in der Erde wühlen sollte.«

Während er sprach, schaute er neugierig auf die Stellen, an denen sie gerade die Erde entfernt hatten

»Wir … wir erledigen eine Aufgabe für die Schule«, improvisierte Antonia.

»Genau, für Biologie«, kam Emma ihr zu Hilfe. Sie und Jaron waren inzwischen zum Weg zurückgekehrt. »Unser Thema ist der Wald, und wir sollen an verschiedenen Stellen Erdproben sammeln. Zur genauen Analyse.«

»Ah ja«, meinte Weixlhammer und schmunzelte, »sehr löblich. Und Jaron sammelt sogar Wasserproben, wie ich an seinen durchweichten Schuhen erkennen kann.« Er verschränkte seine Arme. »Ihr könnt natürlich versuchen, mir etwas vorzumachen. Aber Erdproben hättet ihr auch auf dem Gelände rund um die Seeburg entnehmen können. Oder in Kempfenhausen, wo ihr gerade erst euren Freund Franky im Krankenhaus besucht habt.

Wisst ihr, was ich glaube? Ihr forscht nach der antiken Brosche mit den drei Steinen. Jaja, die Drei-Bethen-Quelle – es liegt wirklich nahe, hier nach einem dieser legendären Steine zu suchen.«

Antonia öffnete erstaunt den Mund. *Woher weiß er das alles nur?*, fragte sie sich.

Weixlhammer hatte offenbar ihre Verblüffung bemerkt, denn er lächelte verschmitzt. »Ihr wundert euch, wie ich darauf komme? Lasst mich nur so viel sagen: Ihr könnt mir vertrauen. Zugegeben, die Geschichte mit der Gruft ist vielleicht nicht so verlaufen, wie ihr euch das vorgestellt habt. Ich will aber nur, dass euch nichts passiert.«

Er sah sie alle der Reihe nach an und nickte. »Und jetzt lasse ich euch allein. Nur noch einen Rat zum Abschied: Hier braucht ihr nicht weiterzusuchen. An diesem Ort gibt es keine Geheimnisse mehr, er ist schon oft ganz genau inspiziert worden. Geht lieber nach Hause, wärmt euch auf und meldet euch bei mir, wenn ihr Hilfe braucht.«

Damit wandte er sich ab und stapfte den Hang hinauf. Als er oben angekommen war, drehte er sich noch einmal um und winkte ihnen zu, bevor er aus ihrem Sichtfeld verschwand.

Antonia holte ihr Handy und ging zu ihren Freunden. »Also, jetzt ist zumindest eines völlig klar«, meinte sie. »Weixlhammer weiß von der Brosche.«

»Vielleicht sollten wir ihn doch in unsere Suche mit einbeziehen?«, sagte Emma nachdenklich.

»Auf keinen Fall!«, schnaubte Antonia. »Er taucht plötzlich auf, tut megafreundlich und wir schütten ihm gleich unser Herz aus? Sorry, Mann, so läuft das nicht.«

Jaron zuckte mit den Achseln. »Er hat sich wahrscheinlich gedacht, er kann es ja mal probieren. Ich frage mich nur, woher er wusste, dass wir hier sind.«

»Das kann *ich* wohl erklären«, kam Frankys Stimme aus dem Handy. »Er war vorhin bei mir im Krankenhaus. Ich hatte gerade eine Seite über die Drei-Bethen-Quelle geöffnet, als er reinkam. Das hat er gesehen und sofort gefragt, ob wir neue Hinweise gefunden hätten. Nachdem wir eine Weile geredet haben, hatte er es auf einmal furchtbar eilig. Ganz offensichtlich, weil er euch hinterherfahren wollte.«

»Weixlhammer hat dich besucht?«, fragte Emma erstaunt. »Warum um alles in der Welt taucht der im Krankenhaus auf, kurz nachdem du den Unfall hattest?«

»Ach, das habe ich euch noch gar nicht erzählt«, erwiderte Franky. »Er war gestern Nacht zur Behandlung in der Station nebenan, er hat irgendeine schlimme Augenkrankheit. Da habe ich ihn gesehen.« Nun berichtete Franky, wie er den Antiquitätenhändler in der Druckkammer entdeckt hatte.

»Das erklärt natürlich einiges«, sagte Antonia. »Trotzdem ist es unverschämt, uns so hinterherzuschnüffeln.«

Sie überlegte kurz. »Allerdings glaube ich langsam tatsächlich, dass es hier nichts zu finden gibt. Sollen wir aufhören?«

Jaron und Emma nickten.

»Ja, geht nach Hause«, stimmte Franky zu. »Es wird sowieso bald dunkel. Außerdem habe ich inzwischen noch eine andere Spur gefunden, die uns vielleicht wirklich weiterbringen wird.«

Es dauerte eine ganze Weile, bis die drei Freunde endlich zu Hause waren. Da sie vollkommen durchgefroren waren, legte Emma sich erst einmal in die Badewanne, und Antonia und Jaron wurden von Jarons Mutter Angelika zu einer Tasse heißem Tee verdonnert.

Franky hingegen, der die ganze Zeit in einem warmen Bett gelegen hatte, hatte andere Probleme: das magere Abendessen und sein Arm, der wieder angefangen hatte zu schmerzen.

Kapitel 6:

Eine Krankenschwester unter Verdacht

»Da stimmte doch irgendwas nicht«, schimpfte Germano Giuliani gerade, als Antonia und Emma am nächsten Tag direkt nach der Schule Frankys Zimmer betraten. Jaron war noch kurz auf die Toilette verschwunden.

Frankys Vater blickte zwar zu den beiden Mädchen hinüber, nahm sich aber keine Zeit für eine Begrüßung, sondern polterte weiter. »Es kann nicht sein, dass dir niemand hilft hier! Hast du die Doktor gesagt, dass es dir geht schlecht?«

»Ja, Mann, das habe ich euch doch schon erzählt, ich bin doch nicht blöd«, antwortete Franky etwas gereizt. Er lag in seinem Bett, anstatt aufrecht zu sitzen wie am vorigen Tag. Sein Gesicht war bleich, und Antonia konnte deutlich sehen, dass er sich nicht wohlfühlte.

Seine Mutter saß auf der Bettkante und streichelte seine Hand. Obwohl sie den beiden Besucherinnen freundlich zulächelte, war ihr die Sorge um ihren Sohn ins Gesicht geschrieben.

»Und – was hat die Doktor gesagt?«, hakte Germano nach.

»Heute Morgen war Dr. Dragumir gar nicht bei der Visite dabei«, erwiderte Franky leise. »Nur irgendein anderer Arzt.«

»Und was hat der gesagt?«, beharrte sein Vater.

Franky rollte mit den Augen. »Er hat gesagt, dass er mit euch reden will.«

»Wann denn?«

»Keine Ahnung.«

»Was ist denn los?«, fragte Antonia jetzt. Die beiden Mädchen waren an Frankys Bett getreten und musterten ihn mitfühlend.

»Mein Arm tut ziemlich weh«, sagte Franky.

»Schlimmer als gestern?«, erkundigte sich Emma.

»Ja, viel schlimmer«, antwortete Franky und rieb sich den Gips. »Aber ich halte das schon aus.«

»Das iste nicht gut«, schnaubte sein Vater. »Es musse besser werden, nicht schlechter. Wenn das so geht weiter, dann wirst du noch lange nicht auf dem Fußballplatz stehen.« Er griff nach der Klingel. »Ich hole jetzt Hilfe«, sagte er und drückte auf den Knopf.

»Bestimmt geht es dir bald wieder besser, mein Schatz«, flüsterte Elvira tröstend und strich Franky die Haare aus der Stirn, was diesem sichtlich peinlich war.

»Schon gut, Mama, das weiß ich doch«, protestierte er, während er ihre Hand wegschob.

In diesem Moment kam Jaron zur Tür herein. »Wir haben Franky die Hausaufgaben mitgebracht«, sagte er nach der Begrüßung und zog ein paar Arbeitsblätter aus seinem Rucksack.

»Oh, das ist nett, vielen Dank«, meinte Elvira und nahm ihm die Blätter ab.

Franky verzog nur das Gesicht. Ihm war ganz eindeutig nicht nach Anstrengung zumute.

»Ihr habt doch heute eine Arbeit in Mathe geschrieben, oder nicht?«, fragte Elvira. »Wie war die?«

»Och, ganz in Ordnung«, antwortete Jaron und beschrieb, welche Themen und Aufgaben drangekommen waren.

Während er redete, tigerte Germano am Fußende des Bettes hin und her und wurde sichtlich immer ungeduldiger. »Warum dauert das so lang?«, begann er wieder zu schimpfen.

»Beruhige dich doch, Germano«, sagte seine Frau. »Die haben hier bestimmt viel zu tun.«

Germano schnaubte nur.

Da ertönte ein lautes Klopfen, die Tür öffnete sich und Schwester Monica kam ins Zimmer geeilt. »Ja, bitte?«, fragte sie stirnrunzelnd.

»Mein Sohn hat Schmerzen«, erklärte Germano. »Könnten Sie bitte informieren die Dr. Dragumir?«

»War sie noch nicht da?«

Franky schüttelte den Kopf.

»Nun, ich kann da nichts machen«, sagte Schwester Monica und zuckte mit den Schultern. »Wenn Dr. Dragumir die Medikation nicht neu einstellt, bin ich nicht befugt, diese zu ändern.«

»Aber Sie können informieren die Doktor«, widersprach Germano, wobei seine Stimme immer lauter wurde, »und die Doktor sagen, dass es *mio figlio* nicht geht gut!«

Schwester Monica seufzte. »Sie ist beschäftigt. Warten Sie doch einfach ab, sie kommt sicher bald.«

»Mein Sohn wartet schon den ganzen Morgen«, rief Germano empört. Sein Gesicht lief langsam rot an. »Sie müssen jetzt was unternehmen!«

»Ist doch nicht so schlimm, Papa, reg dich nicht auf«, versuchte Franky, ihn zu beruhigen.

»Doch, das ist es! Du musse so schnell, wie geht, das Fußballtraining wieder machen. Und ich bestehe darauf, dass du bekommst die allerbeste Behaltung.«

»Behandlung«, korrigierte Franky.

»Ja, die Behandlung. Verstanden!« Germano wandte sich wieder an die Krankenschwester. »Wenn Sie die Dr. Dragumir nichts sagen, dann werde ich es tun. Und jetzt möchte ich, dass Sie Franco ein Schmerzmittel geben. Sie sehen doch, dass es ihm nicht geht gut.«

»Also schön – aber nur, damit Sie endlich Ruhe geben!«, brummte Schwester Monica und rauschte mit zusammengekniffenen Lippen aus dem Zimmer.

»So eine Unverschämtheit!«, regte sich Germano auf. »Ich werde mich beschweren über diese Schwester. Mit Patienten so umzugehen, geht gar nicht.«

»Das ist sicher nicht böse gemeint«, sagte Elivra, ohne jedoch wirklich überzeugt zu klingen. »Sie hat bestimmt viel Stress.«

»Ich hab auch Stress und muss sein zu den Gästen in der Pizzeria freundlich. Ich werde jetzt gehe zu die Dr. Dragumir.«

Damit stapfte Germano zur Tür und stieß dort fast mit der Krankenschwester zusammen, die gerade mit einem Infusionsbeutel in der Hand zurückkam. Sie schaute ihn entrüstet an, machte ihm jedoch Platz, worauf er im Flur verschwand.

»Germano!«, rief Elvira und eilte ihrem Mann hinterher.

Schwester Monica trat an Frankys Bett, nahm den alten Beutel weg und hängte den neuen an den Haken. Sie löste den Schlauch und wollte ihn gerade an das neue Medikament anschließen, als Franky, der sie genau beobachtet hatte, mit dem Finger darauf zeigte. »Ist das jetzt ein anderes Schmerzmittel?«, erkundigte er sich. »Das, das Sie mir gestern gegeben haben, hatte eine ganz andere Farbe.«

Die Frau stutzte und schaute auf das Etikett, das auf dem Beutel klebte. Dann sah sie Franky an und fragte: »Bist du sicher?«

Franky nickte.

Ihr Blick wanderte zu den Unterlagen, die sie mit ins

Zimmer gebracht und auf den Nachttisch gelegt hatte. Nach einem Moment des Zögerns ließ sie den Beutel los, schlug die Akte auf und blätterte darin. Dabei änderte sich ihr Gesichtsausdruck; sie wirkte nun wesentlich unsicherer.

Schließlich klappte sie die Akte zu, griff nach dem Beutel und ging. »Ich bin gleich zurück«, sagte sie noch über die Schulter hinweg.

Die vier Freunde sahen einander verdutzt an.

»Was war das denn?«, fragte Jaron. »Wollte sie dir gerade wirklich das falsche Medikament geben? Ist ja der Hammer!«

»Ich hab es euch ja schon gesagt – hier stimmt irgendwas nicht. Diese Schwester ist echt komisch. Immer im Stress, immer unfreundlich, und mit der Chefärztin kommt sie anscheinend auch nicht klar. Ich glaube, dass die hier was vertuschen.«

»Meinst du wirklich?«, fragte Antonia entsetzt.

»Ja, vielleicht baut die Schwester Mist, und die Ärzte gucken weg, weil sie dem guten Ruf des Krankenhauses nicht schaden wollen.«

»Also, wenn das stimmt, müsste man unbedingt was dagegen unternehmen. Wäre doch furchtbar, wenn durch so einen Fehler mal jemand ganz schlimm zu Schaden käme«, sagte Jaron energisch.

In diesem Moment kehrte Schwester Monica zurück. Der Infusionsbeutel, den sie nun in der Hand hielt, hatte tatsächlich eine ganz andere Farbe. Stumm schauten die vier Freunde ihr dabei zu, wie sie mit schnellen, geübten Bewegungen eine neue Infusion startete.

Danach nickte sie Franky zu. »So, jetzt sollte es aber wirklich bald besser werden«, sagte sie schroff und drehte sich auf dem Absatz um. »Und nun muss ich mal sehen, was dein Vater da draußen treibt.«

Die Freunde konnten durch die Tür, die sie beim Hereinkommen offen gelassen hatte, hören, wie Germano sich immer noch lautstark beschwerte. Etwas leiser waren die Stimmen von Elvira und einer dritten Person zu vernehmen, die beruhigend auf ihn einredeten.

Nachdem Schwester Monica die Tür hinter sich geschlossen hatte, wurde es still im Zimmer. Franky schien einen Seufzer zu unterdrücken und hielt sich seinen verletzten Arm. Seine Freunde setzten sich auf die Bettkante.

»Tut ziemlich weh, oder?«, fragte Antonia leise.

Franky nickte.

»Ich hoffe, dass die Ärztin wirklich bald kommt«, sagte Emma mit gerunzelter Stirn. »Das kann einfach nicht richtig sein, dass die Schmerzen schlimmer werden, statt dass es aufwärtsgeht.«

Antonia wollte Franky gerne ablenken und wechselte deshalb das Thema. »Das war ja ein Reinfall gestern mit dieser Quelle«, meinte sie.

Franky ließ seinen Arm los. »Ja, aber im Internet klang die Beschreibung wirklich vielversprechend. Na ja – jetzt wissen wir wenigstens, dass der dritte Stein sich dort nicht befindet.«

»Stimmt«, bestätigte Jaron. »Und diese Villa Rustica war schon irgendwie cool.«

»Ja, das auf jeden Fall«, sagte Antonia. »Ist schon krass, wenn man sich vorstellt, dass der Typ damals vielleicht die Schale aus Jerusalem hierhergebracht hat.«

Franky nickte, er wirkte schon etwas munterer. Entweder half die Ablenkung oder das Schmerzmittel oder beides zusammen.

»Aber wie machen wir denn jetzt weiter?«, überlegte Jaron laut.

Auf Frankys Gesicht erschien ein schwaches Grinsen. »Ich hätte da so eine Idee …«

Seine Freunde mussten lachen.

»War ja klar, dass du schon weitergedacht hast«, flachste Jaron.

»Tja, Leute, wenn ihr mich nicht hättet …«

»… dann säßen wir jetzt kuschelig im *alten Heinrich* und nicht in diesem ungemütlichen Krankenhauszimmer!«, ergänzte Antonia.

Frankys Grinsen wurde noch breiter. »Wär mir jetzt auch lieber. Aber cool, dass ihr da seid. Ich zeig euch mal, was ich gefunden habe.« Er streckte seine Hand nach dem Schubladengriff seines Nachttischs aus. Antonia half ihm, das Tablet herauszuholen, worauf er die Seiten öffnete, die er am Vortag gefunden hatte.

»Man glaubt gar nicht, was man hier am Starnberger See so alles entdecken kann! Es ist unfassbar, wie viele Märchen und Sagen es in dieser Gegend gibt. Wenn ihr wollt, kann ich euch noch zu einem ganzen Dutzend möglicher Verstecke schicken. Was meint ihr?«

»Bitte nicht«, stöhnte Jaron. »Es hat mir gereicht, bei dieser Drei-Bethen-Quelle im Dreck zu wühlen. Im Januar ist es eindeutig zu kalt für solche Spielchen.«

Frankys Augen leuchteten. »Keine Sorge, ich habe eine Vorauswahl getroffen. Und die vielversprechendste Spur ist diese hier …« Er drehte das Tablet so, dass seine Freunde das Display sehen konnten.

Die drei studierten die Beschreibung.

»*Zährenborn*«, murmelte Antonia. »Was ist das denn?«

»Eine Quelle. Beziehungsweise eine ehemalige Quelle. Heute ist dort wohl nur noch eine kleine Höhle, die aus Sicherheitsgründen abgesperrt ist«, erklärte Franky.

»Und warum ist ausgerechnet diese Höhle dein bester Tipp, wenn dort noch nicht einmal mehr Wasser fließt?«, fragte Jaron.

»Weil *Zähre* ein altes Wort für *Träne* ist, und *Born* für

Quelle – Tränenquelle, versteht ihr? Auf dem Stein steht doch: *omnem lacrimam – alle Tränen*. Und wegen der eingravierten Tropfen suchen wir nach einer Quelle.«

»Ist ja cool«, meinte Jaron.

»Wahnsinn, wie hast du die denn gefunden?«, fragte Antonia aufgeregt.

Franky zuckte mit den Achseln, so gut es ging. »Hat eine Weile gedauert. Aber wenn man weiß, wo man suchen muss …«

»Und wo liegt diese Tränenquelle?«, wollte Emma wissen.

»Tja, das wird euch jetzt vielleicht weniger gefallen«, antwortete Franky zögernd. »Sie liegt nämlich auf einem Grundstück der von Beilsteins.«

»Was? Etwa ebenfalls im Garten von diesem Korbinian von Beilstein?« Jaron riss die Augen auf.

»Nein, nicht da. Sondern bei seinem Bruder, Franz-Josef von Beilstein.«

»Das heißt, auf dem Grundstück vom Schlosshotel Unterallmannshausen?«, hakte Jaron nach.

»Genau«, bestätigte Franky.

»Dann haben wir ja gleich zwei Gründe, dorthin zu gehen! Wir müssen nach diesem altmodischen Möbelstück und nun auch noch nach der kleinen Höhle suchen«, sagte Jaron. »Schon merkwürdig, dass beides am selben Ort sein soll.«

Antonia runzelte die Stirn, sagte aber nichts. Jedes Mal, wenn sie daran erinnert wurde, dass Jaron im Herbst Isabelles Einladung ins Schlosshotel gefolgt war, gab es ihr einen Stich.

Franky nickte. »Die Quelle liegt allerdings wohl etwas versteckt.« Er klickte eine Karte an und zeigte seinen Freunden eine Stelle im Wald, am Rand des Grundstücks. »Wenn der Bericht, den ich gelesen habe, stimmt, müsstet ihr dort ein Loch im Hang finden, das durch ein Gitter abgesperrt ist.«

»Und wie sollen wir das aufkriegen?«, fragte Emma skeptisch.

»Keine Ahnung. Vielleicht ist es ja nicht abgeschlossen. So viel konnte ich nämlich auf den Fotos im Internet nicht erkennen.«

»Das können wir ja dann ausprobieren, wenn wir dort sind«, sagte Antonia und freute sich, dass die Suche weitergehen konnte. Sie hatte schon befürchtet, dass sie den dritten Stein niemals finden und somit komplett scheitern würden.

»Sollen wir gleich hinfahren, was meint ihr?«, wandte sie sich an Jaron und Emma. »Frankys Eltern kommen bestimmt gleich zurück und dann sind wir doch nur im Weg.«

»Warte mal«, protestierte Jaron. »Bevor wir wieder abdampfen und die nächste Spur checken, sollten wir da nicht erst rausfinden, was es mit dieser Schwester Monica auf sich hat?«

»Und wie willst du das anstellen?«, fragte Emma.

»Na, bestimmt hat jede Schwester hier einen Spind oder so etwas. Den könnten wir doch mal überprüfen.«

»Gute Idee«, stimmte Antonia zu.

»Nein, das könnt ihr nicht machen!«, widersprach Emma entsetzt.

»Warum denn nicht?«, wollte Antonia wissen. »Wenn diese Frau irgendetwas auf dem Gewissen hat, finden wir vielleicht raus, was es ist.«

Emma stöhnte nur.

»Ach, Emma-Schätzelein, du kannst ja bei mir bleiben und mir die Hand halten«, grinste Franky.

»Ich könnte sie dir auch noch brechen«, fauchte Emma.

Jaron lachte amüsiert, doch Antonia legte ihrer Freundin die Hand auf die Schulter. »Vielleicht ist es sowieso besser, wenn du hierbleibst. Dann fällt es nicht so auf, dass wir beide für eine Weile verschwinden«, sagte sie beschwichtigend.

Emma nickte, schien aber immer noch verärgert zu sein. Sie setzte sich demonstrativ auf den Stuhl, zog ihr Handy aus der Tasche und ignorierte Franky, der seinen Freunden »Viel Erfolg!« wünschte.

»Danke. Dann wollen wir mal, oder?«, forderte Jaron Antonia auf.

Gemeinsam gingen sie zur Tür. Als Antonia in den Flur spähte, war niemand zu sehen. »Hast du eine Ahnung, wo die Umkleide sein könnte?«, fragte sie Jaron.

»Ich habe eine Vermutung«, antwortete er. »Als ich vorhin auf dem Klo war, da kam eine Ärztin aus einer Tür gegenüber von den Toiletten und hat sich dabei gerade ihren weißen Kittel übergestreift. Ich glaube, im Hintergrund hab ich eine Reihe von Spinden gesehen. Dadurch bin ich vorhin überhaupt erst auf die Idee gekommen.«

»Oh, das klingt gut. Und wie kommen wir da rein?«, überlegte Antonia. »Der Raum ist doch sicher verschlossen.«

»Uns fällt schon was ein«, erwiderte Jaron.

Und so war es. Sie stellten sich einfach an die Wand neben der Tür und taten so, als warteten sie auf jemanden. Lange mussten sie nicht dort stehen, bis sich die Tür öffnete und eine junge Schwester hastig heraustrat. Sie eilte davon, ohne sich umzusehen, sodass Jaron nach der Klinke greifen konnte, bevor die Tür ins Schloss fiel. Schnell schlüpften die beiden hinein.

Antonia blickte sich um. Der Raum sah aus wie die Umkleide eines Sportklubs, nur dass an den Garderobenstangen keine Trikots hingen, sondern weiße Arztkittel und blaue und lilafarbene OP-Kleidung. Metallspinde reihten sich aneinander, davor stand eine Bank ohne Rückenlehne. Rechts ging eine Tür in einen Waschraum. Außer ihnen beiden war gerade niemand da.

Antonia trat an die Spinde heran und las die Aufschriften. »Ein Glück! Da stehen die Namen«, sagte sie.

Jaron half ihr, alles abzusuchen, und so dauerte es nicht lange, bis sie den Spind von *Monica Simonovici* gefunden hatten. Als Jaron sich das Vorhängeschloss genauer anschaute, rief er überrascht: »Sie hat vergessen, das Schloss einrasten zu lassen! Wie praktisch!«

Er entfernte das Schloss und öffnete den Schrank. Darin hingen auf Kleiderbügeln eine Jacke, ein Pulli und eine Jeans. Auf dem Boden standen ein Paar Straßenschuhe, auf der Ablage über den Kleidern waren einige Toilettenartikel aufgereiht: Duschgel, Shampoo, Deo, eine Haarbürste.

Antonia streckte sich und schob die Shampooflasche ein wenig zur Seite. Dahinter lag ein sorgfältig gefaltetes Handtuch, unter dem die Ecke eines dünnen Blatt Papiers hervorschaute.

Vorsichtig griff sie danach und zog es nach vorne. Dabei klapperte ein kleiner Gegenstand, der offenbar zwischen Handtuch und Papier gesteckt hatte, auf die Metallablage. Rasch holte Antonia ihn ebenfalls heraus – er erwies sich als USB-Stick.

Bei dem Papier handelte es sich um einen ausgeschnittenen Zeitungsartikel mit einer fetten Überschrift und dem Foto eines großen alten Hauses. Allerdings begriffen weder Antonia noch Jaron, was in dem Artikel stand. Nicht einmal alle Buchstaben, die darin auftauchten, waren ihnen vertraut; manche trugen Häkchen oder Hütchen

»Was ist denn das für eine Sprache?«, fragte Jaron.

Antonia zuckte mit den Achseln. »Keine Ahnung. Die

kommt mir überhaupt nicht bekannt vor. Nur das hier macht Sinn.« Sie zeigte auf das Wort *Scandal* in der Überschrift.

»Klingt doch sehr interessant«, meinte Jaron.

Antonia nickte und zog ihr Handy aus der Tasche. »Lass uns mal ein Foto machen.«

Während sie den Artikel abfotografierte, sah Jaron sich den USB-Stick genauer an. Aber es war keine Beschriftung darauf, und es fand sich auch sonst keinerlei Hinweis, was er enthalten könnte.

Sorgfältig legte Antonia den Zeitungsartikel nun wieder an seinen Platz und stellte die Flaschen genau so hin, wie sie sie vorgefunden hatten.

»Und was machen wir damit?«, fragte Jaron und hielt den Stick hoch.

Doch die Entscheidung wurde ihm abgenommen, denn in diesem Moment knirschte ein Schlüssel im Schloss, und die Tür öffnete sich einen Spalt. Die beiden Freunde konnten hören, wie sich die Frau, die die Klinke in der Hand hielt, noch von jemandem verabschiedete. Die Stimme kam ihnen bekannt vor.

Hastig schlug Antonia den Spind zu und hängte das Schloss wieder davor, während Jaron den USB-Stick in seiner Tasche verschwinden ließ. Dann gingen sie in Richtung Tür.

Die Frau öffnete die Tür nun ganz. Es war Dr. Dragumir. Als sie die Freunde bemerkte, blieb sie stehen. »Was macht ihr denn hier?«, fragte sie überrascht.

»Die Tür stand offen, wir dachten, hier wäre der Aufenthaltsraum«, behauptete Antonia kühn.

»Nein, das hier ist kein Raum für Besucher, der Aufenthaltsraum ist noch ein Stück weiter den Flur entlang, und zwar auf der rechten Seite«, antwortete die Ärztin, sichtlich verärgert.

»Super, danke schön!«, erwiderte Antonia höflich und drückte sich gemeinsam mit Jaron an Dr. Dragumir vorbei in den Flur. Dann beeilten sie sich, aus ihrem Blickwinkel zu verschwinden, und marschierten zurück zu Frankys Zimmer. Bestimmt waren seine Eltern inzwischen auch wieder dort.

Doch in Frankys Zimmer saß außer Emma kein weiterer Besucher.

Franky sah ihnen neugierig entgegen. Er war glücklicherweise nicht mehr so bleich wie vor einer halben Stunde; das Medikament schien also zu helfen.

Emma blickte von ihrem Handy auf und erkundigte sich: »Und, habt ihr Erfolg gehabt auf eurem Raubzug?«

»Jetzt krieg dich mal wieder ein«, entgegnete Antonia. »Wir haben überhaupt nichts geklaut, sondern nur ein Foto gemacht.«

»Na ja«, fügte Jaron zögernd hinzu, »mitgenommen haben wir schon was.« Er zog den USB-Stick aus der Tasche. »Aber wir bringen ihn nachher wieder zurück.«

»Ihr habt also Schwester Monicas Spind gefunden, und da war ein USB-Stick drin? Krass!«, sagte Franky begeistert. »Was ist drauf?«

»Das wissen wir doch nicht, deshalb haben wir ihn ja mitgebracht«, erklärte Antonia. »Außerdem lag in ihrem Spind noch das da.« Während sie sprach, holte sie das Foto des Zeitungsartikels auf ihr Display und zeigte es Franky und Emma.

»Was steht denn da?«, fragte Franky.

»Tja, das ist die große Preisfrage.« Antonia hob die Augenbrauen. »Woher sollen wir wissen, was das für eine Sprache ist?«

»Keine Sorge, ich finde schon raus, was da steht. Schick mal rüber«, befahl Franky.

Antonia nickte und schickte ihm das Foto.

»Und den Stick kopiere ich am besten gleich«, fuhr Franky fort. »Meine Eltern kommen bestimmt bald wieder. Und zurückbringen müsst ihr ihn ja auch noch.«

Er machte sich daran, die Dateien des Sticks auf sein Tablet zu kopieren. Dann drückte er ihn Antonia in die Hand. »So, fertig. Ich schau mir das an, sobald es geht.«

»Und ich bringe ihn schnell zurück«, sagte Antonia.

»Soll ich mitkommen?«, fragte Jaron.

»Nicht nötig, das kriege ich allein hin«, antwortete Antonia zuversichtlich und verließ das Zimmer.

Es dauerte nicht lange, bis sie wieder zu ihren Freunden zurückkehrte. Es war alles glattgelaufen; sie war wie zuvor unbemerkt in den Raum geschlüpft, und diesmal hatte niemand sie überrascht.

Allerdings hatte sie mit einem gewissen Unbehagen daran gedacht, dass sie Dr. Dragumir vorhin ja belogen hatte. Genau wie den Antiquitätenhändler, als er Emma, Jaron und sie bei der Drei-Bethen-Quelle aufgespürt hatte.

Sind Notlügen eigentlich erlaubt?, überlegte Antonia stirnrunzelnd. *Oder muss man immer und überall die Wahrheit sagen, selbst wenn man in der Patsche sitzt?*

Vor ihren Freunden wollte sie dieses Thema jetzt lieber nicht anschneiden. Aber vielleicht war es keine schlechte Idee, darüber mal in aller Ruhe mit Opa Hans zu reden, beschloss sie.

Gerade wollten die vier Freunde die Dateien, die Franky von dem Stick heruntergezogen hatte, anschauen, da kamen seine Eltern zurück. Sie hatten die Ärztin erwischt, die soeben ihre Schicht angetreten hatte, und sie hatte versprochen, gleich nach Franky zu sehen. Germano war zwar noch verärgert, aber immerhin etwas besänftigt.

Mit der Begründung, dass Franky sich ausruhen müsse,

schickten seine Eltern die Freunde nach Hause. So hatten sie keine Gelegenheit mehr, Schwester Monica genauer unter die Lupe zu nehmen.

Das würde bis zum nächsten Tag warten müssen.

Kapitel 7:

Franky ermittelt allein

Franky war es schrecklich langweilig, nachdem seine Eltern am späten Nachmittag gegangen waren, um das Restaurant aufzumachen. Seit er das Schmerzmittel bekommen hatte, tat sein Arm nicht mehr so weh, sodass er es gut aushalten konnte.

Allerdings quälte ihn der leise Verdacht, dass irgendetwas mit der Wunde nicht in Ordnung war, dass sie eigentlich nicht so pochen dürfte … Wenn ihm nur klar gewesen wäre, was wirklich los war! Er wollte die Wahrheit wissen.

Wahrheit, dachte er. *Haben wir über dieses Thema nicht erst neulich geredet?*

Ihm fiel wieder ein, was Opa Hans gesagt hatte: »Sich zur Wahrheit zu stellen, ist nicht immer einfach.«

Franky starrte an die Decke. »Du wirst immer Ausreden finden, es nicht zu tun, glaub mir« – auch diese Worte kamen ihm wieder in den Sinn.

Natürlich musste er seinem Vater irgendwann die Wahrheit sagen, so viel stand fest. Und es gab noch ein paar andere Punkte, die dringend geklärt werden mussten, zum Beispiel:

Wurde in diesem Krankenhaus tatsächlich gepfuscht? Und war Schwester Monica wirklich inkompetent und wurde von der Chefärztin gedeckt, um den Ruf des Krankenhauses nicht zu gefährden?

Frankys Gedanken kreisten eine Zeit lang um diese Fragen, aber es hatte keinen Zweck: Bisher gab es keine Beweise, die diese Theorien untermauert hätten.

Mit einem Ruck setzte er sich auf und schaltete das Licht über seinem Bett ein. Dann holte er den abfotografierten Artikel, den Antonia ihm geschickt hatte, aufs Display seines Tablets. Den Text in die Übersetzungs-App einzutippen, brauchte eine ganze Weile, weil er diese komischen Schriftzeichen erst mal finden musste.

Schließlich aber hatte er – leise vor sich hin brummelnd – einige Sätze eingegeben, klickte auf *Übersetzen* und las.

Was das Programm ausspuckte, ließ ihn die Stirn runzeln. Sein Blick wanderte zu dem Foto mit den glücklich lachenden Kindern, das in seinem Zimmer an der Wand hing.

»Merkwürdig«, sagte er. Er gab weitere Textabschnitte ein und bekam noch größere Augen, als die deutsche Übersetzung erschien.

Jetzt schloss er die App und öffnete den Ordner, in den er den Inhalt des USB-Sticks kopiert hatte. Er sah sich die Liste der Dateien an. »MP4«, murmelte er vor sich hin. »Das sind Videos!«

Er startete den ersten Film. Doch je länger er das Video anschaute, desto mehr verzog sich sein Gesicht vor Entsetzen. Irgendwann hielt er es nicht mehr aus und schloss den Player seines Tablets. Der Filmton verstummte; Franky konnte die Stimme einer Schwester auf dem Flur hören. In seinem Zimmer war es nun ganz still.

Was mache ich jetzt?, fragte er sich. *Rufe ich gleich die Polizei an? Oder soll ich erst mal Jaron Bescheid sagen?*

Da fiel ihm ein, dass seine Freunde unterwegs zum *Zährenborn* und daher vermutlich gerade beschäftigt waren. Sollte er einfach bis morgen warten?

Franky legte den Kopf auf sein Kissen und schloss die

Augen. Einige Bilder, die er in dem Video gesehen hatte, gingen ihm durch den Sinn, und er schlug die Augen wieder auf. Nein. Warten konnte er nicht.

Nachdem er noch eine Weile überlegt hatte, kam er zu dem Schluss: *Was Jaron und Antonia können, kann ich schon lange. Sogar einarmig. Zum Glück habe ich die Infusion nicht mehr dran.* Die Schwester der Nachmittagsschicht hatte die Kanüle entfernt und ihm die nächste Dosis Schmerzmittel als Tablette gegeben.

Er schlug die Decke zurück, angelte sich seine Hausschuhe und ging zur Tür. Der Flur lag einsam da – keine Schwester, kein Pfleger war zu sehen. Franky ging den Flur entlang, bis er zu den Aufzügen kam. Dort hing ein Übersichtsplan des Krankenhauses. Nach einem Blick darauf hatte er eine ungefähre Vorstellung, auf welchem Stockwerk sich sein Ziel befand.

Trotzdem musste er in dem riesigen Gebäude eine ganze Weile suchen, bis er die richtige Tür gefunden hatte. Sie war zu seiner Erleichterung nicht verschlossen.

Im Raum war es dämmrig, weil die Vorhänge zugezogen waren. Franky machte Licht und trat an den großen Schreibtisch, der vollkommen aufgeräumt war.

Rasch öffnete er die Schubladen und durchsuchte die Papierstapel, die darin lagen. Vieles war uninteressant, doch schließlich zog er ein Papier heraus, setzte sich auf den Schreibtischstuhl und las.

»Interessant!«, murmelte er.

Gerade, als er das Papier in die Tasche seines Pyjamas stecken und aufstehen wollte, hörte er hinter sich etwas rascheln. Er wollte sich umdrehen, doch da packte ihn plötzlich ein Arm von hinten.

Er schrie und wehrte sich, aber die Person, die ihn festhielt, war stärker.

Sie bog seinen Kopf etwas zur Seite, und Franky fühlte

einen stechenden Schmerz am Hals. Dann spürte er, wie seine Arme und Beine schlaff wurden. Vor seinen Augen verschwamm alles, und er wusste nichts mehr.

Als er aufwachte, lag er merkwürdigerweise nicht zu Hause in seinem eigenen Bett.

Wo bin ich?, überlegte er, während er sich aufrichtete. *Und wie bin ich hierhergekommen?* Er konnte sich nicht mehr daran erinnern.

Das Letzte, das er noch wusste, war, dass er Fußball gespielt hatte. Es war kalt gewesen, die Sonne hatte geschienen. Menschen standen am Spielfeldrand und feuerten ihn an. Ein gegnerischer Spieler rannte auf ihn zu. Dann – nichts mehr.

Franky sah sich in dem kahlen Zimmer um, in dem ein großer Flatscreen und ein Foto von lachenden Kindern an der Wand hing. Es fühlte sich an, als sei sein Kopf voller Watte – als ob er viel zu lange geschlafen hätte. Sein Arm tat furchtbar weh und er konnte ihn auch nicht bewegen.

Hier gefällt es mir nicht, dachte er. *Ich gehe nach Hause.* Sein Rucksack hing an einer Stuhllehne, Handy und Tablet lagen auf einem Nachttisch.

Reflexartig packte er beides und stopfte es in den Rucksack. Das war mühsam, denn seine Hände wollten ihm nicht so richtig gehorchen. Brauchte er noch etwas?

Da hing eine Jacke, die er nun überstreifte. Schuhe standen vor dem Bett.

Weil es zu schwierig war, den Reißverschluss des Rucksacks zu schließen, schlang er einfach den Tragegurt über eine Schulter und stolperte in Richtung Tür.

Dass er einen Schlafanzug trug, merkte er nicht.

❧❧ ❧❧

Eine automatische Glastür entließ ihn ins Freie. Draußen war es kalt und neblig. Franky blickte sich um, schemenhaft erkannte er Bäume und eine Straße. Alles war ihm fremd, deshalb ging er einfach der Nase nach den Gehsteig entlang.

Dann sah er etwas, das er kannte: eine Haltestelle für den Bus Nr. 49. Den nahm er manchmal nach Hause, so viel wusste er noch.

Er setzte sich auf die Bank im Haltestellenhäuschen. Ihm war kalt und schwindelig. Zum Glück musste er nicht lange warten, bis der hell erleuchtete Bus kam. Franky stieg hinten ein und setzte sich in die letzte Reihe.

Eine alte Dame sah ihn merkwürdig an, als er an ihr vorbeiging. Aber sie sagte nichts, sondern betrachtete nur mit gerunzelter Stirn seine Hose.

Der Bus fuhr ruckartig an und Franky lehnte seinen Kopf an die kalte Scheibe. *Warum fühle ich mich nur wie betäubt?*, dachte er.

❧❧ ❧❧

»Nächste Haltestelle: Seeburg«, tönte es aus dem Lautsprecher über ihm.

Franky erschrak. Draußen war kaum etwas zu sehen, im Nebel konnte er nur die Uferlinie einer Wasserfläche erkennen.

Seeburg? Das kenne ich doch, schoss es ihm durch den Kopf. *Bin ich hier zu Hause?*

Instinktiv streckte er seine Hand aus und drückte auf den Halteknopf.

Der Bus hielt, die Tür öffnete sich zischend. Franky taumelte nach draußen und der Bus fuhr weiter. Als das

Motorengeräusch verschwunden war, war es fast vollkommen still um ihn her. Nur das leise Geglucker von Wasser und das Rauschen der Baumkronen war zu vernehmen.

Direkt vor ihm erhob sich ein steiler Hang mit einer Treppe. Und dieser Anblick war ihm vertraut; Franky wusste auf einmal, dass er hier schon oft gewesen war.

Er machte sich an den Aufstieg, musste aber immer wieder stehen bleiben, weil er außer Atem war.

Als er es endlich geschafft hatte, lehnte er sich an die Mauer am oberen Ende der Treppe. Alles drehte sich vor seinen Augen und er bekam kaum richtig Luft. So stand er eine Weile, bis es ihm etwas besser ging. Dann stolperte er weiter.

Ich bin so müde, war das Einzige, was er denken konnte. Wenn er sich doch nur hinlegen könnte!

Da tauchten ein paar rechteckige Schatten aus dem Nebel auf – eine Gruppe von Wagen unter kahlen Bäumen. *Einen davon kenne ich!*, dachte Franky und machte eine Tür auf.

Er fand das Sofa, legte sich darauf, zog die Beine an und schlief ein.

Zitternd wachte Franky auf. *Mir ist so kalt!*

Mit einer Hand suchte er automatisch nach Handy und Tablet, die seltsamerweise vor ihm auf dem Boden lagen. Waren die irgendwo rausgefallen?

Er verstaute das Handy in seiner Hosentasche und klemmte das Tablet unter den Arm. Dann stand er mühsam auf und tastete sich an der Wand entlang. *Wo ist die blöde Tür?*

Jetzt bekam er einen Fensterknauf zu fassen. Er zog daran, das Fenster öffnete sich und kalter Wind blies ihm ins Gesicht.

Ich muss hier raus, dachte er und stieg unter Aufbietung aller seiner Kräfte aus dem Fenster.

Draußen schneite es und es war eisig kalt. Was sollte er nur tun?

Der Nebel hatte sich etwas gelichtet, deshalb konnte er ganz in der Nähe ein Gebäude wahrnehmen. Benommen torkelte er darauf zu.

Dort war eine Treppe, die nach unten führte. Franky hielt sich krampfhaft am Geländer fest, um nicht die Stufen hinunterzufallen, denn seine Beine fühlten sich an wie Pudding.

Am Ende der Treppe war eine Tür, die halb offen stand. Als Franky eintrat, stieß sein Fuß an einen Klotz, der unter der Tür geklemmt hatte. Dass sie nun ächzend hinter ihm ins Schloss fiel, kümmerte ihn nicht.

Er tastete sich vorwärts, an der Wand entlang.

Eine weitere Tür. Er öffnete sie und schloss sie hinter sich. Schwankend stand er da.

Hier drin ist es finster, aber wenigstens nicht ganz so kalt, dachte er, während er sich auf den Boden sinken ließ. Erschöpft schloss er die Augen.

Irgendwann merkte er, dass er auf einem Steinboden lag. War das ein Kellerraum?

Er sah eine Tür und robbte darauf zu. Doch es gelang ihm nicht, sich aufzurichten, um die Klinke herunterzudrücken. Er hatte solche Schmerzen!

Als er sich geschlagen gab, war plötzlich eine Decke in seiner Nähe. Sie roch eklig, aber das war ihm jetzt völlig egal. Hauptsache, sie wärmte ihn ein bisschen.

Zum Fünften:

Das Tagebuch

Würmsee, Schloss Unterallmannshausen, 1571

Der nächste Morgen brachte keine Erleichterung für Ferdinand. Er erwachte eng zusammengerollt auf dem harten Boden der Bibliothek. Für einen winzigen, flüchtigen Moment war alles in Ordnung.

Dann fiel ihm wieder ein, was am Tag zuvor geschehen war. Was er getan hatte. Angst und Schuldgefühle stiegen wieder in ihm auf und er rollte sich noch enger zusammen.

So lag er lange da. Er grübelte und betete, aber ihm fiel kein Ausweg ein. Sein Onkel Francesco hatte ihn hinters Licht geführt. Er hatte ihn geschickt manipuliert, sodass Ferdinand in der Beichte das Geheimnis verraten hatte, das seine Familie zerstören konnte. Der Vierzehnjährige war zu leichtgläubig gewesen. Er hatte jemanden finden wollen, dem er sein Herz ausschütten konnte. Und war an den Falschen geraten.

Ferdinand war fest davon überzeugt, dass Francesco seine Macht nicht nur in Rom, sondern auch hier in Bayern ausüben würde. Der Kloß in seiner Kehle wurde immer dicker, während er darüber nachdachte, was sein Onkel nun vorhaben könnte.

An diesem Tag verließ Ferdinand die Bibliothek nur, wenn er aufs Klo musste oder wenn sein Durst so unerträglich wurde, dass er es nicht mehr aushielt. Es kam ihm nun zugute, dass er sich schon früher oft und gerne versteckt hatte – vor seiner Mutter oder seinem Bruder. Er kannte jeden Winkel des Herrenhauses.

Einmal hörte er, wie sein Vater in die Bibliothek kam und nach ihm rief. Doch er wagte es nicht, ihm unter die Augen zu treten. Deshalb wartete er mit klopfendem Herzen hinter einer großen Kiste, bis Graf August wieder gegangen war.

Irgendwann am Nachmittag konnte Ferdinand nicht länger dasitzen und grübeln. Sein Blick schweifte über die Kisten, die rings um ihn her aufgestapelt waren. In der Ecke, in der er sich verkrochen hatte, wurden die Bücher gelagert, die Graf August erworben hatte. Hier warteten sie darauf, katalogisiert zu werden und einen Platz im Regal zu bekommen.

Ferdinand nahm eins davon und schlug es auf. Es war ein altes Buch in handgeschriebenem Latein. Aufwendig verzierte Anfangsbuchstaben leiteten die einzelnen Kapitel ein. Auf dem Titelblatt klebte ein kleiner Zettel, auf dem ein handkoloriertes Wappen zu sehen war. Es zeigte einen Engel, der einen Schild trug. Darauf war ein Vogel abgebildet. Über dem

Wappen stand: »Ex Libris Monasterium Sumilaga«.

Wie sich herausstellte, handelte es sich um ein medizinisches Fachbuch, das Ferdinand nicht lange fesselte. Er legte es zur Seite, nahm das nächste Buch zur Hand und schlug es auf. Das gleiche reich verzierte Wappen klebte auf der Innenseite des Umschlags, aber dieses Buch war gedruckt.

Ferdinand las und übersetzte den lateinischen Titel: »Geschichte des Klosters zu Allmannshausen, von den Tagen der Gründung anno 612 bis zum heutigen Tag, gegeben durch die Gnade Gottes anno 1495.«

Das hört sich schon interessanter an, dachte Ferdinand, lehnte sich mit dem Rücken an eine Kiste und fing an zu lesen. Der Text beschrieb, wie irische Mönche nach dem Verfall des Römischen Reichs nach Bayern gekommen waren, um den christlichen Glauben zu verbreiten. Sie hatten am Ufer des Würmsees ein Kloster gegründet und angefangen, den Bewohnern der Gegend von Jesus Christus zu erzählen.

Sehr ausführlich schilderte der Erzähler die germanischen Riten der Bavaren, die zum größten Teil noch den Göttern Wodan und Freya gehuldigt hatten. Er sprach von blutigen Tieropfern, die auf heiligen Felsen in den undurchdringlichen Wäldern dargebracht worden waren.

Allerdings waren die Mönche sogar damals schon Christen begegnet. Diese Menschen waren bereits zur Zeit der römischen Herrschaft am Würmsee in Berührung mit dem Evangelium gekommen. Gemeinsam mit ihnen fingen die Mönche an, Kirchen zu bauen und regelmäßige Gottesdienste abzuhalten.

Ferdinand staunte: Auch die Sankt-Valentins-Kapelle in Allmanshausen schien bereits in dieser frühen Zeit entstanden zu sein.

Er las weiter und erfuhr, wie das Kloster im Laufe der Jahrhunderte größer geworden war und an Macht gewonnen hatte. Die Mönche hatten Krankenhäuser und Schulen gegründet, Pfarrer ausgebildet und nach und nach eine umfangreiche Bibliothek zusammengetragen. Aus dieser schien der Stapel Bücher zu stammen, der nun vor Ferdinand lag.

Als er mit der Lektüre so weit gekommen war, erinnerte er sich plötzlich an ein Erlebnis. Die ganze Familie hatte damals in der Kutsche gesessen, sie waren auf dem Heimweg von München gewesen. Kurz vor Allmannshausen, bevor man das Dorf am Seeufer erkennen konnte, hatte sein Vater auf den Wald gedeutet.

»Schau mal, dort«, hatte er zu Ferdinand gesagt, der ihm gegenübergesessen hatte. »Siehst du die Mauer dort im Unterholz?«

Ferdinand hatte sich vorgebeugt und einen Blick auf ein Gebäude erhaschen können, das hinter Bäumen und Büschen verborgen war.

»Das ist ein ehemaliges Kloster«, hatte sein Vater erklärt. »Die Mönche haben es vor fünfzig Jahren verlassen – sie hatten sich mit den Schriften der Reformatoren beschäftigt und beschlossen, ein anderes Leben zu führen.«

Gräfin Ginevra hatte verächtlich geschnaubt. »Wie dumm von ihnen! Seht euch an, was diese Ketzer anrichten: Sie hinterlassen nur Ruinen.«

Nachdenklich betrachtete Ferdinand nun die Bücher, die vor ihm lagen. Wie war sein Vater nur an dieses Vermächtnis des Klosters gekommen?

Der Gedanke an seinen Vater bewirkte, dass sein Magen sich verkrampfte, und er griff rasch nach dem nächsten Buch, um sich abzulenken. Dieser Band war wieder völlig anders, es war ein kleines Büchlein, gebunden in grobes Leder, fast wie ein Notizbuch.

Als Ferdinand es aufschlug, knarrten die Seiten, und er erkannte das Geräusch sofort: Das hier war kein Papier, sondern Pergament, das er von den alten Handschriften in der Bibliothek kannte.

Allerdings schien dieses Material von einer niedrigen Qualität zu sein. An manchen Seiten fehlte eine Ecke, als habe das Leder des Tieres nicht mehr ausgereicht, um eine komplette Seite herauszuschneiden. Der Buchbinder hatte anscheinend Reste, die nicht mehr gebraucht wurden, verarbeitet.

Auf der ersten Seite des Büchleins stand: »Gewidmet Magdalena«.

Ferdinand blätterte um und las:

Tagebuch des Mönchs Martinus

begonnen im Frühjahr im Jahre des Herrn 789

14. April des Jahres 789

Ich will berichten von den merkwürdigen Dingen, die mir in den letzten Tagen begegnet sind, denn sie haben mich aufgewühlt und lassen mich nicht mehr los. Die Wege des Herrn sind wahrhaftig unergründlich, und immer wieder staune ich, wie er die Dinge fügt.

Lange schon haben wir hier in Alahmunt versucht, den Menschen das Evangelium zu erzählen. Und gestern habe ich erfahren, dass es längst diesen scheinbar gottverlassenen Ort erreicht hat.

Ein alter Mann kam zu mir mit einer seltsamen Bitte: Seine Enkelin sei gestorben, eine wahre Christin. Er habe sie in einer geheimen Gruft begraben, an einem Ort, den niemand sonst kenne.

Diese Enkelin, Magdalena mit Namen, habe dem Dorf viel Gutes getan. Er erzählte mir, wie sie die Dorfbewohner vor den Schergen Karls des Großen gerettet hat, obwohl sie allesamt Anhänger Wodans gewesen sind.

Um sie zu ehren und um das Wort Gottes weiterzuverbreiten, wolle er über ihrem Grab nun eine Kapelle bauen. Er bat mich und meine Brüder um Hilfe bei der Errichtung dieses Gotteshauses.

Wie lange haben wir hier im Kloster nach einer solchen Gelegenheit gesucht! Wir haben uns bemüht, den Menschen in dieser Gegend näherzukommen, sind jedoch bisher nur auf Ablehnung gestoßen.

Meine Freude war deshalb groß: Hier ist nun jemand, der uns eine Tür in die Dorfgemeinschaft öffnen kann. Im Gedenken an eine von ihnen, die ihnen Gutes getan hat.

Als der Mann unserem Abt seine Geschichte erzählte, war dieser ebenfalls sofort von der Idee begeistert. Wir werden also eine Kirche bauen!

Ferdinand blätterte weiter. Die folgenden Seiten beschrieben den Bau einer Kapelle, berichteten von den Hindernissen und Problemen, die die Mönche bewältigen mussten. Anscheinend hatten doch nicht alle Dorfbewohner die neue Kirche mit Begeisterung erwartet – ein Mann zumindest hatte versucht, ihren Bau zu verhindern. Laut Martinus handelte es sich dabei um den örtlichen Wodan-Priester.

Die Mönche waren angegriffen worden, nachts hatten Unbekannte ihr Tagewerk wieder zerstört. Doch die wenigen Christen im Dorf hatten sich zusammengetan und nach und nach war die Kirche in die Höhe gewachsen.

Schließlich schilderte Martinus den Tag, an dem er dem alten Mann dabei geholfen hatte, die Gruft, in der seine Enkelin begraben war, mit der Kirche zu verbinden.

25. Oktober im Jahre des Herrn 789

Heute war ein Tag, an dem Gottes unergründliche Wege offenbar wurden. Mir sind Dinge zu Ohren gekommen, die ich mir nie selbst hätte erdenken können.

Der alte Mann hatte mich zur Kirche gebeten, um den einen Arbeitsschritt zu tun, den wir beide gemeinsam ausführen sollten: die Höhle, in der seine Enkelin begraben liegt, mit der Kapelle darüber zu verbinden.

Während des Baus der Fundamente ist es schon schwer genug gewesen, die Höhle zu verheimlichen. Aber zum Glück ist der Baumeister unseres Klosters kein sehr heller Kopf. Er tut, was man ihm sagt, und alles Weitere kümmert ihn nicht. So ist es uns bis zuletzt gelungen, den Eingang zu verbergen.

Als ich dort ankam, waren der alte Mann und sein junger Freund schon dabei, ein Loch in die Mauer zu schlagen. Zusammen haben wir die Öffnung so lange erweitert, bis wir eine Leiter, die die beiden mitgebracht hatten, auf den Boden der Gruft hinablassen konnten.

Wir stiegen in den engen Schacht hinunter und gingen den Gang entlang zu der Gruft, wo tatsächlich auf einem Steintisch der Leichnam des Mädchens lag. Der alte Mann erzählte mir von ihrem Tod, und dann zeigte er mir etwas, das mich in höchstes Erstaunen versetzt hat.

Ich halte seinen Bericht hier fest, auf dass diese Worte die Zeit überdauern. Möge Gott es schenken, dass sie nicht in die falschen Hände geraten:

Ein Vorfahr des alten Mannes ist als einer der ersten Christen aus dem Heiligen Land an diesen See gekommen. Mit sich brachte er einen Schatz von unglaublichem Wert: eine der Schalen aus dem Tempel in Jerusalem, aus reinem Gold geschmiedet. Sie ist nicht nur unermesslich kostbar, sondern ihr werden auch noch Heilungskräfte zugeschrieben:

Wasser, das man in sie hineingießt, soll jede Verletzung und jede Krankheit heilen, es soll Trost und Hoffnung schenken.

Diese Schale hat jener Vorfahr hier am Würmsee versteckt, und er hat einige Hinweise hinterlassen, die zu dem Versteck führen. Einer davon ist eine runde Brosche, die in der Familie weitervererbt wurde. Der alte Mann hatte sie seiner Enkelin gegeben – in der Hoffnung, sie möge die Schale finden, da sie dringend Heilung benötigte.

Magdalena hat sich auf die Suche gemacht und tatsächlich einen weiteren Hinweis gefunden: einen Bernstein, der genau in die Fassung der Brosche hineinpasst – wie es scheint, hat diese Brosche ursprünglich einmal drei Steine enthalten.

Den sichelförmigen Bernstein fand Magdalena am Fuß eines Felsen, in den eine Zeichnung eingraviert war: ein Vogel, wohl ein Phönix, der auf einem Ast mit tränenförmigen Blättern sitzt. Dieser Felsen soll sich in der Nähe des Seeufers befinden, nicht weit von Alahmunt entfernt.

Leider war dem Mädchen kein weiterer Erfolg beschieden; es kam auf der Suche nach dem zweiten Stein ums Leben.

Während ich staunend lauschte, holte der alte Mann den Stein und die Brosche aus seinem Gewand. In das Metall war Folgendes eingraviert: *Et absterget Deus omnem lacrimam ab oculis – Gott wird abwischen* alle Tränen von ihren Augen, ein Vers aus der Offenbarung des Johannes.

Ehrfürchtig legte der alte Mann seiner Enkelin diese Schmuckstücke auf die Brust. Dann äußerte er die Hoffnung, dass kein weiterer Mensch auf der Suche nach der Schale umkommen möge.

Lange noch, nachdem wir die Gruft wieder verlassen hatten, habe ich über seine Worte nachgedacht. In mir regte sich der Wunsch, selbst nach der goldenen Schale zu forschen.

Aber nur kurz. Ich bin von schwacher Konstitution und wäre daher nicht imstande, überall in der Umgebung nach möglichen Verstecken zu suchen. Für lange Fußmärsche reicht meine Kraft leider nicht.

Ferdinand blätterte weiter und entdeckte, dass Martinus sein Tagebuch nur bis zur Hälfte gefüllt hatte. Die Erklärung dafür fand er im letzten Eintrag:

11. Dezember

Die Krankheit hat mich nun ebenfalls erfasst. Gestern ist Bruder Laurentius verstorben. Zwei weitere Brüder zeigen die Symptome der Pest.

Ach, mir brennt das Herz: Möge Gott unserem Kloster Barmherzigkeit zeigen! Und auch mir, denn es scheint, dass meine Zeit gekommen ist.

Ich beende diesen Bericht hier und heute, da meine Hand zu zittern beginnt und ich bei meinen Brüdern gesehen habe, wie schnell der Schwarze Tod zuschlägt. Es wird nicht mehr lange dauern.

Ich habe noch Kraft für eine letzte Tat und werde dieses Buch unter dem losen Stein in meiner Zelle verstecken.

Dich, mein Leser, der du diese Schrift nun in Händen hältst, bitte ich, die Geheimisse, die du erfahren hast, weise zu gebrauchen. Die Schale ist ein mächtig Ding. Wenn du dich auf die Suche nach ihr machst, dann bedenke das Schicksal Magdalenas.

Ist deine Suche erfolgreich, verwende ihre Kraft, um deinen Mitmenschen Gutes zu tun. Der Segen Gottes sei mit dir.

Ihm allein gebührt die Ehre.

Hier endeten die Eintragungen. Den letzten Abschnitt hatte Ferdinand nur mit Mühe entziffern können, so zittrig war die Handschrift des Mönchs geworden.

Er ließ das Buch sinken und starrte an die Wand vor ihm, ohne sie wirklich zu sehen. Was für eine Geschichte! Ein Schatz aus dem Tempel in Jerusalem, hier am Würmsee? Eine Schale mit magischen Kräften, die jede Krankheit und jede Verletzung heilen konnte?

Der Junge spürte, wie eine tiefe Sehnsucht in ihm erwachte. Wie schön wäre es, solche Heilung zu erleben. Von jeder Krankheit befreit zu werden.

Wäre ich nur stärker und mächtiger, dann könnte ich Vater helfen, dachte er. *Ich könnte mich dem Onkel in den Weg stellen und meinen Vater retten.*

Eine neue Hoffnung erfüllte ihn: Er würde diese Schale finden, ihre magischen Kräfte nutzen und seine Familie retten.

Zum Sechsten:

Ein Bild im Felsen

Am nächsten Tag wagte Ferdinand sich schließlich wieder aus seinem Versteck heraus. Er hatte großen Hunger, und für immer konnte er sich ohnehin nicht verborgen halten.

Glücklicherweise fragten ihn weder seine Mutter noch sein Bruder, wo er gewesen war. Und seinem Vater wich er aus, so gut er konnte. Zwar hätte er ihm gerne gestanden, dass er es gewesen war, der ihn an Francesco verraten hatte. Aber das brachte er nicht übers Herz.

Wenn er erst die goldene Schale gefunden hatte, würde sicher alles wieder gut werden. Das hoffte er jedenfalls inständig.

Ferdinand nahm das Tagebuch des Mönchs Martinus mit in sein Zimmer und las die letzten Eintragungen mehrmals durch. Immer wieder grübelte er darüber nach, wie er die Schale finden könnte.

Der erste Stein und die Brosche lagen in einer Gruft unter der Kapelle von Allmannshausen, so viel war klar. Ferdinand kannte die Kapelle natürlich, und der Hohlraum in der Wand sollte sich relativ leicht entdecken lassen.

Deshalb beschloss er, zuerst nach dem Relief mit

dem Phönix zu suchen. Vielleicht enthielt dieses Bild ja noch weitere Angaben zum Versteck der Schale.

In der Bibliothek gab es eine große Sammlung von Karten, von denen manche auch die nähere Umgebung zeigten. Ferdinand verbrachte mehrere Stunden damit, sie genau zu studieren. Die meisten Karten brachten ihn nicht weiter, doch schließlich hielt er in den Händen, was er brauchte: Ein Dorfpfarrer hatte es sich vor fünfzig Jahren zur Aufgabe gemacht, die Hügel rund um den See genau zu erfassen. Auf seiner Karte fanden sich detaillierte Höhenlinien, Höhlen und Felsformationen.

Ferdinand wusste ja schon, dass der besagte Felsen nördlich von Allmannshausen und nahe dem Seeufer liegen musste. Das schränkte sein Suchgebiet stark ein, und so hatte er schnell das halbe Dutzend Felsen, die infrage kamen, identifiziert.

Das war gut, denn der Herbst schritt unaufhaltsam fort. Bald würde das Wetter umschlagen und der erste Schnee fallen, was die Suche im Gelände stark behindern würde.

Drei Tage nach dem Vorfall im Speisesaal unternahm Ferdinands Vater eine Geschäftsreise. Es war Zeit für die jährliche Besprechung mit seinen Pächtern. In den vergangenen Jahren hatte Ferdinand ihn oft bei solchen Gelegenheiten begleitet, aber diesmal tat er es nicht. Gräfin Ginevra zwang stattdessen Gustav, sich seinem Vater anzuschließen.

Der Sechzehnjährige maulte zwar, fügte sich jedoch.

Gegen das Argument der Mutter, als zukünftiger Graf müsse er sich auch mit den Belangen der Pächter beschäftigen, konnte er nichts erwidern.

Sobald sein Vater und sein Bruder das Herrenhaus verlassen hatten, brach auch Ferdinand auf. Er nahm einen Kompass und die Karte des Pfarrers mit, ließ sich von der Köchin etwas Proviant einpacken und schnallte eine Schaufel an den Sattel seines Pferdes.

Seine Mutter missbilligte es ja ohnehin, dass er so oft in der Bibliothek saß und las. Deshalb brauchte er sich vor ihr nicht zu entschuldigen, wenn er an die frische Luft ging.

Ferdinands Stimmung hob sich ein wenig, als er seine Stute sattelte und in den herbstlich gefärbten Wald ritt. Es war ein wunderschöner, sonniger Tag. Das Licht spiegelte sich auf dem See, und die Alpen standen als scharfe Zacken am Horizont. Die Luft war warm; nur ab und zu ließ eine kühle Brise erahnen, dass die kalte Jahreszeit nicht mehr fern war.

Der erste Felsen, den Ferdinand erreichte, ragte zwar haushoch zwischen den Baumwipfeln empor, war aber ansonsten unauffällig. Kein Bild war darauf zu erkennen, keine Zeichnung irgendeiner Art. Die obere Kante schien intakt zu sein, am Fuß des Felsens lag kein Geröll.

Trotzdem schnallte Ferdinand seine Schaufel ab und fing an zu graben. Ihm war klar, dass sich das Relief höchstwahrscheinlich unter der Erdoberfläche befand, weil der Boden im Lauf der Jahrhunderte angewachsen war.

Das Graben war anstrengend, immer wieder musste der Vierzehnjährige eine Pause einlegen. Nachdem er die Steinwand etwa einen Meter tief freigelegt hatte, gab er auf.

Auch der zweite und der dritte Felsen lieferten keine besseren Ergebnisse. Ferdinand wurde langsam müde, er musste beim Graben immer öfter innehalten, um sich auszuruhen. Als er schließlich wieder aufstieg, war er so erschöpft, dass er kaum noch die Zügel festhalten konnte. Zum Glück kannte seine Stute ihn gut und reagierte auf die kleinsten Befehle seinerseits.

Je länger Ferdinand unterwegs war, desto mehr bezweifelte er, dass diese Suche erfolgreich sein würde. Wäre es nicht besser, einfach wieder umzukehren? Unschlüssig ritt er weiter.

Dann aber, am Nachmittag, schien er endlich sein Ziel erreicht zu haben: Vor ihm erhob sich eine glatte Felswand aus hellgrauem, löchrigem Stein. Sie war nicht sehr hoch; ein Geröllfeld an ihrem Fuß zeigte an, dass sie einmal viel höher gewesen sein musste.

Dieser Anblick gab Ferdinand neue Kraft. Er stieg ab und begann zu graben.

Nicht lange, und in der Wand vor ihm erschienen Linien, die sich deutlich von der natürlichen Maserung des Steins unterschieden. Ferdinand grub weiter, er arbeitete sogar mit bloßen Händen, um die Wand von jedem Krümel Erde freizulegen. Seine Finger schmerzten, seine Arme zitterten, aber er machte weiter.

Allmählich formte sich ein Bild vor ihm. Als die letzten Reste Erde weggewischt waren, legte sich der Junge auf den Boden und betrachtete das Relief. Es war etwa einen halben Meter breit und einen viertel Meter hoch.

Ferdinand sah einen Vogel, der beide Flügel ausbreitete und den Kopf nach oben reckte. Er saß auf einem Ast. Rechts und links von ihm hingen Blätter an den Zweigen. Tränenförmige Blätter. »Et absterget …«, flüsterte Ferdinand.

Kein Zweifel, er hatte den Ort gefunden, an dem Magdalena den ersten Stein entdeckt hatte.

Aufgeregt holte Ferdinand Wasser aus einem nahe gelegenen Bach und wusch damit das Bild im Felsen sauber. Er musste mehrmals hin- und herlaufen, weil er nur einen kleinen Trinkbecher dabeihatte. Aber die Mühe lohnte sich:

Auf dem nun dunkleren Stein traten die Linien des Reliefs noch klarer hervor. Ferdinand bewunderte das Kunstwerk eine ganze Weile.

Dann fiel ihm auf, dass in der Mitte ein runder Fleck war. Es handelte sich um eine sauber gemeißelte Aussparung, fast so groß wie seine Handfläche. Hier fehlte ganz klar etwas.

Etwas Rundes. Hat der Mönch nicht von einer runden Brosche gesprochen? Muss man die womöglich hier einsetzen?, überlegte Ferdinand. *Vielleicht ist die Brosche ja nicht nur ein Schmuckstück, sondern auch der Schlüssel, um eine geheime Tür hier im Felsen zu öffnen!*

Er tastete die Wand rings um das Bild ab, konnte aber keinen Spalt erfühlen, der eine Tür im Fels verraten hätte.

Nachdem Ferdinand das Bild noch eine Zeit lang genau betrachtet hatte, kam ihm eine Idee. Große Papierbögen, Tinte, Feder und einen Kohlestift hatte er immer dabei, da er sich oft unterwegs etwas notierte oder Zeichnungen anfertigte.

Dies alles holte er nun hervor, kauerte sich vor die Felswand und presste das Papier auf das Relief. Dann begann er, es mit der Kohle sorgfältig abzupausen. Das dauerte eine Weile, aber zuletzt hielt Ferdinand das Bild des Phönix in seinen Händen.

Er legte zum Schutz ein zweites Blatt darauf und faltete beides zusammen. Nun holte er das Tagebuch des Mönchs hervor. Er blätterte zur ersten freien Seite und begann zu schreiben:

> Aufzeichnungen des Ferdinand von Beilstein
>
> 1571
>
> Allmannshausen, 15. Oktober
>
> Dies Büchlein habe ich in der Bibliothek meines Vaters, Graf August von Beilstein, entdeckt. Es lag bei einigen anderen Büchern, die offenbar aus dem Kloster Alahmunt stammen.

Ich glaube, dass diese Aufzeichnungen irgendwann nach Martinus' Tod gefunden, aber nicht weiter beachtet wurden. Vermutlich hat sie außer mir noch niemand gelesen.

Nach eingehender Überlegung habe ich beschlossen, mich auf die Suche nach der Schale zu machen, mit Gottes Segen. Ich will dem Wunsch des Mönchs Folge leisten und die Kräfte der Schale zum Guten verwenden. Den Fortgang der Suche werde ich hier festhalten.

Dank Martinus' Aufzeichnungen ist mir heute der erste Schritt gelungen: Ich habe das Relief im Felsen gefunden, es war unter Geröll und Erde begraben. Die originalgetreue Nachbildung, die ich angefertigt habe, füge ich diesem Bericht bei.

Das Bild zeigt einen Vogel, der beide Flügel ausbreitet und sich mit seinen Klauen an einem Ast festhält. An diesem Ast hängen tropfenförmige Blätter.

Allerdings ist mir noch etwas aufgefallen, das Martinus nicht erwähnt hat: Etwa in der Mitte des Bildes gibt es eine runde Aussparung, so als ob dort etwas einzusetzen wäre. Meine Vermutung ist, dass die Brosche dort hingehört.

Was allerdings enthüllt wird, wenn man

sie einsetzt, kann ich nicht sagen. Vielleicht ist sie ein Schlüssel und öffnet eine Tür im Felsen?

Das war mein erster Gedanke, und ich habe den Felsen nach Spalten abgesucht, allerdings keine gefunden.

Vielleicht passiert auch etwas ganz anderes. Sollte ich die Brosche finden, werde ich es ausprobieren.

Die Kapelle in Allmannshausen kenne ich gut, sie ist Sankt Valentin geweiht. Dort werde ich als Nächstes nach dem Eingang zu Magdalenas Gruft suchen.

Unter seinen Bericht zeichnete Ferdinand noch eine Karte, auf der er den Fundort des Reliefs vermerkte. Dann schüttete er das Bild wieder zu und ritt nach Hause.

Im Herrenhaus war es still, als er dort ankam. Seine Mutter war nirgendwo zu sehen, sodass Ferdinand sich unbemerkt in sein Zimmer schleichen konnte.

Er musste nicht lange überlegen, wo er das Tagebuch und die Karte verstecken würde: In seinem Zimmer stand ein Sekretär, eine Art Kommode, an der man eine Schreibplatte aufklappen konnte.

Ferdinand hatte schon vor längerer Zeit entdeckt, dass dieser Sekretär ein Geheimfach hatte. Als der Silberschmied sich einmal in den Schlafgemächern der Familie aufgehalten hatte, um Reparaturen auszuführen, hatte Ferdinand ihn gebeten, einen passenden Schlüssel anzufertigen.

Der Schmied war gerne dazu bereit gewesen und hatte ein kleines Schmuckstück geschaffen: Der Schlüssel glänzte silbern und war mit einem verschlungenen Muster sowie Ferdinands Initialen – FB – verziert.

Diesen Schlüssel trug Ferdinand immer bei sich.

Zum Siebten:

Verbannung

An den darauffolgenden Tagen ging Ferdinand mehrmals in die Sankt-Valentins-Kapelle. Doch er konnte nie richtig nach der geheimen Tür suchen, da er nur selten alleine war. Der Pfarrer war fast ständig dort – erst, um neue Ministranten einzuweisen, dann, um das bevorstehende Allerheiligenfest vorzubereiten.

So blieb Ferdinand nichts anderes übrig, als still in einer Bank zu sitzen und so zu tun, als ob er bete. Den kleinen Holzhammer, den er mitgebracht hatte, um die Mauern nach dem Hohlraum abzuklopfen, konnte er nicht zum Einsatz bringen.

Sein Vater und sein Bruder kehrten wenige Tage nach seinem Ausflug zum Bilderfelsen zurück. Zu Ferdinands großer Erleichterung gelang es ihm aber weiterhin, seinem Vater aus dem Weg zu gehen. Er wollte erst die Schale finden und alles wiedergutmachen, bevor er sich ihm anvertraute.

Eines Tages wurde jedoch jeder Gedanke an den Schatz schlagartig aus seinem Kopf vertrieben. Die anscheinend so friedliche Stille, die auf dem Gelände der Familie von Beilstein geherrscht hatte, endete jäh: Es war früh am Morgen, als laute Schläge gegen das Hoftor donnerten.

»Im Namen des Stellvertreters Christi auf Erden und des Herzogs von Bayern, öffnet!«, brüllte jemand.

Ferdinand fuhr – wie vermutlich auch alle übrigen Hausbewohner – aus seinem Bett und eilte ans Fenster. Vor dem Tor sah er eine Kutsche stehen, die von einer bewaffneten Eskorte begleitet wurde. Standarten flatterten im Morgenwind, sie zeigten das blauweiße Wappen der Herzöge von Bayern.

Schnell streifte Ferdinand seine Kleider über und rannte mit pochendem Herzen die Treppe hinunter in den Hof. Als er dort ankam, hatte sich schon fast der ganze Haushalt – Knechte, Mägde und die Grafenfamilie – versammelt. Ferdinand trat zu seinen Eltern.

Graf August war leichenblass. Gräfin Ginevra wirkte zwar ebenfalls erschrocken, gleichzeitig aber zeigte sich ein seltsam zufriedener Ausdruck auf ihrem Gesicht. Dem sechzehnjährigen Gustav stand, wie so oft, vor Verblüffung der Mund offen.

Die Gräfin bedeutete einem der Knechte, das Tor aufzumachen.

Kaum war der Befehl ausgeführt, trabten die Schlachtrösser der Eskorte in den Hof. Ihre bunten Schabracken leuchteten im Licht des frühen Morgens, die Fahnen knatterten im schneidenden Wind. Die Reiter waren schwer bewaffnet und hatten grimmige Gesichter. Sie bildeten einen Kreis um die Kutsche, die nun vor der Grafenfamilie anhielt.

Als sich der Verschlag öffnete und der Kopf von Francesco Rambaldi erschien, ging ein Raunen durch die Diener. Ferdinand hörte, wie sein Vater scharf die Luft einzog. Und er schien sogar noch blasser zu werden als vorher.

Seinen Vater so bestürzt zu sehen, erschreckte Ferdinand zutiefst. Ihm wurde ganz schlecht vor lauter Angst. Was würde jetzt passieren?

Der Kardinal war ausgestiegen und ging, die Pfützen auf dem unbefestigten Boden sorgfältig vermeidend, auf die Familie zu. Seine rote Robe wehte in der herbstlichen Brise, in der linken Hand hielt er eine Papierrolle, an der ein Siegel baumelte.

Auf seinem hageren Gesicht zeichnete sich Triumph ab, als er vor Graf August stehen blieb und ihn anblickte. »Guten Morgen, Schwager. Ich hoffe, du hattest eine gute Nacht. Heute ist nämlich ein außerordentlich wichtiger Tag.«

Graf August nickte ihm zu. »Sei gegrüßt, Francesco. Mir ist nicht bewusst, dass dieser Tag anders wäre als alle anderen.«

»Das wird sich gleich ändern«, erwiderte Francesco und rollte das Schriftstück, das er in der Hand hielt, auseinander. »Ich habe hier einen Befehl deines Lehnsherrn, dem unverzüglich Folge zu leisten ist.« Er begann zu lesen:

> Herzögliches Edikt
>
> Ich, Albrecht V., Herzog von Bayern, erlasse hiermit das Edikt, dass die katholische Kirche unseres gütigen Vaters Pius V. die

einzige Religion in meinem Herrschaftsbereich ist.

Jeder, der den Lehren des protestantischen Ketzers Luther folgt, seine Schriften besitzt oder seine Lehren verbreitet, wird hiermit des Landes verwiesen.

Diesem Befehl ist unverzüglich Folge zu leisten. Wer sich ihm widersetzt, wird gewaltsam zur Landesgrenze gebracht. Wer es wagt, danach wieder bayrischen Boden zu betreten, wird hingerichtet.

Aller Besitz, alle Titel und Würden der Verbannten werden jeweils dem nächsten rechtgläubigen Angehörigen zugesprochen.

Francesco ließ die Schriftrolle sinken und lächelte Graf August spöttisch an. »Leider hast du dich getäuscht, Schwager: Meine Macht reicht doch weit über Rom hinaus. Jedenfalls, solange es rechtgläubige, entschlossene Herrscher gibt, die diesem unsäglichen ketzerischen Spuk ein Ende bereiten.«

Er richtete sich zu seiner vollen Größe auf und blickte sich geradezu beifallheischend um, bevor er sich wieder an den Hausherrn wandte. »Nun, du hast es gehört. Ich würde vorschlagen, dass du jetzt deine Sachen packst. Was du tragen kannst, darfst du mitnehmen.«

Graf August widersprach nicht, sondern sah den Kardinal nur stumm an.

Dieser zögerte kurz, wohl auf eine Antwort wartend, und drehte sich dann zu Gustav. »Lieber Neffe, du bist nun ganz offiziell Graf von Beilstein – der Herrscher über den Besitz der Familie. Dieses Schreiben bestätigt den Beschluss deines Lehnsherrn.«

Er reichte dem völlig verdattert dreinblickenden Gustav einen Umschlag, auf dem das herzögliche Siegel prangte.

Dann fuhr der Kardinal fort: »Bis zu deiner Volljährigkeit wird deine Mutter als Regentin die Geschäfte führen und dich in alles einweisen. Ich würde außerdem vorschlagen, dass ihr so bald wie möglich nach München reist und den Herzog darum ersucht, deine Ernennung zum Grafen von Beilstein persönlich zu bestätigen.«

Er nickte seiner Schwester zu.

Ferdinands Übelkeit wurde jetzt so groß, dass er es nicht mehr aushielt. Er trat ein paar Schritte zurück und übergab sich.

Aus dem Augenwinkel sah er, dass sein Vater zu ihm kam. Er spürte dessen Hand auf seiner Schulter, bevor er sich weinend losriss und ins Haus rannte.

Als Ferdinand verschwunden war, grinste Francesco seine Schwester an. »Oh, der Kleine ist wohl ein bisschen empfindlich, was?«

Gräfin Ginevra nickte nur. Obwohl sie insgeheim den Sturz ihres Mannes herbeigesehnt und sogar mit geplant hatte, fühlte sie sich nun doch ein wenig überrumpelt. Sie hatte nicht damit gerechnet, dass ihr Bruder sie so schnell vor vollendete Tatsachen stellen würde. Was für Konsequenzen würde dies alles nach sich ziehen?

Gustav war jedenfalls noch lange nicht in der Lage, die Grafschaft verantwortungsvoll zu leiten. Der Gräfin wurde schlagartig bewusst, wie viel Arbeit in den nächsten Wochen und Monaten auf sie wartete. Sie holte tief Luft.

Dann warf sie einen Blick auf ihren Mann.

August stand stumm da. Er hatte die Stirn gerunzelt und war sichtlich überwältigt von der Endgültigkeit dessen, was gerade geschehen war.

Verachtung überkam sie. Jegliches Mitleid, das sich womöglich in ihr geregt hatte, verdampfte in der Hitze ihres Zorns. Oh, wie sie seine milde, vorsichtige Art verabscheute, die immer alles genau abwog und Auseinandersetzungen vermied!

»Ich würde vorschlagen, dass du deine Sachen packst«, sagte sie kühl.

August sah erst sie und dann den Kardinal an. »Euch ist natürlich bewusst, dass ich das Recht habe, die

Entscheidung des Fürsten anzufechten und mich zu verteidigen«, antwortete er leise.

Francesco nickte. »Selbstverständlich. Das ist dein Recht. Es würde dir aber nichts nützen. Herzog Albrecht hat in den vergangenen Wochen bereits einige Abtrünnige des Landes verwiesen. Und immer hatte seine Entscheidung Bestand, wenn sie angefochten wurde.«

»Doch es würde alles verzögern und eine Menge Staub aufwirbeln. Noch habe ich mächtige Freunde«, entgegnete August.

Der Kardinal zuckte mit den Schultern. »Tu, was du nicht lassen kannst«, schnaubte er. »Am Ausgang dieser Sache wird es nichts ändern.«

Nun blickte August seine Frau eindringlich an. »Wenn du mir *eine* Sache versprichst, werde ich gehen, ohne Widerstand, und mein Recht nicht einfordern. Ich bitte dich: Kümmere dich um Ferdinand. Für Gustav ist gesorgt, darum habt ihr euch bemüht.

Aber bitte versprich mir, dass du auch für unseren jüngeren Sohn angemessen sorgen wirst. Ich weiß, dass er dir nicht so sehr am Herzen liegt wie sein großer Bruder. Doch das sollte nicht sein Schaden sein.«

Typisch, dachte Ginevra. *Wieder gibt er nach. Fast wünschte ich mir, er würde kämpfen!*

Aber sie nickte. »Das verspreche ich dir. Ich werde mich um Ferdinand kümmern, ihm wird es an nichts fehlen.« *Und ich weiß auch schon, wie ich das mache,* dachte sie bei sich.

Da wandte sich ihr Mann ohne ein weiteres Wort ab und verschwand im Haus.

Ginevra griff nach der rechten Hand des Kardinals, beugte sich vor und küsste sie. »Danke, Bruder! Von ganzem Herzen danke. Ich bin überglücklich, dass der schändliche Einfluss der Blasphemie aus diesem Haus entfernt wird. Nun ist endlich der wahre Graf von Beilstein an der Macht.«

Sie blickte Gustav zufrieden an.

Francesco nickte gönnerhaft, er wirkte ebenfalls zufrieden. »Ich freue mich mit dir. Aber ich erwarte, dass du das Edikt Albrechts des V. in der gesamten Grafschaft umsetzt, hörst du? Jedes noch so kleine Ketzernest muss ausgemerzt werden!«

»Selbstverständlich«, sagte Ginevra eifrig. »Dafür werde ich sorgen.«

Ferdinand hörte, wie sich die Tür seines Zimmers öffnete, und vergrub sein Gesicht noch tiefer in seinem Kissen. Es war ganz nass von seinen Tränen. Insgeheim hoffte er, dass eine bestimmte Person im Türrahmen stand, auch wenn er diese Begegnung fürchtete.

»Ferdinand?«, hörte er seinen Vater leise fragen.

Der Junge rührte sich nicht.

Der Boden knarrte, als Graf August näher trat und sich auf die Bettkante setzte. Dann spürte Ferdinand die Hand seines Vaters auf seiner Schulter.

»Mein Junge, bitte sei nicht so traurig«, sagte Graf August. »Ich weiß, es ist schwer, aber solche Dinge sind manchmal nicht zu vermeiden. Ich verspreche dir, dass wir uns wiedersehen werden. Mir wird es gut gehen und Mutter wird sich um dich kümmern. Das hat sie mir versprochen.«

Ruckartig fuhr Ferdinand hoch und stieß die Hand seines Vaters weg. »Aber darum geht es doch gar nicht! Das wirklich Schlimme weißt du ja gar nicht!«

Er sah das Erstaunen auf dem Gesicht seines Vaters. »Wovon sprichst du?«

»Ich bin schuld daran, dass du gehen musst.«

»Wieso denn das?«

»Wegen der Beichte! Ich habe Onkel Francesco vertraut, als er sagte, er würde dir dabei helfen, wieder zur Kirche Roms zurückzufinden. Er hat behauptet, dass er sich für dich einsetzen und dass die Kirche gnädig sein würde! Und ich wollte dich doch nur beschützen und verhindern, dass du die Schriften von diesem Luther liest!«

Ferdinand brach schluchzend ab und warf sich zurück aufs Bett.

Wieder fühlte er die Hand seines Vaters auf seinem Rücken.

»Du hast ihm also verraten, wo ich meine Unterlagen aufbewahrt habe?« Graf Augusts Stimme war so leise, dass der Junge sie kaum verstehen konnte.

Das war zu viel, Ferdinand hielt es nicht mehr aus. Die Schuldgefühle und der Kummer wurden übermächtig; er konnte seinem Vater einfach nicht ins Gesicht sehen. Schluchzend erhob er sich und stolperte zur Tür. Nur weg!

»Ferdinand!«, hörte er seinen Vater rufen, aber da rannte er schon den Flur hinunter in Richtung Bibliothek. Hinter den großen Bücherkisten würde ihn auch diesmal niemand finden.

Erst viel später, als er das Wiehern eines Pferdes unten im Hof hörte, kroch er aus seinem Versteck und rieb sich das vom Weinen verschwollene Gesicht. Dann trat er ans Fenster.

Graf August hatte sein bestes Pferd gesattelt und führte ein zweites Tier am Zügel. Es war hoch beladen mit Gepäck.

Gräfin Ginevra und Francesco Rambaldi standen im Hof und beobachteten schweigend, wie Graf August von Beilstein sein Haus verließ. Gustav war nirgendwo zu sehen.

Der Graf warf noch einen letzten Blick zum Haus, dann wandte er sich ab und ritt durchs Tor, begleitet von der Eskorte des Herzogs.

Ferdinand hätte sich am liebsten in einem Mauseloch verkrochen, um keiner Menschenseele begegnen zu müssen. Doch das war ihm nicht vergönnt. Als er an diesem Abend den Gang zur Toilette hinunterlief, trat eine unverkennbare Gestalt aus dem Schatten: Onkel Francesco.

Ferdinand erstarrte. Ihn hatte er am allerwenigsten treffen wollen.

Der Kardinal hatte jene gütige Miene aufgesetzt, von der Ferdinand inzwischen wusste, dass sie nur eine Maske war.

»Mein lieber Neffe«, säuselte der Onkel, »es schmerzt mich unbeschreiblich, dich so traurig zu sehen. Aber sei nicht bekümmert, denn dein Vater hat nur seine gerechte Strafe erhalten.« Er trat auf Ferdinand zu und legte ihm die Hand auf den Arm.

Der Junge war sprachlos. Der Kardinal wollte ihn trösten? Glaubte er ernsthaft, Ferdinand würde ihm auch nur noch einen Fingerbreit über den Weg trauen?

Die Hand seines Onkels lag schwer auf seinem Arm, er konnte durch den Ärmel seiner Jacke die weiche, schlaffe Haut fühlen. Ekel stieg in ihm auf.

Schnell riss er sich los und rannte dorthin zurück, woher er gekommen war.

Am nächsten Morgen reiste Francesco Rambaldi ab.

Nach und nach kehrte im Herrenhaus eine neue Routine ein, die sich aus dem veränderten Alltag ergab. Der Winter brach an und bedeckte das Land mit dem ersten Schnee.

Gustav, der von den Vorkommnissen am wenigsten betroffen schien, ritt häufig mit seinen Freunden auf die Jagd. Er hatte enorm an Ansehen gewonnen, seit er den Titel des Grafen trug. Um die Geschäfte kümmerte er sich allerdings nur, wenn es sich nicht vermeiden ließ.

Gräfin Ginevra versuchte immer wieder, ihn für seine Pflichten zu interessieren, scheiterte aber meistens. Deshalb nahm sie die Verwaltung der Grafschaft selbst in die Hand und schien ganz darin aufzugehen.

Auch für Ferdinand normalisierte sich das Leben allmählich. Seine Mutter hatte einen Maler ins Herrenhaus bestellt, um Porträts von sich und ihren Söhnen anfertigen zu lassen. Das bedeutete, dass Ferdinand stundenlang in seinem Zimmer Modell stehen musste – angetan mit seiner blauen Jacke, die rechte Hand auf eine Säule gelegt.

Mit seiner Mutter und seinem Bruder hatte er seit der Abreise des Vaters jedoch kaum ein Wort gewechselt. Die Mahlzeiten verliefen größtenteils schweigend. Wenn Gustav den jüngeren Bruder ansprach, sah Ferdinand ihn nur voller Verachtung an. Die Drohungen der Mutter ignorierte er.

Dass das ein Fehler war, merkte er wenige Wochen

später, als er sich mittags dem Speisesaal näherte. Die Tür stand offen, und er konnte sehen, dass Ginevra und Gustav schon am Tisch saßen. Sie unterhielten sich leise.

»Und was machen wir mit Ferdinand?«, sagte Gustav gerade. »Der Junge wird immer frecher. Er spricht kein Wort, sondern schaut mich nur so merkwürdig an.«

Unwillkürlich blieb Ferdinand stehen, trat hinter einen Wandvorsprung und lauschte.

»Das bildest du dir bestimmt nur ein«, antwortete Gräfin Ginevra seufzend.

»Auf keinen Fall. Ich sage dir, der plant etwas«, entgegnete Gustav.

»Du denkst, dass er seinen Vater rächen will?«, sagte seine Mutter nachdenklich. »Dafür ist er doch viel zu feige. So etwas würde unserem kleinen Weichling nie in den Sinn kommen.«

»Ich weiß nicht. Er ist mir unheimlich. Es ist ein wenig, als wäre Vater nie gegangen.«

»Wie auch immer. Das Problem wird sich schon sehr bald erübrigt haben.«

»Warum denn das?«

»Dein Onkel hat nicht nur dafür gesorgt, dass August seine gerechte Strafe bekommt, sondern auch, dass Ferdinand auf den rechten Weg zurückgebracht wird. Der Junge hat viel zu lange unter dem schändlichen Einfluss deines Vaters gestanden.«

»Aber was kann man jetzt noch dagegen unternehmen?«, fragte Gustav in zweifelndem Ton.

»Ihn besserem Einfluss aussetzen, natürlich! Francesco hat auf dem Weg zum Hof des Herzogs im Kloster Bernried haltgemacht. Er hat mit dem Abt gesprochen und eine Vereinbarung mit ihm getroffen: Ferdinand wird dort am Dreikönigstag als Novize aufgenommen.«

»Er soll Mönch werden? Wunderbar!«, jubelte Gustav. »Dann sind wir ihn ja los!«

»Genau. Du hast doch nicht etwa gedacht, ich würde zulassen, dass deine Stellung als Graf von Beilstein auch nur im Geringsten gefährdet wird, nur weil es im Haus noch einen weiteren Erben gibt? Ferdinand muss weg, erst dann ist deine Position gesichert.«

»Wie klug von dir!«, staunte Gustav. »Dreikönigstag, das ist ja schon in einem Monat. Hoffentlich macht er bis dahin keine Dummheiten. Denkst du nicht auch, es wäre gut, wenn ich ihn so lange ein wenig im Auge behalte? Nur um sicherzugehen, dass er sich deinem Plan nicht widersetzt?«

»Tu das ruhig«, meinte seine Mutter. »Es kann nicht schaden, denn vermutlich wird er sich mit diesen Aussichten nicht sofort anfreunden können.«

Besteck klapperte; es schien, als würden die beiden sich nun dem Essen widmen. Die Tür des Speisesaals wurde – wohl von einem Diener – geschlossen.

Ferdinand war wie vor den Kopf geschlagen. Er sollte ins Kloster gehen? Sein Leben lang eingesperrt sein und strenge Regeln befolgen müssen?

Niemals!, dachte er. *Ich gehe nicht ins Kloster. Wenn sie mich hier nicht mehr haben wollen, dann reise ich Vater hinterher. Wenn ich nur wüsste, wo er ist!*

Kapitel 8:

An der Tränenquelle

Am Starnberger See

Während Franky im Krankenhaus auf eigene Faust ermittelte, blieben seine Freunde nicht untätig. Zunächst kehrten sie zur Seeburg zurück, um in Antonias Zimmer gemeinsam die Hausaufgaben zu erledigen. Als sie fertig waren, packte Antonia ihre Kletterausrüstung zusammen.

»Was willst du denn damit?«, fragte Jaron.

»Was wohl? Klettern«, erwiderte sie kurz angebunden.

»Aha.«

»Darf ich dich daran erinnern, dass wir schon damals bei der Kreuz-Eiche eine Kletterausrüstung gebraucht hätten?«

»Meinst du?«

»Allerdings. Es war doch reines Glück, dass die Erdhöhle nicht über unseren Köpfen eingestürzt ist. Wer weiß, was uns an dieser Tränenquelle erwartet.«

»Stimmt«, warf Emma ein, »das klingt vernünftig.«

»Okay, ist ja schon gut.« Jaron gab sich geschlagen. Es war nicht zu leugnen, dass Antonia manchmal ganz gute Ideen hatte. »Bist du schon einmal in einer Höhle geklettert?«, fragte er dann.

»Ein Mal, auf einer Kletterfreizeit.«

»Das klingt ja sehr beruhigend.« Jaron grinste.

»Wenn du Angst hast, brauchst du ja nicht mitzukommen«, meinte Antonia, es klang ein wenig spöttisch.

»Ich hab keine Angst«, behauptete Jaron, obwohl er sich dessen nicht so absolut sicher war.

»Die Technik ist in einer Höhle genau die gleiche wie beim Felsklettern – man muss nur noch ein paar zusätzliche Dinge beachten«, fachsimpelte Antonia. »Und natürlich sollte man nur mit jemandem in eine Höhle einsteigen, der sich dort auskennt. Aber das, denke ich, müssen wir heute einfach mal ignorieren.«

Sie schlang sich den Riemen ihres Rucksacks über die Schulter und fragte: »Und, seid ihr bereit?«

Emma nickte zögerlich. »Ich glaube schon. Aber wir sind auf jeden Fall vorsichtig, okay?«

»Ja, klar«, sagte Antonia leichthin.

Leise schlichen sich die drei Freunde nun durch die Gänge der Burg und aus dem Tor hinaus, bevor Jarons Mutter oder Antonias Eltern auf den Gedanken kommen konnten, sie für irgendwelche Arbeiten einzuspannen.

Jaron bog noch kurz in den Werkzeugschuppen ab und nahm ein Brecheisen mit. Es lag schwer in seiner Hand und gab ihm das Gefühl, vorbereitet zu sein. Zur Sicherheit steckte er auch noch einen Hammer in seinen Rucksack.

Zum Schlosshotel waren es von der Seeburg aus nur ein paar Hundert Meter, deshalb ließen die drei Freunde die Fahrräder stehen und gingen zu Fuß. Der Himmel war grau verhangen, es roch nach Schnee. Nebel zog auf.

»Sollen wir erst mal ins Schloss gehen und nach dem Porträt beziehungsweise nach diesem Sekretär suchen?«, schlug Jaron vor.

Antonia und Emma nickten. »Klar, wenn wir schon mal da sind«, meinte Antonia.

Also marschierten sie, nachdem sie die Treppe von der Seestraße zum Schlosspark hinaufgestiegen waren, als Erstes Richtung Haupteingang. An einem Mittwoch im Januar wohnten offenbar nur wenige Gäste im Hotel, jedenfalls war das Foyer fast leer.

Jaron steuerte zielsicher das Porträt von Ferdinand an, das über dem großen Marmorkamin hing; Antonia und Emma stellten sich neben ihn.

Der silberne Schlüssel mit den Initialen FB, der sich nun im *alten Heinrich* befand, war auf dem Originalbild deutlich zu erkennen. Auch das Möbelstück, zu dem er gehörte, konnte man hier noch besser betrachten als auf dem kleinen Handyfoto. Jaron machte zur Sicherheit noch ein paar Detailaufnahmen.

Emma sah sich in der Zwischenzeit um. »Und wie gehen wir jetzt vor?«, fragte sie. »Wie sollen wir herausfinden, ob es dieses Möbelstück noch gibt? Es ist immerhin mehr als vierhundert Jahre alt.«

»Wir können ja einfach mal durch die Gänge laufen«, meinte Antonia.

Also gingen sie zum Aufzug, um in den ersten Stock zu fahren.

Jaron sah aus den Augenwinkeln, dass der Portier sie von der Rezeption aus misstrauisch beobachtete. Es war derselbe ältere Mann, der ihm im Herbst die Geschichte Ferdinands von Beilstein erzählt hatte. Die drei Freunde mussten in dieser eleganten Umgebung natürlich auffallen: Antonia hatte ihre Kletterausrüstung dabei, und aus Jarons Rucksack guckte zu allem Überfluss auch noch ein Brecheisen heraus.

Man kann es ihm nicht übelnehmen, wenn er uns für Einbrecher hält, dachte Jaron.

Genau in dem Moment, in dem sich die Aufzugtür öffnete, griff der Portier zum Telefon.

Im ersten Stock lag ein weitläufiger Hotelflur vor ihnen, es standen nur wenige Möbel darin. Die Freunde gingen an einigen Zimmertüren vorbei, ohne den Sekretär irgendwo zu entdecken.

Gerade wollten sie die Treppe zum zweiten Stock hinaufsteigen, da trat ein Mann aus dem Aufzug, der eindeutig ein Hotelangestellter war. Er kam direkt auf sie zu.

»Entschuldigt bitte, wohnt ihr hier im Hotel?«, sprach er sie an.

Die Freunde sahen sich an.

»Äh, nein?«, antwortete Jaron.

Der Mann nickte. »Das dachte ich mir. Darf ich fragen, was ihr hier macht?«

»Wir möchten uns gerne dieses schöne Hotel anschauen«, erklärte Antonia, was ja nicht gelogen, aber auch nicht die volle Wahrheit war.

»Das ist hier aber keine Sehenswürdigkeit; unsere Gäste wollen nicht gestört werden«, entgegnete der Angestellte. »Wenn ihr hier kein Zimmer habt, muss ich euch bitten, das Hotel zu verlassen.«

Und so standen sie nur wenige Minuten später wieder vor dem Gebäude.

»Na, das war wohl nichts«, meinte Emma.

»War vielleicht ein bisschen zu spontan«, sagte Jaron achselzuckend.

»Ich wünschte, wir könnten Weixlhammer nach dem Sekretär fragen«, seufzte Emma nun.

Antonia runzelte die Stirn. »Vergiss es!«, sagte sie energisch.

»Aber er weiß bestimmt alles über die Möbel im Schloss.«

»Mag sein, aber wir können ihm nicht mehr trauen.«

»Ja, das stimmt schon«, gab Emma zu.

»Kommt, vielleicht haben wir mit der Quelle mehr Glück«, forderte Jaron die beiden Mädchen auf.

Sie umrundeten das Schloss und steuerten den Rand

des Grundstücks an, wo unter hohen Bäumen ein Maschendrahtzaun verlief. Hinter dem Zaun erhob sich ein steiler Hang. Wenn man ihn hinaufstieg und noch ein Stück weiter marschierte, kam man nach Allmannshausen, das wusste Jaron.

Am Rande des Schlossgeländes – weit weg von den Sportplätzen und dem Pool – befanden sich einige Nebengebäude, in denen vermutlich Gartengeräte und ähnliche Dinge untergebracht waren.

So gepflegt der Park selbst mit seinem sauber gemähten Rasen, den in Form gestutzten Buchshecken und den hübschen Rosen- und Staudenbeeten war, so wild ließ man hier alles wachsen. Offenbar lohnte sich in diesem Bereich, wo niemand es sah, die Mühe nicht. Als die Freunde sich unter einen Busch duckten, mussten sie stachlige Zweige beiseiteschieben, und Jaron wünschte, er hätte statt des Brecheisens eine Machete mitgenommen.

Sie begannen am nördlichsten Ende mit ihrer Suche und arbeiteten sich nach Süden hin durch. Antonia ging direkt am Zaun entlang, Emma übernahm den Waldrand und Jaron das Gelände, das dazwischen lag. So stapften sie eine Weile dahin und suchten den Boden sorgfältig ab.

»Und hier soll eine Höhle versteckt sein?«, keuchte Emma irgendwann, während sie stehen blieb und sich ein verwelktes Blatt von der Schulter wischte.

»Ja, ich bin auch mal gespannt, wo die auftauchen wird«, meinte Jaron und hielt ebenfalls inne. Schlamm klebte an seinen Turnschuhen und allmählich kroch die Kälte durch seine Jeans.

Er sah sich um, konnte jedoch in all dem Grau und Braun um ihn herum nichts Auffälliges entdecken.

Bis auf eine Stelle etwas weiter links von ihm. Dort ragte etwas aus der Erde, das dunkler und irgendwie scharfkantig aussah.

Antonia schien es ebenfalls bemerkt zu haben, denn sie ging nun auch darauf zu. Emma folgte den beiden.

Der dunkle Schatten erwies sich als Felsspitze, die über einer flachen Vertiefung im Boden ein natürliches Vordach bildete. Der Grund dieser Senke war merkwürdig gewellt, als ob etwas unter der Laubschicht liegen würde.

Antonia sah ihre Freunde an und sagte: »Ich glaube, hier sollten wir mal genauer nachschauen.« Sie beugte sich am Rand der Mulde hinunter und fing an, die Blätter mit den Händen beiseitezufegen.

Jaron und Emma taten dasselbe.

Als Jaron ein Stück Erdboden freigelegt hatte, stieß er auf eine Eisenstange, die auf einem Betonklotz lag. Hinter dem Klotz fielen die Blätter auf einmal nach unten. Ein Gitter erschien, unter dem es in die Tiefe ging. Kalte, modrige Luft schlug ihm entgegen.

»Vorsicht!«, warnte er die anderen. »Das ist wohl der Eingang zur Höhle. Unter den Blättern ist nur ein Gitter, passt auf, dass ihr nicht drauftretet.« Sorgfältig legte er die Stäbe frei, die die Öffnung eines Schachts versperrten.

Antonia versuchte inzwischen, Franky anzurufen, bekam aber nur seine Mailbox. »Er meldet sich nicht«, sagte sie und steckte das Handy wieder ein.

»Vielleicht ist endlich diese Ärztin aufgetaucht, und sie untersucht ihn gerade«, meinte Emma, während sie einen Haufen Blätter auf die Seite warf.

»Möglich«, antwortete Antonia und fasste mit an.

Es dauerte nicht lange, bis die drei Freunde ein kreisrundes Loch vor sich hatten.

Der Schacht war offenbar nicht besonders tief: Als Jaron sich vorbeugte und durch die Gitterstäbe nach unten spähte, konnte er im schwachen Licht des Winternachmittags den Boden erkennen.

»Und jetzt?«, fragte Emma.

Jaron deutete auf die Stelle, die er zuerst freigelegt hatte. »Schaut mal hier. Das Gitter liegt schon so lange unter dem feuchten Laub, dass es an manchen Stellen bereits völlig verrostet ist. Ich könnte mir denken, dass man im Schlosshotel schon gar nicht mehr weiß, dass es dieses Loch überhaupt gibt. Wahrscheinlich können wir das Gitter mit ein paar kräftigen Hammerschlägen öffnen.«

»Wir sollen es kaputt machen?«, fragte Emma. »Dann kann man die Höhle danach aber nicht mehr verschließen.«

»Ich glaube, dass wir nicht so brutal vorgehen müssen«, beruhigte Antonia ihre Freundin. Sie stand links von Jaron und zeigte auf eine Stelle direkt vor ihr. »Hier ist ein Riegel mit Vorhängeschloss, das auch ziemlich verrostet aussieht. Gib mir doch mal den Hammer; dann versuche ich, ob wir das nicht kaputt kriegen können.«

Wortlos kramte Jaron den Hammer aus seinem Rucksack und reichte ihn Antonia.

Sie holte aus und schlug einige Male mit voller Wucht auf das Schloss.

Als die Schläge durch den Wald hallten, sah Emma sich ängstlich um. Aber niemand schien sich an dem Krach zu stören. *Wie gut, dass es Winter ist und kaum jemand bei diesem Wetter draußen ist*, dachte Jaron.

Noch ein letzter Schlag, und das Vorhängeschloss zerbrach. Antonia legte den Hammer ab, und zu dritt packten sie das Eisengitter. Unter Aufbietung aller ihrer Kräfte gelang es ihnen, es hochzuwuchten und auf dem Boden neben dem Loch abzulegen.

Jaron wollte gerade fragen, wie es jetzt weitergehen sollte, da griff Antonia schon nach ihrer Klettertasche und fing an, einiges herauszuholen. Als Erstes warf sie

Jaron und Emma jeweils einen Helm zu. »Hier, aufsetzen. Ohne Helm geht keiner da rein«, befahl sie.

Als Nächstes befestigte sie zwei Gurtschlingen an einem nahen Baum und hängte ein Sicherungs- und ein Abfahrtsseil hinein. Sie prüfte, ob alles festsaß, bevor sie die Enden in die Tiefe warf. Dann half sie Emma und Jaron, die Gurte anzulegen, und zeigte ihnen, wie sie ihre Karabiner mit einem sogenannten Mitläufer in das Seil einhängen mussten.

»Ich steige zuerst runter und sichere euch von unten«, erklärte sie. »Wenn ihr mir folgt, hängt euch genau so ein, wie ich es euch gerade gezeigt habe. Schaut zu, wie ich mich abseile, und macht es mir nach.«

Sie befestigte ihren eigenen Gurt im Abseilapparat am Seil, setzte ebenfalls einen Helm auf und trat an den Rand des Lochs. Nun drückte sie auf den Hebel des Abseilapparats, das Seil glitt hindurch, und ganz langsam, Schritt für Schritt, bewegte sie sich rückwärts die Wand hinunter.

Emma und Jaron beobachteten sie. Es sah eigentlich ganz einfach aus, aber der Gedanke, gleich selbst über die Kante treten zu müssen, war doch etwas beunruhigend.

Als Antonia den Boden erreicht hatte, klinkte sie sich aus und schickte den Abseilapparat wieder nach oben, indem sie an den Seilen zog.

Als Nächstes versuchte Emma ihr Glück. Antonia gab ihr Anweisungen von unten, Jaron half beim Start und so kam Emma gut die Wand hinab.

Jaron hatte die Sache ja nun schon zweimal beobachtet, und so dauerte es nicht lange, bis er ebenfalls unten ankam.

Jetzt schaltete Antonia die Taschenlampe ein, die sie mitgenommen hatte, und ließ den Lichtstrahl über die glatten Wände einer winzigen Höhle wandern. Die hintere Wand war nur etwa zwei Meter vom unteren Ende des Schachts entfernt, und die Decke fiel so stark ab, dass sie sich bücken mussten, um sich überall umsehen zu können. Unter den herabgefallenen Zweigen und Blättern schienen runde Kiesel am Boden zu liegen.

»Dieser Hohlraum ist definitiv von fließendem Wasser aus dem Felsen gewaschen worden«, meinte Antonia. »Wahrscheinlich ist das Wasser durch den Schacht, den wir gerade hinabgeklettert sind, an die Oberfläche getreten. Als die Quelle dann versiegt ist, blieb die Höhle zurück.«

»Das heißt, dass dieser Publius oder wer auch immer die Schale versteckt hat, hier herunter*getaucht* sein muss?«, fragte Emma.

Antonia zuckte mit den Achseln. »Vermutlich. Oder die Quelle war schon vorher versiegt, wer weiß. Auf jeden Fall wäre das hier ein tolles Versteck.«

»Krass«, kommentierte Jaron. Er wurde immer aufgeregter und konnte es kaum erwarten, die Höhle gründlich zu untersuchen.

Systematisch betrachteten die drei Freunde nun alle Wände. Und schließlich entdeckten sie etwas, das sich von der Umgebung abhob.

Antonia ging in die Hocke, Jaron und Emma beugten sich vor und sahen ihr über die Schulter.

Im hellen Lichtkegel der Taschenlampe konnten sie einige Vertiefungen in der Steinwand wahrnehmen. Es waren Buchstaben, die offenbar hastig in den Felsen geritzt worden waren: krumm und schief, aber immer noch gut zu erkennen.

»Om-nem lacri-mam«, las Antonia laut vor und wandte sich danach mit einem strahlenden Lächeln zu ihren Freunden um. »Wir haben es gefunden!«, jubelte sie.

»Ja!«, riefen Emma und Jaron gleichzeitig und klatschten sich ab.

»Das muss Franky unbedingt sehen!«, meinte Jaron, zog sein Handy aus der Tasche und versuchte nun selbst, seinen Freund im Krankenhaus zu erreichen.

Vergeblich, Franky ging wieder nicht ran.

Enttäuscht steckte Jaron das Handy wieder ein. »Und was jetzt?«, fragte er.

Emma kauerte sich neben Antonia und strich mit ihren Händen über die Wand. »Solider Fels«, erklärte sie. »Hier ist nirgends Platz für ein Versteck.«

Wenig später stutzte sie jedoch. »Moment mal«, murmelte sie und fegte etwas Dreck von der Wand.

Antonia leuchtete ihr und Jaron beugte sich gespannt weiter nach vorne.

»Hier ist etwas«, sagte Emma, während sie mit den Fingern an der Wand kratzte.

Jetzt konnte es auch Jaron sehen: Ganz unten, knapp über dem Boden der Höhle, waren kleine Symbole eingemeißelt. »Tränen!«, sagte er staunend.

Emma nickte. »Sieht so aus.« Sie steckte ihren Zeigefinger in eine Ritze, um den Dreck herauszuholen.

Da ertönte plötzlich ein leises, dumpfes Poltern, und rings um die eingemeißelten Tränenzeichnungen erschienen Spalten im Fels.

Emma erschrak, zögerte kurz und tastete dann diesen Bereich vorsichtig ab. Ein quadratischer Stein ließ sich etwas nach hinten schieben, sodass eine Öffnung entstand. Schnell griff Emma hinein.

Als sie ihre Hand wieder zurückzog, lag etwas auf ihrer Handfläche: ein halbmondförmiger Edelstein aus einem orangeroten Material mit den schwarz eingearbeiteten Buchstaben *ab oculis*. Unter dem Schriftzug war, ebenfalls in schwarzer Farbe, das Bild eines Vogels eingraviert, der beide Flügel ausbreitete – so, als ob er gerade davonfliegen wollte.

»Der dritte Stein!«, flüsterte Antonia.

»Das ist Koralle«, erklärte Emma.

»Wie passend für einen Stein, der unter Wasser versteckt war«, kommentierte Jaron.

»Wahnsinn! Wir haben es geschafft«, sagte Emma geradezu ehrfürchtig. »Jetzt finden wir die Schale bestimmt auch noch.«

Lange hielten sie sich nach dieser Entdeckung nicht mehr in der Höhle auf. Sie fotografierten den Fundort natürlich noch ganz genau, um Franky später alles zeigen zu können.

Dann half Antonia den beiden anderen, mithilfe des Seils wieder nach oben zu klettern, und verließ selbst die Höhle als Letzte.

Es wurde schon dunkel, als sie wieder unter den Bäumen standen, und erste Schneeflocken fielen. Nachdem die Freunde den Schacht wieder mit dem Gitter verschlossen und alles unter Zweigen und Laub versteckt hatten, packten sie Antonias Kletterzeug zusammen. Dann gingen sie gemeinsam am Ufer entlang zurück zur Seeburg, wo Emma ihr Fahrrad stehen hatte.

Als sie dort ankamen, war es finster.

»Sollen wir gleich noch ins Krankenhaus fahren oder warten wir bis morgen?«, fragte Emma.

»Ich glaube, wir sollten Franky unseren Fund sofort zeigen«, antwortete Antonia. »Immerhin ist *er* auf die Idee mit dieser Tränenquelle gekommen und besonders gut geht es ihm im Moment auch nicht. Diesen Stein zu sehen, wird ihn sicher ein bisschen aufmuntern.«

Jaron war derselben Meinung. »Der freut sich bestimmt mega, wenn wir kommen«, erklärte er zuversichtlich.

Also sagten alle drei ihren Eltern Bescheid, dass sie noch einmal nach Kempfenhausen radeln würden.

Als die Freunde am Krankenhaus ankamen, war der Schneefall bereits wesentlich dichter geworden. Direkt vor dem Eingang der Klinik stand ein Polizeiwagen, was Jaron allerdings nur am Rande registrierte. Die drei beeilten sich, die Station zu erreichen, auf der Frankys Zimmer lag.

Doch als sie in den betreffenden Flur einbogen, erwartete sie eine ungewöhnliche Szene: Hier schien helle Aufregung zu herrschen. Mehrere Krankenschwestern und Ärzte standen auf dem Flur, einschließlich Dr. Dragumir, die gerade von Polizeibeamten befragt wurde.

Elvira Giuliani weinte, und Germano saß zusammengesunken neben ihr auf einem Stuhl. Eine Schwester reichte ihm gerade ein Glas Wasser.

Als er zum Trinken ansetzte, bemerkte er die drei Freunde und ließ das Glas sofort wieder sinken. Er sprang auf und streckte seinen Arm aus. »Da sind sie!«, rief er und ging auf sie zu.

Jaron, Emma und Antonia sahen einander erstaunt an.

Auch Elvira kam ihnen nun entgegen, gefolgt von einem der Polizisten. Die anderen Erwachsenen hatten sich zu ihnen umgedreht und ihre Gespräche unterbrochen.

»Wie gut, dass ihr da seid!«, rief Germano. »Wir haben gerade schon die *polizia* zur Seeburg geschickt.«

»Die Polizei? Aber warum denn?«, fragte Jaron völlig verblüfft.

»Franco ist verschwunden«, schluchzte Elvira, während sie sich am Arm ihres Mannes festklammerte und mit einem zusammengeknüllten Taschentuch ihre Augen abtupfte.

»Verschwunden? Wie kann er denn verschwunden sein?« Antonia runzelte ungläubig die Stirn.

»Wir sind gerade nach Hause gekommen, da hat uns das Krankenhaus angerufen. Franco war nicht in die Zimmer«, erklärte Germano. »Keiner wusste, wo er ist. Wir sind sofort gefahren hierher und haben alles abgesucht. Aber Franco iste verschwunden!«

Elvira schluchzte wieder, worauf ihr Mann unbeholfen ihre Hand tätschelte.

Nun ergriff der Polizeibeamte das Wort. »Ihr seid die Freunde von Franco Giuliani?«, erkundigte er sich.

»Ja«, bestätigte Jaron. »Ist Franky etwa nicht mehr in seinem Zimmer?«

Der Polizist schüttelte den Kopf. »Wir wurden vor etwa einer Stunde benachrichtigt, dass er nicht aufzufinden sei und dass auch seine Eltern nicht wüssten, wo er sich aufhält. Also haben wir das ganze Krankenhaus abgesucht, ihn aber nirgends entdeckt. Wann habt ihr euren Freund zuletzt gesehen?«

Jaron sah Emma und Antonia an. »Das war so gegen zwei Uhr nachmittags, glaube ich. Wir haben ihn direkt nach der Schule besucht und sind dann nach Hause gefahren.«

»Hat er euch irgendwas erzählt?«

Jaron schüttelte den Kopf.

»Wollte er vielleicht weglaufen?«, bohrte der Polizist weiter.

»So etwas würde Franky nicht tun«, meinte Emma besorgt.

»Seid ihr euch da ganz sicher?« Der Beamte sah alle drei der Reihe nach eindringlich an.

»Ja«, antwortete Antonia ein wenig gereizt. »Mit Franky war alles okay. Abgesehen von seinem Arm. Der hat ihm voll wehgetan.«

»Die Operation war ja erst vor zwei Tagen«, fügte Emma hinzu.

Inzwischen hatte sich auch Dr. Dragumir zu der Gruppe gesellt, sie hatte die letzten Worte mit angehört.

»Wir haben seine Medikation angepasst«, warf sie nun ein. »Er hat ungewöhnlich stark auf die Narkose reagiert und so kam es nach der Operation zu ein paar Problemen. Die haben wir jedoch gut in den Griff bekommen.«

»Aber erklären, warum mein Sohn aus Ihrem Krankenhaus konnte verschwinden, können Sie nicht!«, entrüstete sich Germano. »Das ist unerhört! *Inascoltato*!«

»Ich versichere Ihnen, dass sich unser Personal sehr gut um die Patienten kümmert. Franco war unter konstanter Betreuung«, erwiderte die Ärztin.

»Aber warum iste Franco dann nicht da, wenn er die ganze Zeit wurde betreut?«, gab Germano zurück.

»Wie er sich hat davonschleichen können, ist mir ein absolutes Rätsel. So etwas ist in meiner langen Berufslaufbahn noch nie vorgekommen. Ich kann Ihnen versprechen, dass dieser Vorfall von uns genau untersucht werden wird«, sagte Dr. Dragumir in beschwichtigendem Tonfall.

Germano schnaubte nur ungläubig.

»Haben Sie schon nachgesehen, ob Ihr Sohn etwas mitgenommen hat?«, erkundigte sich der Polizist.

Elvira nickte. »Ja, sein Rucksack, sein Tablet und sein Handy fehlen. Und seine Trainingsjacke und seine Schuhe.«

»Was hatte er an, als Sie ihn zum letzten Mal gesehen haben?«

»Nur seinen Schlafanzug«, erwiderte Elvira. Ihr liefen schon wieder Tränen über die Wangen.

»Das heißt, er ist bei dieser Kälte draußen im Pyjama unterwegs?«, fragte der Polizist ungläubig.

Elvira nickte und schluchzte laut auf.

»Das verschärft die Situation natürlich massiv. Bei dieser Witterung besteht schnell die Gefahr einer Unterkühlung. Bitte entschuldigen Sie mich, ich muss das sofort melden.« Damit ging er davon und sprach etwas in sein Funkgerät.

Antonia wandte sich an Frankys Eltern. »Wir helfen bei der Suche, das ist doch klar«, versprach sie.

Doch Elvira schüttelte energisch den Kopf. »Nein, das werde ich nicht erlauben! Als ihr euch im Sommer ganz allein auf die Jagd nach den Dieben gemacht habt, seid ihr fast im Keller der alten Fabrikhalle gestorben.«

Sie spielte auf das Abenteuer an, das die vier Freunde in den Sommerferien erlebt hatten. Gefangen in einem geheimen Keller, der in Brand geraten war, hätten sie es damals fast nicht mehr nach draußen geschafft.

»Aber …«, widersprach Antonia.

»Nein, keine Widerrede! Das ist die Aufgabe der Polizei. Ihr müsst nach Hause gehen und dort warten, bis sie Franco gefunden haben. Versprecht ihr mir das?«

Elvira sah so verzweifelt aus, so voller Sorge, dass die drei Freunde ihr diesen Wunsch nicht abschlagen konnten.

»Wir versprechen es«, sagte Jaron, obwohl er bereits ahnte, wie schwer es ihnen allen fallen würde, untätig zu bleiben.

Antonia und Emma nickten stumm.

Allerdings konnte Frankys Mutter die Freunde nicht dazu zwingen, sich zu trennen. Unter diesen Umständen erhielten die beiden Mädchen von ihren Eltern schnell die Erlaubnis, dass Emma bei Antonia übernachten durfte.

Nachdem Antonias Eltern und Jarons Mutter aufgebrochen waren, um sich an der Suche zu beteiligen, saßen die drei Freunde noch einige Zeit in der Seeburg zusammen.

Und später lag Jaron lange im Dunkeln wach und grübelte, wo Franky gerade sein mochte. Draußen schneite es heftig.

Kapitel 9:

Der vergessene Keller

»Bist du wach?«, flüsterte Antonia ihrer Freundin Emma zu, die auf der Matratze neben ihrem Bett lag.

»Ja«, gab Emma leise zur Antwort, »ich wache immer wieder auf.«

Antonia blickte auf die Uhr. Es war vier Uhr morgens. »Ich hoffe, sie haben Franky inzwischen gefunden«, sagte sie besorgt und rieb sich die Augen.

»Ja, das hoffe ich auch.«

In diesem Moment hörten sie, dass ein Auto nahe an die Seeburg heranfuhr, gleich darauf verstummte das Motorengeräusch. »Das ist bestimmt Papa«, sagte Antonia und stand auf. »Ich frag ihn mal.«

»Ich komme mit.« Emma schlug ihre Decke zur Seite und erhob sich ebenfalls.

Als die beiden Mädchen zur Haustür eilten, wären sie fast mit Jaron zusammengestoßen, der gerade aus seiner Wohnung trat.

»Konntet ihr auch nicht schlafen?«, fragte er müde und strich sich durch seine zerzausten Haare.

Emma und Antonia nickten.

Gemeinsam gingen sie den Flur entlang zum Eingangsbereich, der von einer Marmorstatue geschmückt wurde. Antonias Blick glitt automatisch über die Figur – eine Mischung aus Kobold und altem Mann. Und wie schon so oft, fragte sie sich auch jetzt, an wen sie dieses Gesicht erinnerte.

Bevor sie jedoch noch weiter darüber nachdenken konnte, erschien ihr Vater in der Eingangstür. Er schaute die drei verdutzt an. »Ihr sollt doch schlafen! Was macht ihr hier?«

»Habt ihr Franky gefunden?«, entgegnete Antonia, ohne auf seine Frage einzugehen. Sie sah ihn hoffnungsvoll an.

Aber ihr Vater schüttelte traurig den Kopf. »Nein, leider nicht, es fehlt immer noch jede Spur von ihm.«

»Das gibt's doch nicht!«, sagte Emma erschüttert.

Auch Antonia traf diese Antwort wie ein Schlag in den Magen; und Jaron sah aus, als würde ihm schlecht werden. Sie hatten so sehr gehofft, dass die Polizei ihren Freund in dieser Nacht finden würden.

»Aber eine Frau hat Franky im Bus von Kempfenhausen nach Münsing gesehen«, fuhr Andreas fort, während er sich erschöpft auf die Bank an der Garderobe sinken ließ.

»Was?«, rief Jaron erstaunt. »Im Bus hierher?«

»Ja, ihre Beschreibung passt genau auf ihn«, meinte Andreas. »Ihr ist anscheinend besonders aufgefallen, dass er eine Schlafanzugshose trug und einen verwirrten Eindruck machte. Er saß noch im Bus, als sie in Assenhausen ausgestiegen ist.«

»O Mann, dann ist er jetzt schon fast die ganze Nacht draußen und hat nur einen Schlafanzug an«, jammerte Emma. »Und das bei diesen Temperaturen!« Sie blickte aus dem Fenster, sah in der Dunkelheit jedoch nicht, ob es inzwischen aufgehört hatte zu schneien.

»Ach, wie ich Franky kenne, wird er sich schon einen warmen Unterschlupf gesucht haben«, meinte Jaron. Es klang so, als wolle er sich in erster Linie selbst damit trösten.

»Papa, wir müssen die ganze Busstrecke absuchen!«, sagte Antonia fordernd.

»Junge Dame, was glaubst du denn, was wir die ganze

Nacht gemacht haben?«, erwiderte ihr Vater etwas gereizt. »Wir haben dieses Gebiet sowohl zu Fuß als auch mit dem Auto genau durchkämmt!«

»Entschuldige«, erwiderte Antonia kleinlaut und setzte sich neben ihn auf die Bank. »Ich mach mir halt solche Sorgen um Franky.«

Die anderen nickten zustimmend.

»Ich ja auch«, sagte ihr Vater, »aber wir können im Moment nichts tun außer beten. Die Polizei hat jetzt einen Hubschrauber mit einer Wärmebildkamera angefordert. Der scannt das ganze Gebiet rund um die Fahrstrecke des Busses ab. Wenn Franky irgendwo im Wald liegen sollte, dann finden sie ihn.«

Auch Jaron und Emma hatten sich inzwischen auf der Bank niedergelassen, und für einen Moment saßen alle schweigend da.

Plötzlich begann Jaron zu beten. »Bitte, lieber Gott, bitte beschütze Franky …« Dann brach seine Stimme ab, Tränen traten in seine Augen und er schluchzte.

Emma und Antonia wechselten einen verstohlenen Blick.

So kenne ich ihn ja gar nicht, dachte Antonia betroffen. *Normalerweise ist er doch derjenige von uns, der auch in schwierigen Situationen einen kühlen Kopf bewahrt.*

Doch jetzt hatte Jaron sein Gesicht in seine Hände gelegt und weinte hemmungslos.

Antonia legte einen Arm um seine Schulter, drückte ihn und sagte tröstend: »Hey, wir finden ihn. Da bin ich mir ganz sicher.«

Emma nickte zustimmend und legte ihre Hand auf seine andere Schulter.

Jaron wischte sich die Tränen ab. »Ja, hoffentlich«, schluchzte er. Für einen Moment saßen sie nur da und hielten sich fest.

»Okay, Leute, ich denke, wir sollten uns jetzt mal hinlegen. Dann können wir morgen …«, meinte Andreas schließlich und sah auf die Uhr. »Na ja, Morgen haben wir schon, aber dann sehen wir nachher weiter.«

Dagegen ließ sich nichts einwenden, deshalb befolgten die Freunde seinen Rat.

Jaron fuhr aus einem unruhigen Schlaf hoch, als er die Türklingel hörte. *Vielleicht haben sie Franky jetzt gefunden?,* schoss ihm durch den Kopf. Schnell stand er auf und rannte zur Haustür.

Unterwegs traf er auf Antonia und Emma, die ebenfalls die Treppe herunterpolterten.

Gitti Reihmann, Antonias Mutter, hatte die Tür schon geöffnet und ließ gerade Opa Hans herein. Draußen war es bereits hell geworden.

Normalerweise hätte Jaron sich gefreut, den alten Fischer vom Starnberger See zu sehen. Aber an diesem Morgen hatte er auf eine erlösende Nachricht von der Polizei gehofft.

»Komm schnell rein ins Warme«, lud Gitti Opa Hans ein.

Nachdem dieser sich den Schnee von den Schuhen geklopft hatte, gingen sie gemeinsam in die Küche. »Danke dir«, sagte Opa Hans. »Gibt es Neuigkeiten von Franky?«

Antonias Mutter schüttelte den Kopf. »Leider haben wir immer noch nichts gehört.«

In der Küche wurde der alte Mann stürmisch von den Zwillingen Sina und Lukas begrüßt. Sie zogen ihn auf einen Stuhl, um sich dann nebeneinander auf seinen Schoß zu quetschen.

Jaron betrat den gemütlichen Raum hinter Emma und Antonia. Der Duft von Kaffee, heißer Schokolade und Brötchen lag in der Luft. Der Kachelofen knisterte und verbreitete eine wohlige Wärme.

Wenn Franky jetzt hier wäre, wäre das ein perfekter Tag zum Schlittenfahren, dachte Jaron und setzte sich an den Tisch. *Wo steckst du bloß, Kumpel?* Er merkte erst jetzt, wie erschöpft er war.

Den beiden Mädchen schien es ähnlich zu gehen. Sie kuschelten sich auf dem Küchensofa unter einer Decke zusammen.

»Kaffee?«, bot Gitti freundlich an.

Der alte Fischer nickte müde. »Oh ja, gerne, vielen Dank. Die Nacht war kurz.«

In diesem Moment kam auch Andreas Reihmann mit zerzausten Haaren in die Küche geschlurft. »Guten Morgen«, sagte er und setzte sich neben den alten Mann. »Hans, schön, dass du da bist. Ich hoffe, du bringst uns gute Neuigkeiten?«

»Nein, tut mir leid«, erwiderte der Fischer traurig. »Ich hatte gehofft, *ihr* hättet gute Nachrichten für *mich*.«

Andreas schüttelte den Kopf. »Ich habe gerade mit Elvira und Germano telefoniert. Die Suche mit der Wärmebildkamera hat keine Ergebnisse gebracht. Die Polizei wird heute noch mit einer Hundestaffel losziehen.«

»Möchte jemand ein Brötchen?«, fragte Gitti in die Runde.

»Ja, ich!«, sagten die Zwillinge fast im Chor, sprangen von Opa Hans' Schoß und setzten sich auf ihre Plätze.

Die anderen verneinten. Jaron war nicht nach Essen zumute.

»Leute, ihr müsst was essen«, mahnte Gitti. »Wenn euch übel wird, weil ihr nichts im Magen habt, bringt das Franky auch nicht zurück.«

Jaron musste zugeben, dass sie recht hatte. Stumm nahm er ein Brötchen, die anderen taten es ihm gleich.

»Warum redet heute denn keiner?«, fragte Sina plötzlich und riss damit alle aus ihren Gedanken.

»Weißt du, mein Schatz«, sagte Andreas, »wir machen uns Sorgen um Franky.«

»Warum denn?«

Er sah seine Frau hilfesuchend an.

»Franky wird vermisst. Er ist aus dem Krankenhaus verschwunden«, beantwortete Gitti die Frage ihrer Tochter.

»Verschwunden?«, fragte Sina schmatzend.

»Ja, seit gestern Abend.«

»Aber wohin ist er gegangen?«, mischte sich nun Lukas ein.

»Das wissen wir leider nicht. Und deshalb sind wir ziemlich besorgt«, fuhr seine Mutter fort.

»Aber wir brauchen uns doch keine Sorgen zu machen!«, widersprach Lukas. »Gott weiß doch alles.«

»Genau! Er weiß auch, wo Franky ist«, bekräftigte Sina.

»Ja, das stimmt.« Gitti nickte.

»Und warum fragen wir Gott dann nicht, wo Franky steckt?«, erkundigte sich Lukas und biss in sein Brötchen.

»Das haben wir schon gemacht«, meinte Opa Hans.

»Dann müssen wir das noch mal machen«, erklärte Lukas. »Vielleicht hat Gott gerade viel zu tun.«

Jetzt mussten alle schmunzeln.

Doch Jaron sah, dass das Gesicht des alten Fischers gleich darauf wieder ernst wurde. »Das ist eine gute Idee«, sagte Opa Hans. »Kommt, lasst uns beten.«

Alle nahmen sich an der Hand.

Opa Hans betete nun inständig dafür, dass Franky gesund und wohlbehalten wieder auftauchen würde. Er wirkte sehr betroffen, und Jaron meinte, ein Zittern in seiner Stimme zu hören.

Nach dem *Amen* herrschte für einen Moment Schweigen.

Da fasste Jaron einen Entschluss: Er wollte nicht länger abwarten, sondern etwas unternehmen. »Lasst uns noch mal überlegen, wo Franky sein könnte«, forderte er die anderen auf.

»Wir wissen, dass er irgendwo zwischen Kempfenhausen und Münsing sein muss. Die Buslinie hört ja in Münsing auf«, sagte Emma prompt. Es schien, als sei sie froh darüber, dass Jaron die Initiative ergriff.

Opa Hans und die Reihmanns nickten zustimmend.

»Vielleicht ist er ja im *alten Heinrich*«, meinte Lukas plötzlich.

Alle sahen sich erstaunt an.

»Wie kommst du denn darauf?«, fragte Opa Hans.

»Na ja, er kann doch an der Haltestelle unten ausgestiegen sein«, argumentierte Lukas, »und hat sich dann hier einen Unterschlupf gesucht.«

»Habt ihr denn das Gelände rund um die Seeburg abgesucht?«, wandte sich Opa Hans nun an Andreas.

Antonias Vater schüttelte nachdenklich den Kopf. »Die weitere Umgebung schon, aber nicht das Gelände direkt an der Burg. Daran hat keiner von uns gedacht.«

»Ich will nachschauen gehen!«, rief Lukas eifrig und stand auf.

»Stopp, junger Mann, du musst erst einmal fertig frühstücken«, ermahnte Gitti ihren Jüngsten.

»Wie wäre es, wenn Jaron, Antonia, Emma und ich nachsehen«, schlug Opa Hans vor, »und du trinkst noch eine heiße Schokolade?«

Damit gab sich Lukas zufrieden.

Die drei Freunde und Opa Hans zogen rasch ihre Jacken und Stiefel an und gingen zum Wagendorf, wo der *alte Heinrich* stand. Als Jaron die Tür aufriss, gab es einen

Knall, als würde irgendwo ein Fenster zufallen. Er trat in den Wagen und sah sich um.

»Kein Franky«, sagte er enttäuscht.

Die anderen waren ihm gefolgt und schauten sich ebenfalls um. Opa Hans blickte sogar aus dem Fenster. »Das Fenster ist nur angelehnt, es stand vermutlich offen! Und seht mal dort draußen«, sagte er. »Da ist eine Spur im Schnee.«

Schnell drängten sich die drei Freunde um ihn. Tatsächlich, neben ihren eigenen, frischen Schuhabdrücken war noch eine andere Spur zu erkennen.

Sie verließen den *alten Heinrich* und betrachteten die Abdrücke genauer.

»War jemand von euch heute oder gestern schon einmal hier?«, fragte Opa Hans.

»Also, ich nicht«, antwortete Jaron.

Auch die beiden Mädchen verneinten.

»Hm«, überlegte Opa Hans, »diese Spur führt vom Wagen weg, und es ist ziemlich viel Schnee draufgefallen. Irgendwann letzte Nacht hat es aber aufgehört zu schneien.«

Jaron zückte sein Handy und öffnete eine Wetter-App. »Richtig, und zwar gegen 23 Uhr.«

»Und angefangen hat es so gegen sechs Uhr abends, als wir ins Krankenhaus gefahren sind. Jemand muss also zwischen 18 und 23 Uhr hier gewesen sein«, stellte Antonia fest.

»Komm, wir sehen mal nach, wo die Spur hinführt«, sagte Jaron aufgeregt.

Zu viert folgten sie der Fährte zwischen einigen Bäumen hindurch. Dann verlor sich die Spur jedoch, weil der Wind den Schnee verweht hatte.

»Mann, so ein Mist!«, schimpfte Jaron. »Das gibt's doch nicht.«

Langsam gingen sie zurück zum *alten Heinrich*.

»Hey, da vorne liegt was«, rief Opa Hans plötzlich und eilte voraus. Er bückte sich unter den Zirkuswagen und hob etwas auf.

Als die Freunde sahen, dass er ein Tablet in der Hand hielt, machten sie große Augen.

»Das gehört Franky!«, sagte Emma ganz überwältigt.

»Darf ich das eben mal haben?«, fragte Antonia und nahm es dem alten Fischer aus der Hand. Sie versuchte, das Gerät einzuschalten, aber es passierte nichts.

»Wahrscheinlich ist der Akku leer«, meinte Jaron.

»Schnell, den müssen wir wieder aufladen! Dann können wir herausfinden, wo Franky ist!«, rief Emma strahlend.

Opa Hans, Jaron und Antonia sahen sie verwirrt an.

Emma verdrehte die Augen, als ob sie es nicht fassen könnte, dass ihre Freunde so begriffsstutzig waren. »Leute, erinnert ihr euch nicht mehr? Als wir im Sommer dem Fahrraddieb auf der Spur waren, hat Franky mit seinem Tablet sein Handy geortet. Antonia hatte es unter den Wagen des Diebs geklebt, und so konnten wir ihn verfolgen.«

»Wow, echt?«, sagte Jaron erstaunt. »Schade, dass ich das nicht mitbekommen habe.«

»Stimmt, du warst zu diesem Zeitpunkt ja noch nicht da«, bestätigte Emma. »Jedenfalls, wenn wir das Tablet zum Laufen kriegen, können wir hoffentlich diese App nutzen, um Franky zu finden.«

»Na, dann nichts wie los«, sagte Opa Hans. »Das klingt doch prima.«

Im *alten Heinrich* suchte Jaron ein Ladekabel und schloss das Tablet an. Es dauerte nur ein paar Sekunden, bis sich das Gerät einschaltete

»Jetzt mach mal die Ortungs-App auf«, befahl Antonia ungeduldig.

Jaron öffnete rasch das Programm und drückte auf den Button *Handy orten*.

Sie mussten einen Moment warten. Alle starrten wie gebannt auf das Display, bis plötzlich eine Karte erschien, auf der ein Punkt blinkte.

»Es klappt!«, sagte Antonia aufgeregt.

Jaron zoomte den Kartenausschnitt näher heran. »Frankys Handy scheint sich hier in der Seeburg zu befinden«, erklärte er. Die Darstellung der Seeburg nahm nun fast das ganze Display ein und der Punkt blinkte mittendrin.

»Das ist im Ostflügel«, stellte Antonia fest. »Dort sind die ganzen Gästezimmer. Los kommt, wir sehen nach!« Sie sprintete los und die anderen folgten ihr.

Der Ostflügel war leer, weil die nächsten Gäste noch nicht angereist waren. Das erleichterte die Sache, denn so konnten sie nacheinander alle Türen aufreißen und jedes Zimmer ganz genau durchsuchen, ohne jemanden um Erlaubnis bitten zu müssen.

Aber Franky fanden sie nirgends.

Völlig frustriert ließ Jaron sich auf einen Stuhl fallen und starrte auf das Tablet. Der Punkt blinkte genau da, wo sie sich gerade aufhielten.

In diesem Moment wurde das Display dunkel. »Super, jetzt ist der Akku wieder leer«, seufzte er. »Wo sollen wir denn noch suchen?«

»Na ja«, sagte Opa Hans langsam. »Es stimmt schon: Im Ostflügel sind die Gästezimmer, und die haben wir alle überprüft. Aber es gibt auch noch einen Keller.«

»Einen Keller?«, fragte Antonia stirnrunzelnd.

»Ja, der Eingang ist unter der Werkstatt.«

»Meinst du etwa die alte Kutschenwerkstatt, wo nur Gerümpel herumsteht?«

»Ja, genau. An der hinteren Außenwand führt eine

Treppe in einen Keller, und von dort aus gelangt man durch einen Gang in ein Gewölbe unter der Seeburg.«

Antonia sah ihre Freunde verdutzt an. »Da drin war ich noch nie«, erklärte sie.

»Das ist auch kein Wunder«, meinte Opa Hans. »Der Keller unter dem Schuppen war seit Jahrzehnten Lagerort für alte Reifen. Erst letzte Woche habe ich deinem Vater geholfen, sie zu entsorgen.«

»Das ist ja der Hammer!«, rief Jaron. Schlagartig hatte er wieder Hoffnung; es kam ihm so vor, als sei die ganze Welt plötzlich heller geworden. »Auf, lasst uns nachsehen!«

So schnell sie konnten, liefen die vier zur Werkstatt.

Und tatsächlich, hinter dem Gebäude gab es eine Treppe, die vor einer schweren eichenen Tür endete.

»Da sind wieder Fußspuren im Schnee!«, rief Emma aufgeregt und deutete auf ein paar Abdrücke, die die Treppe hinabführten.

Jaron rüttelte am Türknauf, doch es rührte sich nichts. »Wie sollen wir da reinkommen?«, fragte er über die Schulter.

»Keine Ahnung«, antwortete Opa Hans. »Ich war mir ziemlich sicher, dass die Tür beim letzten Mal offen stand. Sie muss irgendwie ins Schloss gefallen sein.«

»Was macht ihr denn da?«, ertönte hinter ihnen plötzlich die Stimme von Andreas Reihmann.

»Wir vermuten, dass Franky da drin ist!«, sagte Antonia atemlos.

Ihr Vater zog die Augenbrauen hoch. »Wie kommt ihr denn da drauf?«, fragte er erstaunt.

Schnell erklärten sie ihm, dass sie das Tablet gefunden und damit Frankys Handy geortet hatten.

»Weißt du, wo der Schlüssel für die Tür ist?«, fragte Opa Hans.

Der Herbergsvater zuckte mit den Schultern. »Keine Ahnung, ich kann mich nicht erinnern, je einen gehabt zu haben.

»Dann hilft nur noch eins«, erwiderte der alte Fischer. »Wir müssen die Tür aufbrechen.«

Andreas nickte entschlossen. »Ich hole Werkzeug.«

Kurze Zeit später kam er mit zwei Brechstangen zurück und gab eine davon Opa Hans. Dann machten sich die beiden Männer ans Werk. Da es sich um eine massive Eichentür handelte, brauchte es eine Weile, bis sie krachend aufschwang.

Jarons Herz schlug schneller, als er die Taschenlampenfunktion seines Handys aktivierte und das dunkle, verließartige Gewölbe betrat. Antonia und Emma blieben ihm dicht auf den Fersen und leuchteten ebenfalls mithilfe ihrer Smartphones.

Im Keller roch es modrig. Spinnweben bedeckten Berge von alten Möbeln, einen Stapel zerbrochene Obstkisten und Maschinen, die offensichtlich schon vor Jahrzehnten hier entsorgt worden waren.

»Hier geht es rüber zur Seeburg«, sagte Opa Hans und deutete auf einen niedrigen, dunklen Gang, der vom Keller abzweigte.

Antonia und Emma liefen zuerst hinein.

Nach ein paar Metern kamen sie zu einer weiteren Tür, die allerdings glücklicherweise nicht verschlossen war. Emma drückte die Klinke herunter, und der Lichtschein fiel in einen kleinen Raum.

»Da vorne! Da ist er!«, rief Antonia aufgeregt.

Und sie hatte recht, wie Jaron zu seiner unendlichen Erleichterung feststellen konnte: Dort lag Franky auf dem Boden, nur dürftig mit einer alten Decke vor der Kälte geschützt.

Als Emma ihn an der Schulter berührte, schlug er die

Augen auf. »Was macht ihr denn hier?«, fragte er verwirrt.

Da mussten alle lachen.

»Das Gleiche könnten wir dich fragen!«, sagte Emma, während eine Freudenträne über ihre Wange rollte.

»Wir brauchen sofort einen Krankenwagen«, erklärte Andreas und ging hinaus, um den Notruf zu wählen.

Kapitel 10:

Retrograde Amnesie

Als der Krankenwagen an der Seeburg losfuhr, folgten ihm die drei Freunde auf ihren Fahrrädern.

Opa Hans begleitete sie nicht. Er wollte erst einmal in seine Fischerhütte zurückkehren, um sich ein wenig hinzulegen, wie er sagte. Die Aufregung hatte ihn sichtlich mitgenommen, sodass Antonia sich für einen Moment sogar Sorgen um ihn machte. Doch als sie sein lächelndes Gesicht betrachtete, war sie wieder beruhigt. Bestimmt war alles in Ordnung mit ihm und er war nur ein wenig müde.

Obwohl die Freunde so schnell radelten, wie sie konnten – mit einem Krankenwagen, der noch dazu mit Blaulicht und Sirene fuhr, konnten sie nicht mithalten. Daher war am Eingang des Krankenhauses niemand zu sehen, als sie keuchend dort ankamen.

Schnell gingen sie in die Notaufnahme und erkundigten sich im Stationsbüro, wo sie ihren Freund finden konnten.

Sie wurden zum übernächsten Raum geschickt, und die Ersten, die sie dort antrafen, waren Germano und Elvira. Dr. Dragumir beugte sich gerade über Franky, der immer noch seinen verdreckten Schlafanzug trug.

Als Frankys Eltern die Freunde bemerkten, leuchteten ihre Augen auf. Elvira umarmte jeden der drei. »Danke, danke, danke!«, sagte sie immer wieder überschwänglich. »Ihr habt Franco gerettet!«

Germano wirkte sehr bewegt. Ganz gegen seine Natur blieb er stumm und schüttelte den Freunden nur herzlich die Hände.

»Geht es ihm gut?«, fragte Emma besorgt.

Alle blickten zum Bett hinüber, wo jetzt Frankys Gips aufgeschnitten wurde. Dr. Dragumir hatte noch einen Kollegen hinzugezogen, der sich den Arm offenbar ebenfalls anschauen sollte.

Franky lag mit halb geschlossenen Augen da und schien seine Umgebung kaum wahrzunehmen. Sein bleiches Gesicht war schmutzig, in seinen Haaren hingen Spinnweben.

Um die beiden Ärzte nicht zu stören, hielten sich die Eltern und die Freunde etwas im Hintergrund.

»Erzählt doch mal, wo ihr ihn gefunden habt«, forderte Elvira die drei auf.

Daraufhin berichtete Jaron, dass der kleine Lukas auf die Idee gekommen war, Franky hätte doch an der Seeburg aus dem Bus steigen und zum *alten Heinrich* gehen können. Bei dem Zirkuswagen hatten sie dann tatsächlich Frankys Tablet entdeckt und mithilfe des Tablets sein Handy geortet.

»Opa Hans war aber derjenige, der uns letzten Endes den entscheidenden Hinweis gegeben hat«, schloss er. »Dass es diesen Keller unter der Seeburg gibt, haben wir nämlich gar nicht gewusst.«

»So ein Glück, *tanta fortuna*«, seufzte Elvira und drückte Jaron noch einmal an sich, was ihm sichtlich peinlich war. »Wir werden uns auf jeden Fall noch persönlich bei Signore Bernwieser bedanken.«

Nun räusperte sich jemand. Als sie zum Bett schauten, sahen sie, dass Dr. Dragumir sie herüberwinkte. »Kommen Sie doch bitte mal her und sprechen Sie mit ihm. Er scheint etwas verwirrt zu sein.«

»Franco *mio*, wie geht es dir?«, rief Elvira sofort und beugte sich über ihren Sohn.

»Mama?«, antwortete er schwach. »Wo bin ich?«

»Du bist im Krankenhaus. Weißt du das nicht mehr?«

»Im Krankenhaus – warum denn?«

Elvira sah Dr. Dragumir hilfesuchend an.

»Du hattest einen Unfall«, erklärte die Ärztin. »Aber jetzt bist du in guten Händen. Ruh dich ein bisschen aus.«

Franky schloss die Augen.

»Was ist mit ihm?«, fragte Elvira betroffen.

»Eine genaue Diagnose kann ich zwar noch nicht stellen, aber meine Vermutung ist, dass sich an der Bruchstelle eine Entzündung gebildet hat. Ihr Sohn hat leichtes Fieber und die Wunde ist gerötet. Mein Kollege wird nun veranlassen, dass der Arm noch einmal geröntgt wird, dann wissen wir es genau.«

»Aber wie konnte das passieren?«, rief Germano. »Gestern Sie haben gesagt, alles ist in Ordnung!«

»Gestern war die Faktenlage auch noch anders.«

»Die Faktenlage – wollen Sie mich für dumm verkaufen? Das iste die Inkompetenz von Ihrem Krankenhaus! Sie ruinieren die Karriere von meinem Sohn, er iste eine große Fußballhoffnung! Wenn Sie ihn nicht machen gesund, werde ich Sie verklagen!« Germano schien seine Rührung überwunden zu haben; seine Sorge und Angst entluden sich nun in einem Temperamentsausbruch.

»Beruhigen Sie sich bitte«, erwiderte Dr. Dragumir kühl. »Wenigstens wissen wir jetzt, woher die Schmerzen kamen, und können etwas dagegen unternehmen. Wir werden Franco sofort Antibiotika verabreichen, dann geht es ihm bestimmt bald besser.«

Antonia musterte die Ärztin, von der sie so beeindruckt gewesen war. Es schien, als ob Dr. Dragumirs elegante, kultivierte Fassade plötzlich Risse bekäme. *Interessant*, dachte das Mädchen. *An ihr ist offenbar nicht alles so perfekt, wie es auf den ersten Blick aussieht. Was wohl hinter dieser gepflegten, professionellen Maske steckt?*

»Aber warum kann Franky sich denn an nichts mehr erinnern?«, hakte Emma nach. »Wie konnte es dazu kommen, dass er einfach aus dem Krankenhaus weggelaufen ist?«

Dr. Dragumir fuhr, jetzt deutlich gereizt, fort: »Das ist nichts Ungewöhnliches; im Rahmen der Narkose und postoperativen Schmerzmittelgabe von Ibuprofen kann es im Zusammenhang mit einer möglichen postoperativen Osteomyelitis zu einer retrogaden Amnesie kommen. Das ist aber nur vorübergehend und wird sich bald geben.«

Aha, dachte Antonia, *ich habe nichts kapiert.*

Aber sie bemerkte, dass ihre Freundin Emma skeptisch die Stirn runzelte und die Ärztin prüfend ansah. Anscheinend konnte sie mit diesem Fachchinesisch etwas anfangen, was Antonia nicht im Geringsten wunderte. *Wenn jemand solche Wörter wie Osteodingsbums kennt, dann Emma*, dachte sie zufrieden. *Ein Glück!*

»Wenn Sie mich bitte entschuldigen würden – ich werde mich um die Antibiotika für Ihren Sohn kümmern«, verabschiedete sich die Ärztin nun. »Eine Schwester wird dafür sorgen, dass Franco gewaschen wird und saubere Kleidung bekommt.«

Als Dr. Dragumir und der andere Arzt das Zimmer verlassen hatten, traten die Freunde ans Bett.

»Hey, Kumpel«, sagte Jaron. »Was machst du denn für Sachen?«

Franky kniff die Augen zusammen; es schien, als hätte er Mühe, sich zu konzentrieren. »Hey, Jaron«, murmelte er. »Weißt du, warum wir hier sind? Wir waren doch auf dem Fußballplatz.«

»Mensch, Franky, du bist im Krankenhaus!«, antwortete Jaron erstaunt. »Weißt du das nicht mehr? Dein Arm ist gebrochen.«

»Ach, deshalb tut er so weh«, flüsterte Franky und schloss die Augen.

Seine Freunde sahen sich an.

»Er scheint wirklich alles, was seit dem Fußballspiel passiert ist, vergessen zu haben. Sehr merkwürdig!«, stellte Antonia fest.

»Das finde ich auch«, sagte Emma stirnrunzelnd.

In diesem Moment öffnete sich die Tür und Schwester Monica erschien mit einer Schüssel und einem Schwamm. »Dr. Dragumir sagte mir, dass Franco gewaschen werden soll«, erklärte sie, während sie einen Blick auf den Patienten warf. »Und ein neuer Schlafanzug wäre auch eine gute Idee, denke ich.«

Die Freunde beäugten die Krankenschwester, die am Waschbecken die Schüssel füllte, voller Misstrauen. *Schon wieder ist etwas in diesem Krankenhaus schiefgelaufen. Hat sie da etwa ihre Hände drin?,* fragte sich Antonia. *Wenn wir doch nur wüssten, was auf diesem USB-Stick drauf ist!*

Elvira war ans Bett getreten, hatte die Decke zurückgeschlagen und fing nun an, Franky auszuziehen. Dabei griff sie in die Hemdtasche seines Schlafanzugoberteils und zog ein Blatt Papier hervor.

»Was ist das denn?«, fragte sie und faltete es auseinander. Nachdem sie es kurz studiert hatte, zuckte sie mit den Schultern und legte es in die Schublade von Frankys Nachttisch. Dann griff sie nach Frankys Hosenbund.

Etwas verlegen wandte Antonia sich ab. »Vielleicht sollten wir jetzt draußen warten«, schlug sie vor.

Die anderen beiden stimmten zu und so gingen sie zu dritt hinaus in den Stationsflur. Am Ende des Gangs befand sich eine kleine Sitzgruppe, wo sie sich hinsetzen konnten.

Emma zückte sofort ihr Smartphone. »Ich traue dieser Ärztin nicht mehr. Was sie da vorhin gesagt hat, erscheint mir doch sehr fragwürdig.«

»Was meinst du?«, fragte Jaron.

»Ibuprofen ist ein Schmerzmittel, das wir auch zu Hause haben«, antwortete Emma, während sie eifrig tippte. »Und ich habe noch nie gehört, dass es eine retrograde Amnesie hervorrufen kann.«

»Was ist das: *retrograde Amnesie*?«, wollte Antonia wissen.

»Gedächtnisverlust«, erklärte Emma. »Und zwar meist nur auf einen kurzen Zeitraum bezogen. In Frankys Fall scheint es, als hätte er alles vergessen, was seit dem Fußballspiel geschehen ist.«

Antonia und Jaron nickten. Sie warteten geduldig, bis Emma fertig recherchiert hatte.

Schließlich schaute die Freundin wieder von ihrem Smartphone auf und holte tief Luft. »Hab ich es mir doch gedacht: Diese Dr. Dragumir hat völligen Unsinn erzählt. Ibuprofen ruft nie im Leben einen Gedächtnisverlust hervor, und schon gar nicht drei Tage später – sie sagte was von *postoperativ*, also nach der OP.«

»Krass«, kommentierte Jaron. »Es wird immer merkwürdiger! Hier stimmt wirklich was ganz und gar nicht. Ob diese Schwester Monica wohl wieder Mist gebaut hat, und Dr. Dragumir versucht, das zu vertuschen?«

»Schon möglich, aber warum hat dann diese andere Krankenschwester, die Franky belauscht hat, behauptet, Dr. Dragumir hätte Schwester Monica auf dem Kieker?«, wandte Antonia ein. »Das klang eher so, als wolle Dr. Dragumir Schwester Monica loswerden.«

»Ich habe wirklich keine Ahnung, was hier gespielt

wird«, meinte Emma. »Aber diese Ärztin ist mir unheimlich. Die steckt in diesem Schlamassel mit drin, das fühle ich.«

»Wahrscheinlich hast du recht«, sagte Antonia nachdenklich.

Sie bemerkte, dass Frankys Mutter in den Flur getreten war und sich suchend umblickte. Rasch stand Antonia auf und winkte ihr zu.

Elvira kam zu ihnen und lächelte sie an. »Franco ist gerade eingeschlafen«, sagte sie. »Und ich glaube, ihr solltet jetzt in die Schule gehen, nicht wahr?« Sie nahm Antonias Hand und drückte sie. »Danke vielmals, dass ihr so gute Freunde für meinen Franco seid.«

Antonia nickte verlegen. »Klar, ist doch selbstverständlich. Franky ist ja auch immer für uns da«, antwortete sie, bevor sie sich alle von Elvira verabschiedeten. Sie gaben ihr rasch noch Frankys Tablet, das sie von der Seeburg mitgebracht hatten.

Erst, als sie wieder vor dem Krankenhaus standen und ihre Räder aufschlossen, fiel Antonia ein, dass sie in der Aufregung ganz vergessen hatten, Franky den Stein zu zeigen.

Kapitel 11:

Ein Skandal wird aufgedeckt

»Antonia!«, schallte es durch den Flur.

Antonia, die gerade von der Schule nach Hause gekommen war und nun in ihrem Zimmer über den Hausaufgaben saß, stand auf und ging zur Tür. »Ja?«, rief sie.

Ihre Mutter kam den Flur herunter, das Telefon in der Hand. »Frankys Vater hat gerade angerufen«, sagte sie. »Diese Ärztin, die Franky behandelt …«

»Dr. Dragumir?«

»Ja, genau. Sie hat Germano wohl dringend gebeten, dass Franky erst mal nicht so viel Besuch bekommt. Ihr sollt deshalb heute nicht mehr ins Krankenhaus kommen.«

Antonia wurde sofort misstrauisch. »Das hat Frankys Vater gesagt?«

»Ja.«

»Ist er gerade bei Franky?«

»Keine Ahnung. Ich glaub schon.«

»Und warum hat Dr. Dragumir diese Anweisung gegeben?«

»Schatz, woher soll ich das wissen?«, erwiderte Gitti und zog die Augenbrauen hoch.

»Ja, ist ja schon gut«, gab Antonia sich geschlagen.

Gleichzeitig überlegte sie blitzschnell. Dass sie aus dem Krankenhaus verbannt wurden, verstärkte ihren Verdacht, dass dort etwas nicht stimmte. Waren sie womöglich auf irgendetwas gestoßen, das jemandem gefährlich werden konnte? Was ging in diesem Krankenhaus vor sich?

Ihrer Mutter wollte sie von diesen Schlussfolgerungen jedoch vorerst noch nichts erzählen. »Alles klar, danke. Dann treffe ich mich mit Jaron und Emma im *alten Heinrich*«, sagte sie deshalb.

Gitti nickte. »Aber erst *nach* den Hausaufgaben!«

»Ach nee, die mach ich später.«

»Keine Widerrede.«

»Na, toll«, brummte Antonia und zog sich in ihr Zimmer zurück. Sie wusste, dass sie gegen ihre Mutter keine Chance hatte. Bevor sie sich wieder über ihr Heft beugte, schickte sie allerdings erst noch eine Nachricht an ihre Freunde:

Franky darf keinen Besuch kriegen. Diese Dr. Dragumir hat es verboten. Sehr merkwürdig!

Kurze Zeit darauf meldete sich Emma:

So was! Und jetzt?

Antonia schrieb:

Nach den Hausis Treffen im alten Heinrich? Dann sehen wir weiter.

Emma und Jaron schickten beide ein 👍.

* *

»Lasst uns Franky mal anrufen«, schlug Jaron vor, als sie

zu dritt im *alten Heinrich* saßen. »Ich will wissen, wie es ihm geht.«

Während er das sagte, stand er fröstelnd auf, um sich eine Decke aus dem Schrank zu holen. Obwohl die Heizung komplett aufgedreht war, zog es durch die Fenster des ehemaligen Zirkuswagens. Aber immerhin waren sie hier ungestört.

Als Jaron wieder zum Sofa zurückging, sah er die Brosche mit den drei Steinen auf dem Tisch liegen und steckte sie spontan ein.

»Gute Idee«, stimmte Emma zu und öffnete auf ihrem Smartphone die Video-Anruf-App.

Franky ging nach wenigen Klingeltönen ran. »*Ciao, amici!* Vermisst ihr mich schon?«, rief er und grinste sie vom Display aus an.

Alle drei mussten lachen, ihre Sorge verflog sofort. Ihr Kumpel war ganz eindeutig schon viel besser drauf als am frühen Morgen.

»He, du erkennst uns ja wieder!«, rief Jaron. »Geht es dir gut?

»Ja, passt schon. Nur ein bisschen Schnupfen.«

»Kein Wunder, wenn du nachts im Pyjama durch die Gegend spazierst«, sagte Antonia.

»Was macht dein Arm?«, fragte Emma.

»Och, der ist ziemlich okay. Hab fast keine Schmerzen mehr. Ich hatte voll vergessen, dass der gebrochen ist. War eine ganz schöne Überraschung heute Morgen.«

Die drei grinsten einander an.

Franky ist wieder ganz der Alte, dachte Jaron erleichtert. *Das ist echt super.* »Also, diese Rettungsaktion war schon ziemlich abgefahren. Du machst vielleicht Sachen!«, sagte er und drohte seinem Kumpel mit dem Zeigefinger.

»Ja, du hast uns einen ordentlichen Schrecken eingejagt«, bekräftigte Antonia.

Frankys Gesicht wurde ernst. »Tut mir leid, Leute«, sagte er kleinlaut. »Aber ich kann mich echt an überhaupt nichts mehr erinnern.«

Emma zog die Augenbrauen hoch.

»Meine Eltern haben mir gesagt, dass ihr mich gefunden habt?«

Die anderen nickten.

»Das war echt mega-dramatisch«, meinte Jaron. »Du hättest sehen sollen, wie Antonias Vater und Opa Hans diese Tür aufgebrochen haben – wie im Krimi!«

»Jetzt erzählt doch mal der Reihe nach!«

Emma übernahm es, ihm zu schildern, was sie in der vergangenen Nacht und am frühen Morgen erlebt hatten. Antonia und Jaron ergänzten gelegentlich noch das eine oder andere Detail. Je länger sie berichteten, desto größer wurden Frankys Augen.

»Wie krass ist das denn?«, flüsterte er. »Meine Eltern haben mir wohl längst nicht alles erzählt, bevor sie gegangen sind. Sie haben nur gesagt, dass ich aus dem Krankenhaus weggelaufen bin.«

Er hielt einen Moment inne und fuhr dann fort: »Das ist echt gruselig, sage ich euch. Ich kann mich überhaupt nicht mehr daran erinnern, dass ich mit dem Bus zur Seeburg gefahren bin.« Er schüttelte den Kopf, als könne er es einfach nicht fassen.

»Glaub ich dir«, versicherte Antonia. »Weißt du denn, warum du das Gedächtnis verloren hast? Hat Dr. Dragumir was gesagt?«

»Nein. Jedes Mal, wenn meine Eltern danach gefragt haben, hat sie irgendwelche komischen Antworten gegeben. Ich hatte den Eindruck, dass sie ausgewichen ist. Papa hat zwar versucht, sie festzunageln, aber das hat nichts genützt.«

»Das ist doch echt verrückt«, äußerte Emma, während

sie sich das Kinn rieb. »Ich dachte erst, sie sei voll nett und hätte wirklich Ahnung.«

Jaron nickte, ihm war es genauso gegangen.

»Aber offenbar stimmt das nicht. Sie hat uns ja auch voll angelogen, was das Ibuprofen betrifft.«

»Ibuprofen? Was meinst du damit? Was ist das?«, erkundigte sich Franky.

»Das ist das Schmerzmittel, das du gekriegt hast. Gestern Abend hat Dr. Dragumir behauptet, dass dieses Medikament den Gedächtnisverlust verursacht habe.«

»Aha. Und warum ist das eine Lüge?«, fragte Franky erstaunt.

»Na, weil Ibuprofen keine solchen Nebenwirkungen haben kann, das habe ich recherchiert«, erwiderte Emma.

»Aber warum erzählt sie denn dann so was?«

»Ich kann mir nur denken, dass sie etwas zu verbergen hat«, erklärte Antonia nachdenklich. »Sag mal, Franky, hast du dir den USB-Stick eigentlich schon mal genauer angeschaut?«

Jetzt sah Franky völlig entgeistert aus. »Welchen USB-Stick?«

Die anderen drei blickten sich an, Emma schien ein Kichern zu unterdrücken.

Wenn es nicht so ernst wäre, wäre es tatsächlich zum Lachen, dachte Jaron.

Schnell erzählte er seinem Freund, wie Antonia und er in der Personal-Umkleide des Krankenhauses nach dem Spind von Schwester Monica gesucht und darin einen Zeitungsartikel und einen USB-Stick gefunden hatten.

»Und du sagst, ich hätte die Dateien kopiert?«, hakte Franky nach, als er geendet hatte.

Jaron nickte.

»Ich schau mal nach«, sagte Franky und verschwand für einen Moment aus dem Sichtfeld der drei. Als er wieder auftauchte, hatte er offenbar sein Tablet auf dem Schoß und tippte. Seine Freunde warteten geduldig.

Schließlich runzelte Franky die Stirn. »Wisst ihr vielleicht noch, welche Art von Dateien ich von dem Stick kopiert habe? Oder, wohin ich sie gesteckt habe?«

»Keine Ahnung«, antwortete Antonia. »Es musste mal wieder schnell gehen, weil wir unter Zeitdruck standen. Außerdem erklärst du uns nie was, wenn du auf dein Tablet starrst.«

»Hahaha!«, gab Franky zurück. »Sehr witzig!«

»Stimmt doch«, sagte Antonia und grinste.

Franky ignorierte sie und tippte weiter.

Dann sah er auf. »Ich finde hier absolut nichts. In den letzten drei Tagen wurden hier keine neuen Dateien kopiert, runtergeladen oder verschoben. Es ist nichts da.«

Die drei Freunde, die im *alten Heinrich* saßen, waren völlig verblüfft.

»Das gibt's doch nicht!«, rief Emma.

»Vielleicht hat jemand die Dateien gelöscht, während du geschlafen hast«, überlegte Jaron.

»Könnte sein«, meinte Franky. »Aber warum?«

»Na, um etwas zu vertuschen!« Antonias Stimme klang so energisch, als sei jeder Zweifel völlig ausgeschlossen.

Franky senkte den Kopf und schien erneut eifrig zu tippen. »Tatsächlich!«, rief er kurz darauf. »Gestern Nachmittag um 16:23 Uhr wurden sechs Dateien gelöscht.«

»Kannst du sie wiederherstellen?«

»Moment, ich versuche es«, sagte Franky, doch gleich darauf fügte er hinzu: »Nein, leider nicht. Der Papierkorb wurde komplett geleert.«

Kurze Zeit herrschte Schweigen, jeder schien angestrengt nachzudenken.

»Wartet mal!«, rief Antonia dann. »Ich habe den Artikel doch abfotografiert; diese Fotos müsste ich noch auf meinem Handy haben.« Sie zog ihr Smartphone aus der Tasche und zeigte Jaron und Emma die Fotos.

»Schick mal rüber«, bat Franky und erklärte anschließend, dass er den Artikel mithilfe einer App übersetzen könne, das würde jedoch einen Moment dauern.

Wenig später runzelte er die Stirn. »Komisch«, sagte er nachdenklich. »Irgendwie kommt mir dieser Text bekannt vor.«

»Vielleicht hast du das ja schon mal gelesen, kannst dich aber nicht mehr daran erinnern«, meinte Jaron.

»Ja, könnte sein.«

Endlich war Franky fertig. »Das ist Rumänisch!«, verkündete er.

»Und was steht jetzt in diesem Artikel?« Emmas Stimme klang ungeduldig.

Da las Franky vor:

Gesundheitsbehörde verlängert Betriebserlaubnis von Dragumir-Klinik

Wie das staatliche Gesundheitsamt gestern mitteilte, wurde die Untersuchung der Dr.-Dragumir-Klinik eingestellt. Der zuständige Beamte sagte: „Die Verdächtigungen haben sich als haltlos erwiesen. Unsere Inspektoren haben die Institution gründlich untersucht und keinerlei Verstöße gegen Auflagen oder Vorschriften gefunden.

Der Klinikbetrieb läuft nun ohne weitere Einschränkungen weiter. Wir sind Dr. Dragumir sehr dankbar, dass sie unsere Stadt mit ihrer ehrenvollen Arbeit unterstützt und sich insbesondere unserer Kinder annimmt."

> Die Untersuchungen waren eingeleitet worden, weil eine frühere Mitarbeiterin, deren Neffe in der Klinik unter ungeklärten Umständen zu Tode kam, Anzeige gegen das Krankenhaus erstattet hatte. Für eine Stellungnahme war die Mitarbeiterin jedoch nicht zu erreichen.

»Ich versteh das nicht«, sagte Jaron verwirrt. »Warum hat Schwester Monica diesen Artikel in ihrem Spind?«

»Womöglich ist sie ja schuld am Tod des Jungen?«, vermutete Emma.

»Das glaube ich nicht«, widersprach Franky. »Dann hätte Dr. Dragumir sie doch niemals hier in der Klinik eingestellt.«

»Stimmt«, bestätigte Antonia, »das ergibt keinen Sinn. Inzwischen kann ich mir viel eher vorstellen, dass Dr. Dragumir etwas verheimlicht. Und vielleicht hat Schwester Monica rausgefunden, was es ist?«

»Ja, das klingt logischer«, überlegte Jaron. »Denn warum hätte uns diese Dragumir sonst verbieten sollen, Franky im Krankenhaus zu besuchen?«

»Hä?« Franky sah die die anderen vom Display aus erstaunt an. »Was hat sie?«

»Ach, sie hat über deinen Vater ausrichten lassen, dass wir dich nicht besuchen sollen.«

»Das ist ja äußerst merkwürdig.« Franky hielt für einen Moment inne. »Aber wartet mal … Mir kommt da gerade was.« Er kniff die Augen zusammen. »Ja, genau, jetzt weiß ich es wieder.« Er verschwand für einen Moment, und die Freunde hörten, dass er nach etwas kramte. »Hier!« Triumphierend hielt er nun einen Zettel vor die Kamera.

»Was ist das?«, fragte Antonia.

»Dieses Blatt hat meine Mutter heute Morgen in meinem Pyjama gefunden. Erst konnte ich nichts damit anfangen.« Er las vor:

Sehr geehrte Frau Dr. Dragumir,

wie ich Ihnen bei unserem Telefongespräch dargelegt habe, recherchiere ich bezüglich Ihrer gemeinnützigen Stiftung *Freunde der Dragumir-Klinik* sowie der Klinik in Rumänien selbst und plane einen Artikel im Lokalteil der *Südostdeutschen Zeitung*. Wie Sie gebeten haben, sende ich Ihnen hiermit meine Fragen per Mail:

- Können Sie bestätigen, dass es im vergangenen Jahr in Ihrer Klinik zu einer außerplanmäßigen Untersuchung durch das staatliche Gesundheitsamt kam, die dann trotz sehr konkreter Hinweise eingestellt wurde? Welche Bereiche des Krankenhauses wurden dabei geprüft?

- Wie viel Geld hat Ihre Stiftung im vergangenen Jahr für die Dragumir-Klinik eingesammelt, und in welcher Höhe haben Sie EU-Subventionen erhalten?

- Wofür wurden diese Gelder verwendet?

- Wie viele Patienten behandelt das Krankenhaus pro Jahr?

- Bei wie vielen Fällen kommt es zu ungewöhnlichen Verläufen?
- Ist es wahr, dass im September vergangenen Jahres der Patient Nicolas Simonovici in Ihrer Klinik verstarb, nachdem er für eine orthopädische Operation aufgenommen wurde? Wie erklären Sie diesen tragischen Vorfall?
- Laut den Berichten meiner Informantin gab es in Ihrem Krankenhaus aufgrund fehlender Ausstattung und chronischer Überarbeitung des Personals immer wieder Probleme mit der Hygiene. Können Sie den Hygieneplan des Hauses anhand geeigneter Unterlagen darlegen?

Gerne würde ich Ihren Standpunkt zu den verschiedenen Themen erfahren und auch die Unterlagen Ihrer Stiftung einsehen, die die Material- und Geldlieferungen an die Klinik belegen. Aus diesem Grund bitte ich Sie erneut um einen persönlichen Interviewtermin.

Johannes Benz

....

Lokalredaktion Südostdeutsche Zeitung

»Woher hast du denn das?«, fragte Antonia, als Franky fertig war.

»Keine Ahnung – ich weiß nur, dass es irgendwas mit einem Skelett zu tun hat. Einem Skelett, das mich anstarrt.«

Jaron, Emma und Antonia bekamen große Augen. Drehte Franky jetzt völlig durch? Litt er etwa noch unter den Nachwirkungen des Narkosemittels, das er nicht vertragen hatte?

»Bist du dir da sicher?«, fragte Emma vorsichtig.

»Ja«, antwortete Franky und rieb sich den Hals. Dann schrie er plötzlich: »Au!«

»Was ist los?«, rief Jaron erschrocken.

»Hier am Hals, das tut voll weh.«

»Zeig doch mal«, forderte Antonia ihn auf.

Das tat Franky prompt – auf dem Display war nun sein Hals zu sehen.

»Da ist ein blauer Fleck«, stellte Emma fest »mit einem roten Punkt darin, so, als ob du dort eine Spritze reinbekommen hättest.«

»Warum sollte ich eine Spritze in den Hals bekommen?«

»Keine Ahnung«, sagte Emma ratlos. »Kommt das vielleicht von der OP?«

»Nein, da hatte ich die Nadel im Arm.« Frankys Gesicht tauchte wieder auf, er schien angestrengt nachzudenken. »Arm …? Jemand packt mich am Arm«, überlegte er. »Ja, genau! Das Skelett starrt mich an, und jemand hält meinen Arm fest und dann spüre ich plötzlich dieses Stechen am Hals.«

Die drei Freunde starrten wie gebannt auf das Handydisplay, während Franky offensichtlich seine Erinnerung zurückgewann.

»Das Skelett!«, rief Antonia auf einmal. »Ich weiß, wo du das Skelett gesehen hast! Dr. Dragumir hat eines bei sich im Büro. Als ich den Stick zurückgebracht habe, stand die Tür zu ihrem Zimmer einen Spalt offen, und da habe ich es gesehen!«

»Stimmt, ich war in ihrem Büro, jetzt kann ich mich

wieder ganz deutlich daran erinnern!«, sagte Franky aufgeregt. »So war es. Ich bin aus irgendeinem Grund in das Arztzimmer gegangen.«

Er schloss die Augen und versuchte offenbar, sich zu konzentrieren. »Ja, genau, ich hab eine Schublade aufgemacht ... und da waren lauter ausgedruckte E-Mails drin.«

Die anderen drei hörten aufmerksam zu.

»Ich hab ein Blatt in die Hand genommen ... ja, genau ... und dann hab ich plötzlich ein Geräusch gehört. Ich hab den Zettel schnell in meine Tasche gesteckt, bevor mich jemand von hinten gepackt hat. Irgendwas tat furchtbar weh und anschließend hatte ich wohl ein totales Blackout.«

»Krass«, kommentierte Antonia. »Wenn das kein Vertuschungsmanöver ist, weiß ich auch nicht.«

»Wer will was vertuschen?«, hörten die drei im *alten Heinrich* nun nicht Franky, sondern jemand anders sagen. Dann wurde das Display dunkel.

»Was ist jetzt los?«, fragte Emma erschrocken.

»Keine Ahnung.« Jaron griff nach dem Smartphone und tippte wild darauf herum. »Die Verbindung ist abgebrochen. Und jetzt geht Franky nicht mehr ran, es kommt gleich die Mailbox.«

»Wessen Stimme war das?« Emmas Herz schlug schneller, sie spürte panische Angst in sich aufsteigen.

»Was weiß ich!«, erwiderte Antonia. »Wir müssen jedenfalls sofort ins Krankenhaus.«

So schnell sie konnten, radelten die drei zur Klinik

nach Kempfenhausen. Dort angekommen, warfen sie ihre Fahrräder achtlos ins Gebüsch und rannten zu Frankys Zimmer.

Keuchend riss Emma die Tür auf.

Aber mit dem, was sie dann sahen, hätten sie nie gerechnet.

Zum Achten:

Der Brief des Vaters

Würmsee, Schloss Unterallmannshausen, 1571

Wenige Tage nachdem Ferdinand das Gespräch zwischen seiner Mutter und seinem Bruder belauscht hatte, erreichte ihn endlich das erste Lebenszeichen seines Vaters. Es war ein Brief, den er um ein Haar gar nicht erhalten hätte.

Zufällig sattelte er jedoch gerade im Hof seine Stute, um zur Sankt-Valentins-Kapelle zu reiten, als der Postbote durchs Tor kam.

»Ho-ho, die Post ist da!«, rief der Bote und stieg von seinem Maultier ab.

Sofort trat Gräfin Ginevras Zofe aus der Tür und ging ihm entgegen. Ferdinand stand nahe genug, um zu sehen, dass der Mann ihr einen ganzen Packen offiziell aussehender Briefe überreichte.

»Und dieser hier ist für den jungen Herrn Ferdinand«, sagte der Bote, hielt einen einzelnen Brief in die Höhe und blickte den Jungen an.

Ferdinand war einen Moment sprachlos vor Überraschung.

Bevor er den Brief jedoch an sich nehmen konnte, griff die Zofe danach und sah das Schreiben prüfend an. »Welcher Absender steht da, guter Mann?«, fragte sie den Postboten.

Der Mann beugte sich vor, las und sagte: »Aus Ungarn kommt der Brief! Vom Herrn Grafen persönlich!« Offenbar etwas eingeschüchtert von der strengen Miene der Zofe, korrigierte er sich rasch: »Ich meine, vom ehemaligen Herrn Grafen.«

Ferdinands Herz setzte einen Schlag aus – ob vor Kummer oder vor Freude, konnte er in diesem Moment nicht sagen. Er machte ein paar Schritte auf die beiden zu.

Mit einem Seitenblick auf ihn presste die Zofe den Brief jedoch an ihre Brust und erklärte hochmütig: »Dieser geht auch an die Herrin! So hat sie es befohlen.«

Der Junge traute kaum seinen Ohren. Nicht nur, dass die Mutter zugelassen hatte, dass der Vater aus seinem eigenen Haus verjagt worden war – nun wollte sie ihrem Sohn sogar den schwachen Trost verweigern, den dieser Brief womöglich enthielt. Wut stieg in ihm auf.

Entschlossen marschierte er auf die Zofe zu und entriss ihr den Brief. »Der gehört mir!«, schleuderte er ihr entgegen. »Meine Mutter hat kein Recht auf meine Post!«

Die Zofe, die mit so viel Forschheit wohl nicht gerechnet hatte, war völlig überrumpelt und wich einen Schritt zurück. »Was erlaubst du dir!«, keuchte sie. »Das werde ich deiner Mutter berichten!«

»Tu das«, erwiderte Ferdinand.

Der Postbote sah erstaunt zwischen den beiden hin und her, um Ferdinand dann bestätigend zuzunicken.

Hochrot vor Empörung stemmte die Zofe ihre Hände in die Hüften. »Das ist unerhört! Gib den Brief sofort wieder heraus!«

Doch der Vierzehnjährige beachtete sie nicht weiter, sondern drehte sich einfach um und ging zu seinem Pferd. Er schwang sich in den Sattel und ritt zum Tor hinaus, den Brief immer noch in der Hand.

Als er weit genug vom Herrenhaus entfernt war, zügelte er seine Stute, stieg ab und setzte sich auf einen Baumstamm.

Der Brief war mit dem Siegel seines Vaters versehen. Ferdinand strich beinahe zärtlich darüber, bevor er das Schreiben auseinanderfaltete und las:

> Mein geliebter Ferdinand,
>
> kaum finde ich die Worte, um Dir zu sagen, wie sehr ich unseren Abschied bedauere und wie schrecklich ich Dich vermisse. Dass wir uns so trennen mussten, liegt schwer auf meiner Seele.
>
> Nacht für Nacht liege ich wach und denke

voller Mitleid an Dich – daran, wie groß die Last sein muss, die Du Dir selbst auferlegst. Lass mich Dir deshalb als Erstes und Wichtigstes sagen: Dich trifft keine Schuld, mein lieber Sohn. Dass Du Francesco das Versteck der Schriften verraten hast, war kein Unrecht, dessen Du Dich schämen müsstest.

Seinem Beichtvater zu vertrauen, ist wichtig, und dass Dein Vertrauen auf so niederträchtige Weise missbraucht wurde, war ein Akt kunstvoller Hinterlist. Es gab keine Möglichkeit für Dich, das auch nur im Geringsten zu ahnen.

Wenn jemand Schuld an meiner Vertreibung trägt, dann sind es Dein Onkel und seine Kirche, die die absolute Wahrheit für sich beanspruchen und sich weigern, ihre von Menschen gemachten Gesetze hinterfragen zu lassen. Sie liegen falsch. Menschen, die nicht zuhören können, liegen immer falsch.

Es gibt nur einen Einzigen, der die Wahrheit völlig zu Recht für sich beanspruchen kann und sogar selbst die Wahrheit ist: Jesus Christus.

Bitte verzeih, dass Dich mein Schreiben erst heute erreicht. Auf meiner Reise nach Ungarn war keine Gelegenheit, einen Brief aufzugeben. Das Land hier ist rau und unwegsam. Selten nur konnte ich in einem Gasthaus nächtigen; meistens musste ich mein Lager im Wald aufschlagen und konnte froh sein, dass ich wenigstens von Räubern verschont geblieben bin.

Hier aber geht es mir äußerlich recht gut. Ich war wohl schneller als die Boten Deiner Mutter, und so ist es ihr nicht gelungen, die Kontrolle über die Minen an sich zu reißen. Meine Autorität gilt hier immer noch; ich lebe bequem und habe alles, was ich brauche. Ich bin zwar kein »Herr Graf« mehr, aber auch als Minenbesitzer lässt es sich gut aushalten.

Nur die Trauer darüber, nicht mehr bei Dir sein zu können, zerreißt mir fast das Herz. Ich kann kaum schlafen und essen, so sehr sehne ich mich danach, Dich wiederzusehen. Leider ist auch meine Krankheit schlimmer geworden, sodass ich an manchen Tagen kaum mehr lesen kann. Ich fürchte, dass ich bald ganz erblinden werde.

Das aber soll Dich nicht belasten, ich komme zurecht. Bitte pass auf Dich auf, mein geliebter Sohn, und schreibe mir, wenn Du kannst. Gottes Segen soll Dich behüten und begleiten. Meine Gedanken sind immer bei Dir.

Dein Dich ewig liebender Vater

Als Ferdinand den Brief sinken ließ, rollten Tränen über seine Wangen. Er fühlte sich innerlich hin- und hergerissen: Einerseits war er froh, dass sein Vater gut in Ungarn angekommen war und offenbar keine finanziellen Probleme hatte.

Vor allem die Beteuerung, dass ihn keine Schuld am Schicksal des Vaters traf, ließ Ferdinand erleichtert aufatmen. Es kam ihm so vor, als hätte ihm jemand eine schwere Last abgenommen, unter der er fast zusammengebrochen wäre. Wie befreiend, dass sein Vater ihm so liebevoll zuredete, anstatt ihm Vorwürfe zu machen!

Andererseits vermisste er ihn nun jedoch umso mehr. Und es bereitete ihm Sorgen, dass sich das Augenleiden des Vaters so plötzlich verschlimmert hatte. Wie gerne hätte er ihm geholfen! Zumal er davon ja auch selbst profitieren würde, da er diese Veranlagung geerbt hatte, wie er wusste. Diese Krankheit konnte jederzeit auch bei ihm ausbrechen.

In diesem Moment festigte sich Ferdinands Entschluss: *Ich werde diese legendäre goldene Schale finden*, dachte er. *Und dann reise ich zu Vater und mache ihn und mich damit gesund.*

Gustav führte seinen Plan aus: Er schien eine neue Mission gefunden zu haben, denn er ließ seinen jüngeren Bruder von nun an kaum mehr aus den Augen. Ferdinand musste sich sehr geschickt anstellen, um unbemerkt aus dem Haus schlüpfen zu können; nicht immer gelang es ihm. Das war nicht nur lästig, sondern machte ihn auch wütend.

Schon fast wie im Kloster, dachte er, *immer unter Beobachtung. Ich muss so schnell wie möglich weg von hier.*

Gustav schien zu ahnen, dass sich sein Bruder nicht freiwillig seinem Schicksal beugen würde. Jedenfalls bemerkte Ferdinand immer wieder, wie er ihn misstrauisch beobachtete. Der Ältere folgte ihm praktisch auf Schritt und Tritt, und Ferdinand vermutete, dass er manchmal sogar nachts seine Zimmertür bewachen ließ.

Als das Wetter es endlich erlaubte, zu Fuß zur Kapelle zu gehen, gab Ferdinand sich deshalb große Mühe, heimlich das Haus zu verlassen.

Früh am Morgen, als es noch dunkel war, stand er auf, zog seine blaue Jacke an, holte das Tagebuch des Martinus aus dem Sekretär und legte es zusammen mit etwas Werkzeug in einen Beutel. Das Blatt Papier mit dem abgepausten Relief ließ er im Geheimfach zurück, aber den Schlüssel nahm er selbstverständlich mit.

Auf Strümpfen schlich er die Treppe hinunter und zog erst unten am Eingang seine Schuhe an. Dann schob er die Haustür auf, ganz langsam. Sie quietschte leise.

Er musste eine ganze Weile zu Fuß gehen – der Himmel wurde gerade hell, als er die Kapelle erreichte.

Allerdings schien noch kein Licht durch die Glasfenster in den Innenraum, sodass Ferdinand eine Lampe entzündete.

Nun begann er, die Wände zu untersuchen. Den Hammer hatte er dabei, und diesmal hinderte ihn nichts daran, alles sorgfältig abzuklopfen. Gebückt ging er an den Mauern entlang und pochte etwa in Kniehöhe gegen den Putz, um den Hohlraum zu finden, der den Schacht hinunter in die Gruft markieren musste.

Nach einiger Zeit wurde er fündig: Genau unter einer Statue, die in Sichthöhe an der Wand hing, klang es anders als im Rest der Kirche. Hohl.

Ferdinand stellte die Lampe ab und betrachtete die Skulptur. Sie zeigte Maria, die den Leichnam ihres Sohnes in den Armen hielt. Jesus starrte mit leeren Augen in die Höhe, sein Körper war blutüberströmt.

Beginnt der Geheimgang etwa hinter dieser Statue?, überlegte der Vierzehnjährige. Davon hatte Martinus in seinem Tagebuch nichts erzählt. Vielleicht war ihm dazu keine Zeit mehr geblieben.

Ferdinand hatte eigentlich damit gerechnet, die Wand aufmeißeln zu müssen, und das entsprechende Werkzeug mitgebracht. Doch nun schien es, als ob der Eingang hinter dieser Statue liegen würde. Er konnte nur hoffen, dass sie sich bewegen ließ.

Vorsichtig versuchte er, die Figur von der Wand wegzuziehen.

Aber sie rührte sich nicht vom Fleck.

Daraufhin tastete Ferdinand das Holz genau ab. Seine Finger glitten langsam über die ganze Oberfläche, sie berührten jedes noch so winzige Detail. Er drückte auf verschiedene Stellen und überprüfte systematisch, ob sich die vorstehenden Elemente bewegen ließen.

Irgendetwas muss doch nachgeben!, dachte er verzweifelt.

Schließlich setzte er sich auf den Boden, um einen Moment auszuruhen. Dabei betrachtete er die Skulptur von unten. Ein Fuß des Leichnams war aus diesem Blickwinkel gut zu erkennen, auch der Nagel, der darin steckte.

Ferdinand runzelte die Stirn. *Ein Nagel? Nachdem sie Jesus vom Kreuz geholt hatten?*, wunderte er sich. *Das ergibt keinen Sinn.*

Dann kam ihm ein Verdacht. *Sollte es so einfach sein?*

Auf einmal hatte er wieder Hoffnung. Er streckte seine Hand aus und zog an dem Metallstift.

Im selben Moment hörte er ein Poltern und die gesamte Statue kam ihm entgegen.

Während der Junge unwillkürlich ein Stück zurückwich, sah er, dass Maria und Jesus an einem Scharnier nach vorne geschwungen waren und eine Öffnung freigaben. Der Geheimgang zur Gruft lag vor ihm.

Kapitel 12:

Schwester Monicas Geschichte

Am Starnberger See

Als Emma, Antonia und Jaron in Frankys Zimmer stürmten, saß jemand auf dem Stuhl neben seinem Bett – es war Schwester Monica. Sie sah den Freunden überrascht entgegen.

»Oh, da seid ihr ja«, grinste Franky.

»Da seid ihr ja?«, schrie Antonia ihn an. »Mann, wir dachten, dir sei was passiert!«

»Sorry, ich bin zusammengezuckt, als Schwester Monica mich angesprochen hat, und hab das Gespräch automatisch beendet. Später ist dann keiner mehr von euch rangegangen.«

»O Mann, ich kann dir sagen, dass wir ebenfalls zusammengezuckt sind. Wir haben uns echt Sorgen um dich gemacht«, erklärte Emma und setzte sich auf die Bettkante. Sie musste erst mal tief durchatmen und richtig registrieren, dass mit Franky alles in Ordnung war. Dabei bemerkte sie, wie Schwester Monica nach einem Taschentuch griff und sich verstohlen eine Träne abwischte.

»Setzt euch mal alle hin«, bat Franky. »Schwester Monica war gerade dabei, mir etwas Wichtiges zu erzählen.«

Wortlos ließen sich Jaron und Antonia neben Emma nieder.

Da rollte erneut eine Träne über die Wange der dunkelhaarigen Frau. »Mein Neffe Nicolas ist drei Wochen nach einer Operation in Dr. Dragumirs Klinik in Rumänien gestorben«, begann sie mit heiserer Stimme. »Er war gerade mal sechs Jahre alt.«

Sie hielt kurz inne, bevor sie ihren Blick auf Franky richtete. »Er sollte eigentlich nur am Arm operiert werden, ganz ähnlich wie du.« Wieder wischte sie sich übers Gesicht.

»Aber bei seiner Operation wurde geschlampt, die Instrumente waren nicht richtig desinfiziert worden, weil es an Personal und Material gefehlt hat. Die Wunde hat sich entzündet. Dann hat sich eine Sepsis entwickelt und er ist gestorben.« Sie schluchzte. »Meine Schwester trauert immer noch sehr um ihren Sohn.«

Betroffen schauten die vier Freunde einander an.

»Ich habe herausgefunden, dass Dr. Dragumir hier in dieser Klinik, wo auch viele reiche Patienten behandelt werden, als Chefärztin tätig ist. Und dass sie mit ihrer Stiftung, die sie für das Krankenhaus in Rumänien gegründet hat, Millionen an Spenden und EU-Subventionen einstreicht. Das Geld kommt in Rumänien aber gar nicht an. Dafür besitzt Dr. Dragumir eine Villa in Bel Air und hat eine Jacht in Monaco liegen.

Inzwischen weiß ich, dass mein Neffe nicht das einzige Kind ist, das unter solchen Umständen gestorben ist. Diese Fälle werden vertuscht, denn Dr. Dragumir hat gute Kontakte. Sie muss nur die richtigen Leute bestechen, damit alles unter den Teppich gekehrt wird.«

»Und Sie sind nach Deutschland gekommen, um diese gewissenlose Ärztin auffliegen zu lassen?«, fragte Jaron.

Die Krankenschwester nickte. »Ich habe mich extra hier beworben, weil ich allen erzählen wollte, was für ein falsches Spiel sie treibt. Ich habe Beweise für die Zustände in Rumänien mitgebracht und wollte sie an die Presse weiterleiten. Ich hatte auch schon Kontakt zu einem Journalisten.«

»Heißt der Benz oder so ähnlich?«, erkundigte sich Franky.

Schwester Monica sah ihn erstaunt an. »Wie kommst du darauf?«

Er gab ihr den Zettel, der in seiner Pyjamatasche gesteckt hatte.

Stirnrunzelnd las sie den Text, lächelte dann und murmelte: »Also hat er Dr. Dragumir wirklich geschrieben, wie er es versprochen hat. Woher habt ihr das?«

»Aus dem Büro von Dr. Dragumir«, gestand Franky. »Uns kam manches hier in diesem Krankenhaus ein bisschen komisch vor, deshalb wollten wir nachforschen. Ich habe mich in ihr Büro geschlichen und das da gefunden. Irgendwer hat mich dort überrascht und betäubt, und den Rest der Geschichte kennen Sie ja.«

»Dr. Dragumir hat behauptet, Frankys Gedächtnisverlust sei durch das Ibuprofen nach der Operation hervorgerufen worden«, schaltete sich nun Emma ein.

»Das ist natürlich Unsinn«, sagte die Schwester und schüttelte den Kopf. »Aber welche Dinge hier im Krankenhaus kamen euch denn komisch vor?«

Das war jetzt etwas peinlich, die vier Freunde wechselten verlegene Blicke.

Schließlich ergriff Franky wieder das Wort. »Na ja«, sagte er, »wir dachten, dass Sie Fehler machen und Dr. Dragumir die verheimlicht, um den Ruf des Krankhauses zu schützen. Nach meiner OP bin ich doch nicht gleich aufgewacht. Dann hat sich mein Arm entzündet. Und Sie hätten mir fast das falsche Schmerzmittel gegeben.«

Schwester Monica nickte. »Ja, das stimmt. Das tut mir leid. Ich bin nicht mehr ganz bei mir, seit mich Dr. Dragumir so unter Druck setzt. Aber das, was bei der Operation und später noch mit deinem Arm passiert ist, ist tatsächlich nichts Ungewöhnliches. Da müsst ihr euch keine Gedanken machen, das kann wirklich manchmal passieren.«

Ihr Gesicht wurde ernst und sie sah die Freunde eindringlich an. »Hört bitte auf, weiter nachzuforschen. Das ist zu gefährlich. Dr. Dragumir ist eine skrupellose Frau, die vor nichts zurückschreckt. Sie hat sehr viel Einfluss, Macht und Geld.«

»Aber das geht doch nicht!«, protestierte Antonia. »Die Wahrheit muss doch herauskommen, sonst werden noch mehr Menschen sterben.«

»Ich fürchte, mir fehlt die Kraft, um mich weiter dafür einzusetzen. Ich werde wohl wieder nach Rumänien zurückgehen«, sagte Schwester Monica niedergeschlagen.

»Diese Ärztin ist so gemein! Die dürfen wir auf keinen Fall davonkommen lassen!« Antonia war nun wirklich aufgebracht, das sah Emma genau.

»Das stimmt«, pflichtete sie ihrer Freundin bei. »Sie dürfen nicht aufgeben, Schwester Monica!«

»Sie sagten, Sie hätten Beweise für die Zustände in Dr. Dragumirs Krankenhaus in Rumänien?«, hakte Franky nach.

»Ja, ich habe Videos gemacht, die dokumentieren, wie schlimm es dort aussieht.«

»Kann es sein, dass Sie diese Videos auf einem USB-Stick gespeichert haben, den Sie in Ihrem Spind aufbewahren?«, fragte Jaron.

Jetzt war die Krankenschwester vollkommen verblüfft. »Woher … woher weißt du das denn schon wieder?«

»Äh, ich glaube, wir sollten Ihnen etwas gestehen«, sagte Jaron, während er entschuldigend mit den Achseln zuckte. »Wir haben uns nicht nur in Dr. Dragumirs Büro umgesehen. Als wir Sie verdächtigt haben, waren wir in der Personalumkleide und haben Ihren Spind durchsucht.«

»Wie bitte?«, rief Schwester Monica.

»Es tut uns leid«, versicherte Antonia. »Ehrlich. Aber Sie waren so unfreundlich, dass wir uns nicht getraut haben, Sie anzusprechen.«

Schwester Monicas Augen blitzten vor Empörung. Für einen Moment starrte sie die Freunde an und wirkte dabei wieder genauso mürrisch und abweisend, wie sie sie kennengelernt hatten.

Doch dann entspannte sich ihr Gesicht, und sie lächelte sogar ein wenig. »Da habe ich wohl vier Detektive vor mir«, meinte sie. »Ich sehe schon, euch kann nichts aufhalten. Also habt ihr meinen USB-Stick geklaut?«

»Nein, wir haben ihn nur kurz mitgenommen, um die Dateien, die sich darauf befinden, zu kopieren. Dann haben wir ihn sofort wieder zurückgelegt. Aber während ich noch betäubt war, hat jemand diese Dateien von meinem Tablet gelöscht«, erklärte Franky.

»Könnten wir diese Videos nicht mal anschauen?«, bat Emma.

»Was soll das bringen?«, entgegnete die Krankenschwester. »Ihr habt doch gemerkt, wie gefährlich es ist, Dr. Dragumir herauszufordern. Lassen wir lieber die Finger davon, solche Leute werden immer gewinnen.«

»Nein, Sie dürfen sich nicht so schnell geschlagen geben«, widersprach Jaron energisch. »Wir helfen Ihnen, diese böse Frau zu entlarven. Uns fällt bestimmt was ein.«

»Meint ihr wirklich? Aber ich muss euch warnen: Dr. Dragumir hat meinen Bekannten von der Südostdeutschen Zeitung, dem ich die Videos gezeigt habe, so bedroht, dass er von einer Berichterstattung Abstand genommen hat. Und das, obwohl er ein furchtloser, sehr integrer Mensch ist.«

»Passt schon«, erwiderte Antonia so gelassen, als hätte sie es tagtäglich mit den übelsten Verbrechern zu tun.

»Wir helfen Ihnen trotzdem.«

Schwester Monica nickte zögernd. »Also gut, dann hole ich den Stick. Bin gleich zurück.«

Als sich die Tür hinter ihr geschlossen hatte, sahen die vier Freunde einander an.

»Glaubt ihr wirklich, dass wir das wagen können?«, fragte Emma unsicher. Ihr war sehr unbehaglich zumute.

»Warum nicht?«, gab Jaron zurück. »Opa Hans hat doch gesagt, dass man sich zur Wahrheit stellen soll.«

In diesem Moment klingelte Emmas Handy. Sie schaute auf das Display und verdrehte die Augen. »Das ist Manuela, meine Stiefmutter«, erklärte sie und tippte auf *Gespräch annehmen*.

»Ja?«, meldete sie sich.

»Ich bin im Krankenhaus, bei Franky.«

Wieder lauschte sie eine Weile.

»Hier in der Klinik? Was für eine Pressekonferenz ist das denn?«

»Ja, klar, Dr. Dragumir kenne ich!« Emma sah ihre Freunde an und hob den Zeigefinger, als ob sie sagen wollte: *Wartet, das wird interessant.* »Und worum geht es da?«

»Ach, Manuela … Nein, ich kann jetzt wirklich nicht! Ich bin mit meinen Freunden zusammen. Kannst du Feli nicht einfach mitnehmen? Oder frag Lena aus dem Nachbarhaus, ob die nicht Lust hat, mit ihr zu spielen.«

»Okay, bis dann. Tschüss!«

Emma starrte noch einen Moment gedankenverloren auf ihr Handy, bevor sie es einsteckte und sich an ihre Freunde wandte.

»Manuela ist unterwegs, hierher, zur Klinik. Ihr wisst doch, dass sie sich bei allen möglichen Charity-Sachen beteiligt, und so ist es auch heute. In einer Stunde soll hier eine große Pressekonferenz stattfinden. Irgend so ein Heini von einer Pharma-Firma überreicht Dr. Dragumir dann einen Scheck über zehn Millionen Euro für ihre Stiftung.«

»Zehn Millionen Euro!«, rief Franky verblüfft, auch die anderen rissen die Augen auf.

»Ja, das passt zu Manuela. Dr. Dragumir ist reich, berühmt und *immer im Dienst für arme Menschen*«, sagte Emma etwas verächtlich.

»Ist ja krass!« Antonia schien es nicht fassen zu können. »Und jetzt will sie, dass du so lange auf Felicitas aufpasst?«

»Ja, genau«, bestätigte Emma genervt, »ich soll mal wieder Babysitter spielen. Aber das habe ich ihr gleich ausgeredet. Sie wird eine andere Lösung finden müssen.«

Die Tür ging auf, Schwester Monica kam zurück. »Hier, bitte schön«, sagte sie zu Franky und reichte ihm den USB-Stick.

Schnell steckte er ihn in die USB-Buchse seines Tablets und öffnete dann nacheinander die darauf enthaltenen Dateien. Die anderen drängten sich um ihn, sodass sie ebenfalls auf das Display schauen konnten.

Was die Videos von Schwester Monica zeigten, raubte ihnen förmlich den Atem. Sie war mit ihrer Handykamera durchs ganze Krankenhaus gegangen und hatte Kinder auf den verschiedensten Stationen gefilmt.

Ganz im Gegensatz zu dem Foto, das immer noch vor ihnen an der Wand hing, waren hier jedoch verzweifelte, vernachlässigte, weinende Kinder zu sehen. Es gab größere Kinder, die mit dreckigen, alten Verbänden in ihren Betten lagen, und Babys, die kläglich schrien, weil niemand ihre Windeln wechselte. Offenbar wurden die Betten nur selten frisch bezogen, man sah Schmutz und Spinnweben in jeder Ecke.

In einem Raum, der wohl der Sterilisation von Operationsbesteck diente, arbeitete eine einzige, sehr erschöpft wirkende Schwester daran, eine riesige Menge an Skalpellen, Zangen und Pinzetten zu reinigen.

Eines der Videos zeigte leere Schränke, in denen eigentlich Verbandsmaterial aufbewahrt werden sollte; Händedesinfektionsbehälter, die schon lange niemand mehr aufgefüllt hatte, und Pfleger, die mit müden Gesichtern und verschmutzten Kitteln ihre Arbeit verrichten mussten. Es war grauenhaft.

Als sie das letzte Video angeschaut hatten, war es vollkommen still im Zimmer. Emma war so betroffen, dass sie in Schluchzen ausbrach. Nachdem sie sich gründlich die Nase geputzt hatte, sah sie, dass auch den anderen dreien Tränen in den Augen standen.

Irgendwann räusperte sich Franky und krächzte heiser: »Also, das können wir nicht ignorieren. Wir müssen etwas tun!«

Alle nickten.

»Und ich weiß auch schon, wie wir das anstellen«, ergänzte Jaron. »Gleich nachher, bei dieser großen Pressekonferenz, lassen wir Dr. Dragumir auffliegen. Vor den versammelten Medien – in aller Öffentlichkeit.«

Es dauerte eine ganze Weile, bis sie Schwester Monica dazu überredet hatten, sie zu dieser Pressekonferenz zu begleiten. Aber schließlich willigte sie ein, und so machten sie sich auf den Weg.

Dass sie Franky zurücklassen mussten, war den anderen allerdings gar nicht recht. Aber Schwester Monica hatte darauf bestanden, dass er im Bett blieb.

Und er hatte nur gegrinst. »Macht euch um mich keine Gedanken«, hatte er gesagt. »Die Pressekonferenz wird live im Internet übertragen. Ich *werde* dabei sein.«

»Schon, aber du hättest es verdient, vor Ort zu sein«, hatte Emma entgegnet.

Als die drei Freunde mit Schwester Monica das Foyer des Krankenhauses betraten, hatte die Konferenz schon angefangen. Vor der großen Treppe, die ins obere Stockwerk führte, hatte man Stühle aufgereiht und eine kleine Bühne mit Rednerpult aufgebaut. Von der Decke hing eine Leinwand herab, auf der das Logo der Stiftung zu sehen war: ein lachendes Kindergesicht mit einem Kopfverband.

Antonia ließ den Blick über das Publikum schweifen. Alle Stühle waren besetzt; sie entdeckte Manuela, Emmas Stiefmutter, in der vorletzten Reihe. Und zu ihrer Überraschung auch den Antiquitätenhändler Richard Weixlhammer. In den ersten Reihen saßen einige Personen mit Kameras und Mikrofonen, das waren wohl die Journalisten.

Rasch stellten sich die Freunde zu den Leuten in weißen Kitteln, die sicherlich zum Krankenhauspersonal gehörten.

Am Rednerpult stand ein Mann im Anzug, er sagte gerade: »Und nun begrüßen Sie mit mir unsere Stifterin, Dr. Melania Dragumir.«

Unter dem Applaus des Publikums betrat die Ärztin die Bühne, in hohen Schuhen und weißem Arztkittel, darunter ein elegantes, kurzes Kleid. Ihre Haare saßen wie immer perfekt.

»Herzlichen Dank«, begann sie. »Heute ist ein besonderer Tag für die Kinder in Rumänien. EU-Gelder und die Spenden unserer Förderer machen es seit Jahren möglich, dass wir dort wertvolle Arbeit leisten. Aber dank unseres großzügigen Spenders, Krohn Medical, können wir die Finanzierung unseres Krankenhauses nun auf Jahre hinaus auf eine solide Basis stellen. Die Dragumir-Klinik bietet der Bevölkerung eine Grundversorgung sowie spezielle Behandlungen, die die Menschen dort dringend benötigen.«

Während sie sprach, ließ sie auf der Leinwand eine Präsentation ablaufen. Man sah Fotos von lachenden Kindern in sauberen Krankenhausbetten, von einem großen Gebäude mit einem gepflegten Park, von freundlich lächelnden, attraktiven Krankenschwestern – auch das Bild, das in Frankys Zimmer hing, war darunter.

Antonia betrachtete diese Fotos und runzelte die Stirn. Sie musste an Nicolas denken, Schwester Monicas kleinen Neffen, der in dem Krankenhaus, das Dr. Dragumir in so leuchtenden Farben beschrieb, ums Leben gekommen war. Heiße Wut stieg in ihr auf.

Die Ärztin hatte ihren kurzen Vortrag schon fast beendet. »Und so ist es mir eine große Ehre«, sagte sie gerade, »nun unseren großzügigen Förderer, Dr. Esslinger von Krohn Medical, auf die Bühne zu bitten.«

Die Leute klatschten, ein Mann mit silberweißem Haar und einer randlosen Brille trat neben sie. Er schüttelte der Ärztin die Hand und stellte sich dann selbst hinters Rednerpult.

»Ich bedanke mich bei Dr. Dragumir für die freundliche Begrüßung. Ihre vorbildliche Arbeit und ihr bewundernswertes Engagement sind uns eine Inspiration. Krohn Medical ist stolz, der Stiftung *Freunde der Dragumir-Klinik* heute einen Scheck über zehn Millionen Euro zu überreichen.«

Durch die Zuschauer ging ein ehrfürchtiges Raunen, dann brachen sie in Applaus und Bravo-Rufe aus.

Dr. Esslinger wandte sich Dr. Dragumir zu, ein Assistent reichte ihm ein großes Pappschild. Beide drehten sich zum Publikum, während Dr. Esslinger das Schild präsentierte. Es stellte einen vergrößerten Scheck dar, auf dem in riesigen Ziffern der Betrag »10.000.000 Euro« prangte.

Als Dr. Esslinger den protzigen Scheck überreichen wollte, hielt Antonia es nicht mehr aus. Sie drängelte sich durch die Zuschauer nach vorne und rief: »Stopp! Tun Sie das nicht! Sie ist eine Betrügerin!«

In den allgemeinen Hochrufen war sie allerdings kaum zu hören, und so drehten sich zuerst nur ein paar Leute, die am Mittelgang saßen, zu ihr um.

Doch dann hatte sie die Bühne erreicht und rief dem großzügigen Förderer zu: »In diesem Krankenhaus wird den Kindern gar nicht geholfen! Dr. Dragumir steckt das Geld in die eigene Tasche!«

Damit hatte sie Dr. Esslingers Aufmerksamkeit gewonnen; er wandte sich ihr zu und zögerte. Auch die Journalisten schienen aufzuhorchen. Emma, Jaron und Schwester Monica waren Antonia gefolgt und standen nun bei ihr.

»Was hast du gesagt?«, fragte Dr. Esslinger erstaunt.

»In der Dragumir-Klinik in Rumänien müssen arme Kinder sterben, weil sie nicht richtig behandelt werden! Es gibt zu wenig Personal und Material, und die hygienischen Verhältnisse sind katastrophal! Dafür haben wir Beweise!«

Inzwischen war der Applaus verstummt; alle im Saal hatten mitbekommen, dass da vorne an der Bühne etwas Ungewöhnliches geschah.

»Was hast du gesagt?«, wiederholte Dr. Esslinger. Offenbar war er mit dieser Situation ein wenig überfordert.

»Dr. Dragumir ist nicht so wohltätig, wie sie vorgibt«, fuhr Antonia fort. »Das Geld kommt gar nicht in der Klinik an, sondern verschwindet woanders.«

»Mein lieber Herr Dr. Esslinger«, mischte sich nun die Ärztin ein. Ihr Gesicht zeigte den gleichen giftig kühlen Ausdruck wie in den Gesprächen, in denen man sie mit den Ungereimtheiten von Frankys Zustand konfrontiert hatte.

»Bitte achten Sie doch nicht auf diese lästigen Kinder. Sie sind mir schon bekannt als kleine Nervensägen, die nur den Betrieb durcheinanderbringen wollen. Und diese Frau hier«, sie deutete auf Schwester Monica, »ist eine unfähige Mitarbeiterin, die ich schon längst hätte feuern sollen. Sie will sich nur rächen, weil ich ihre Fehler bei der Arbeit nicht länger dulden kann.«

»Das ist eine Lüge!«, rief Schwester Monica empört. »Sie haben meinen Neffen auf dem Gewissen! Er ist in Ihrer Klinik gestorben, und zwar nur, weil Sie so gierig sind.«

Das Gesicht von Dr. Dragumir verzerrte sich. »Also, jetzt reicht es!«, brüllte sie ganz undamenhaft. »Solche unverschämten Unterstellungen muss ich mir nicht bieten lassen! – Security!« Sie winkte vier Wachmännern, die am Eingang standen und die Veranstaltung beobachteten. »Entfernen Sie diese Störenfriede!«

Sofort eilten die Männer Richtung Bühne.

»O Mist!«, sagte Antonia. »Dieser Schuss ist wohl nach hinten losgegangen. Was tun wir jetzt?«

»Meine Stiefmutter wird mich umbringen!«, jammerte Emma.

Doch Jaron war zuversichtlicher. »Jetzt macht euch mal nicht gleich ins Hemd«, tröstete er. »Die werden uns schon nicht einsperren.«

»Das nicht, aber sie werden uns rausschmeißen. Und dann ist Franky ganz alleine hier«, wandte Antonia ein.

Inzwischen waren die ersten beiden Wachmänner bei ihnen angelangt und packten Schwester Monica an den Armen.

»Lassen Sie mich los!«, schrie sie und wehrte sich.

»Schaffen Sie sie raus«, befahl Dr. Dragumir, während Dr. Esslinger immer noch neben ihr stand und die Szene mit offenem Mund beobachtete.

Daraufhin zerrten die beiden Wachmänner Schwester Monica Richtung Ausgang.

Als die anderen beiden sich nun die drei Freunde greifen wollten, riss Antonia sich los und rannte davon. Emma duckte sich geschickt unter dem Arm eines Mannes hindurch und folgte ihr. Über die Schulter konnte Antonia gerade noch sehen, dass dieser Wachmann ihnen nachlief, während der andere mit Jaron rang. Dann raste sie die Treppe zum ersten Stock hinauf.

Der Lärm des Foyers verhallte rasch hinter ihr, als sie im ersten Stock den Gang entlangsauste. Emma blieb ihr dicht auf den Fersen.

Jetzt waren die lauten Schritte des Wachmanns zu hören. »Halt!«, schrie er. »Sofort stehen bleiben!«

Doch die beiden Mädchen dachten gar nicht daran.

Nachdem Antonia um zwei Ecken gebogen war, hielt sie kurz inne. Vor ihr erstreckte sich ein langer Gang mit vielen Türen. Da auf der linken Seite eine Tür offen stand, trat sie schnell mit Emma hindurch.

Sie befanden sich in einem Untersuchungsraum. Auf der Liege lag ein Patient, ein Arzt beugte sich gerade über ihn. Verdutzt blickte der Mann im weißen Kittel auf, als die beiden Mädchen an ihm vorbeistürmten. »Moment mal!«, protestierte er, doch da hatten sie schon die Tür am anderen Ende des Raums erreicht und liefen weiter.

Hinter dem Untersuchungszimmer befand sich ein weiterer Gang, der wesentlich enger und mit Infusionsständern und Nachttischen vollgestellt war. Antonia konnte hören, dass sie ihren Verfolger noch nicht abgehängt hatten – er war nicht mehr weit entfernt.

Schnell stieß sie einige Gestelle um, sodass sie hinter ihr und Emma auf den Boden fielen – so, wie sie es schon im Fernsehen gesehen hatte. Und tatsächlich hatte der Wachmann nicht mit solchen Hindernissen gerechnet, denn er stolperte prompt.

Antonia und Emma nutzten diesen kleinen Vorsprung; sie liefen durch ein zweites, leeres Untersuchungszimmer zurück auf den breiten Hauptflur. Ein Stück weiter sahen sie eine Glastür, die ins Treppenhaus führte.

Rasch dort hindurch und dann nach oben, immer zwei Stufen auf einmal nehmend. Ganz oben angekommen, blieb ihnen nur noch eine Möglichkeit: sich in einer kleinen Rumpelkammer zu verstecken, deren Tür zum Glück nicht verschlossen war.

Schwer atmend schlüpften die beiden Mädchen hinein und lauschten im Dunkeln, ob man sie hier entdecken würde.

Während die Mädchen dem dritten Wachmann – jedenfalls vorläufig – entwischen konnten, hatte Jaron mit dem vierten mehr zu tun. Der Mann packte ihn grob von hinten an der Schulter und knurrte: »Du kommst mit mir!«

Jaron jedoch wehrte sich. Er hatte nicht umsonst Kung-Fu trainiert, solche Situationen kannte er aus den Kämpfen. Ohne lange zu überlegen, ging er leicht in die Knie, rammte seine Ellbogen nach hinten und trat dem Wachmann mit voller Kraft auf den Fuß.

Der ließ erschrocken los, wobei er einen kleinen Schmerzensschrei ausstieß. Das genügte, damit Jaron davonrennen konnte. Er drängte sich durch die Menge und nahm den Weg, den er gekommen war: Richtung Frankys Zimmer.

Bald hörte er laute Schritte hinter sich. Der Mann hatte sich wohl gefasst, denn er holte schnell auf.

Sekunden später bog Jaron um die Ecke und stürmte in Frankys Zimmer.

Sein Kumpel saß aufrecht im Bett und sah ihm erschrocken entgegen. »Jaron! Was macht ihr denn? Das war vielleicht eine Show!«, rief er, das Tablet in den Händen. Auf dem Display lief immer noch der Live-Feed von der Pressekonferenz.

»Keine Zeit«, keuchte Jaron. »Wir sind gescheitert, Dragumir hat ihre Leute auf uns gehetzt.«

»Ich hab's gesehen«, erwiderte Franky. »Verfolgen sie dich immer noch?«

In diesem Moment kam schon der Wachmann ins Zimmer. »Hier bist du, Bürschchen – hab ich dich!«, brüllte er und stürzte sich auf Jaron. Er schlang seinen Arm von hinten um Jarons Hals, um ihn in den Schwitzkasten zu nehmen.

Aber der Junge reagierte sofort. Er packte den Unterarm des Wachmanns, der an seiner Kehle lag, winkelte das rechte Bein an und trat dem Mann gegen das Knie.

Der hob das Bein, um es zu entlasten, was es Jaron ermöglichte, seinen Fuß hinter den Mann zu stellen, und ihn, während er dessen Arm weiter festhielt, über sein Knie zu werfen.

Der Mann fiel polternd zu Boden, blieb aber nicht liegen, sondern rappelte sich sofort wieder auf.

Und genau in diesem Augenblick bekam er Verstärkung: Einer seiner Kollegen erschien. Gemeinsam ergriffen sie Jaron, und nun hatte dieser keine Chance mehr. Zwei erwachsene Männer zusammen waren einfach zu stark, um ihnen mit Kung-Fu-Würfen beizukommen.

Franky schrie noch: »Lassen Sie meinen Freund in Ruhe!«, und haute einem der Männer sein Kopfkissen über den Schädel, was den aber nicht einmal irritierte.

Schon hatten sie Jaron an den Armen gepackt und schleppten ihn aus dem Zimmer. Draußen im Flur hielt einer seine Beine fest, der andere seine Arme, und so trugen sie ihn den Gang hinunter.

Jaron wehrte sich, so gut er konnte, doch es hatte keinen Zweck. Als sie den Ausgang der Klinik erreicht hatten, wurde er in einen Raum hinter der Pförtnerloge befördert. Dort saß schon Schwester Monica.

»So, ihr bleibt hier, bis die Pressekonferenz vorbei ist! Dann holen wir die Polizei«, raunzte einer der Wachmänner, drehte sich auf dem Absatz um und schlug die Tür zu.

Die Mädchen kauerten mucksmäuschenstill in der Rumpelkammer. »Ich glaube, wir haben den Typ abgehängt«, flüsterte Antonia nach einer Weile.

»Bist du sicher?«, fragte Emma ängstlich.

Antonia nickte und richtete sich auf. Dabei stieß sie mit dem Ellbogen an eine Flasche, die im Regal stand. Die Flasche fiel herunter und zerschellte krachend auf dem Boden. Beiden Mädchen stockte vor lauter Schreck der Atem.

Gleich darauf hörten sie Schritte auf der Treppe, die Tür wurde aufgerissen und der Wachmann stand vor ihnen.

»Wen haben wir denn da?«, grinste er, packte Emma am Arm und zog sie hoch.

Antonia konnte noch an ihm vorbeischlüpfen, doch dann kam ein zweiter Mann die Treppe herauf, und sie rannte ihm direkt in die Arme. Wenig später saßen die beiden Mädchen neben Jaron und Schwester Monica in dem Raum hinter der Pförtnerloge.

»Macht keinen Unsinn!«, befahl einer der Wachmänner. »Der Pförtner bleibt hier und passt auf euch auf.« Damit fiel die Tür hinter ihm ins Schloss.

»Super, und was machen wir jetzt?«, fragte Antonia frustriert und schlang die Arme um ihre Knie.

»Ich habe euch ja gewarnt«, sagte Schwester Monica traurig. »Gegen Dr. Dragumir haben wir einfach keine Chance.« Sie begann zu weinen.

»Warum musstest du auch bei der Konferenz so eine Show abziehen!«, fauchte Jaron Antonia an.

Antonia runzelte die Stirn. »Was soll das denn jetzt?«, erwiderte sie verärgert. »Wir wollten Dr. Dragumirs Machenschaften doch ans Licht bringen.«

»Aber doch nicht so!«

»Aha, und wie denn sonst, du Oberschlaumeier?«

»Jetzt hört auf!«, brüllte Emma.

Die anderen beiden sahen sie verdutzt an. So laut wurde Emma nur ganz selten.

»Was nützt es, wenn ihr euch jetzt gegenseitig anmotzt? Wir müssen Franky warnen. Wenn die Dragumir mit dieser blöden Konferenz fertig ist, ist er in Gefahr!«

Das leuchtete Antonia ein; auch Jaron wirkte nun etwas verlegen.

In diesem Moment läutete Jarons Handy. »Es ist Franky«, sagte er aufgeregt, ging ran und stellte den Lautsprecher an.

»Wo bist du?«, fragte Franky. »Was haben diese beiden Typen mit dir gemacht?«

»Sie haben mich in irgend so ein Zimmer hinter der

Pförtnerloge verfrachtet. Antonia und Emma sind inzwischen auch hier, die haben sie zum Schluss auch noch erwischt. Und jetzt steht der Pförtner vor der Tür und sorgt dafür, dass wir nicht abhauen können.«

»O Mann, so ein Mist. Unternehmt nichts – ich versuche, euch zu befreien.«

»Wie willst du das denn anstellen?«, fragte Jaron erstaunt.

»Ich melde mich«, hörten sie Franky noch sagen, dann war das Gespräch beendet.

Obwohl Franky sich seinen Freunden gegenüber so selbstsicher gab, hatte er tatsächlich noch keinen Schimmer, wie er sie befreien sollte. Er stand auf und verließ sein Zimmer. Zum Glück waren vor der Tür keine Wachleute postiert und auf dem Flur war auch sonst niemand zu sehen.

Franky marschierte zum Aufzug, drückte auf den Knopf und wartete.

Als sich die automatische Tür öffnete, wollte er eintreten, doch da kam ihm jemand entgegen. Es war Richard Weixlhammer.

Der Antiquitätenhändler schien angenehm überrascht zu sein, ihn hier zu treffen. »Franky, mein Freund!«, rief er. »Gerade wollte ich nach dir sehen. Deine Freunde haben in der Pressekonferenz von dieser Dragumir einen ordentlichen Rummel veranstaltet!«

»Ja, das hab ich mitbekommen«, sagte Franky erstaunt. Er wusste nicht recht, was er von dieser Begegnung halten sollte.

»Stimmt das, was Antonia da behauptet hat? Das wäre ja ein Skandal!«, fuhr Weixlhammer fort.

Franky nickte. »Ja, es ist alles wahr und wir können es sogar beweisen.«

»Das ist ja wirklich unglaublich! Es imponiert mir sehr, dass ihr diese kriminelle Ärztin entlarven wollt. Als deine Freunde gerade eben so gewaltsam fortgeschleppt wurden, habe ich mir Sorgen gemacht, dass man dich vielleicht auch holen könnte. Wie kann ich helfen?«

Franky sah ihn zweifelnd an. »Haben Sie vielleicht eine Idee, wie wir den Pförtner überwältigen könnten?«

Weixlhammer lächelte. »Ja, ich glaube schon«, meinte er und zwinkerte ihm verschwörerisch zu.

Emma wurde immer nervöser. Wie lange mussten sie denn noch hier warten?

Sie atmete auf, als Jarons Handy erneut klingelte. Es war Franky.

»Passt auf, gleich schließe ich die Tür auf«, kündigte er an.

»Wie willst du denn das schaffen?«, fragte Jaron verwirrt.

»Tja, ich hab einen Verbündeten: Weixlhammer wird den Pförtner ablenken. Er wird ihn zum Parkplatz locken und behaupten, sein Auto sei beschädigt worden. Während er lang und breit auf ihn einredet, schnapp ich mir den Schlüssel und lass euch raus!«

»Wow!« Die drei Freunde sahen einander an, alle waren beeindruckt.

»Jetzt ist es gleich so weit: eins, zwei, drei – und da bin ich schon!« Frankys Stimme klang triumphierend.

Im selben Moment knirschte der Schlüssel im Schloss und dann schwang die Tür auf.

Emma fiel ein Stein vom Herzen. Endlich waren sie alle

vier wieder vereint – nun würde sicher alles gut werden!

»Die Pressekonferenz ist gleich zu Ende«, sagte Franky atemlos, während er sich in dem kleinen Büro des Pförtners umsah. Mit zusammengekniffenen Augen betrachtete er den Computer.

»Aber wir können nicht noch mal ins Foyer gehen, sonst jagen die wieder ihre Wachhunde auf uns«, stellte Antonia fest.

»Müssen wir vielleicht auch gar nicht. Ich hab da so eine Idee, aber dazu brauchen wir das Passwort für den Computer hier«, erklärte Franky.

»Wozu das denn?«, fragte Jaron.

»Wirst du gleich sehen«, erwiderte Franky hastig. »Sucht einfach überall danach. Und du, Antonia, musst zu meinem Zimmer flitzen und Schwester Monicas Stick holen. Er liegt in der oberen Schublade meines Nachttischs!«

Ohne ein Wort des Protests drehte Antonia sich um und rannte los.

Die anderen machten alle Schubladen und Schränke auf, in der Hoffnung, irgendwo etwas zu finden. Sogar Schwester Monica beteiligte sich an der Suche, wenn auch etwas zögerlich. Jaron war am eifrigsten, er durchwühlte einen großen Aktenschrank.

Doch dann war es Emma, die als Erste etwas entdeckte. »Ich hab da was«, rief sie plötzlich. »Hier auf der Innenseite der Schublade klebt ein Zettel.«

»Das könnte es sein«, meinte Franky und setzte sich an den Computer. »Lies vor.«

»Mausebär1971.«

Franky Hände flogen über die Tastatur. »Es funktioniert!«, sagte er zufrieden.

Die anderen scharten sich um ihn und sahen ungläubig zu, wie er sich in das interne Verwaltungssystem des

Krankenhauses einloggte. In diesem Moment kam auch schon Antonia mit dem Stick angesaust.

»Wunderbar«, sagte Franky und rieb sich die Hände. »Jetzt ist es Zeit, dass die Wahrheit ans Licht kommt.«

Die Veranstaltung im Foyer neigte sich dem Ende zu. Dr. Esslinger hatte den Scheck endlich doch überreicht und noch eine Weile über die wegweisende Pharmaforschung seines Unternehmens geredet.

Dann war Dr. Dragumir wieder selbst ans Pult getreten. Sie war gerade dabei, ihre hochfliegenden Pläne für das Krankenhaus in Rumänien zu erläutern, da fingen die Zuschauer vor ihr an zu murmeln. Sie bemerkte, dass die Leute sie nicht mehr direkt ansahen, sondern stattdessen auf die Leinwand starrten.

Nachdem sie noch ein, zwei Sätze gesagt hatte, schien auch keiner mehr zuzuhören. Die Gesichter vor ihr verzogen sich vor Entsetzen und Abscheu.

Verwirrt hielt die elegante Ärztin mitten im Wort inne. So eine Reaktion auf einen Vortrag hatte sie noch nie erlebt. Was war nur los?

Sie drehte sich zur Leinwand um und erstarrte. Denn dort waren nicht mehr die schönen Fotos zu sehen, sondern es lief ein Video. Das Bild wackelte ein wenig, während die filmende Person durch ein Gebäude schritt. Immer wieder schwenkte die Kamera nach rechts oder links in große Schlafsäle hinein, in denen kranke Kinder in ihren Betten lagen.

Nun näherte sich die filmende Person einem der Betten, und Dr. Dragumir konnte sehen, dass der kleine Junge darin fast nichts anhatte. Sein Bein war in einen blutverkrusteten Verband gehüllt, er weinte leise.

Das Bild wechselte: Jetzt wurde ein Säugling gezeigt, dessen Gesicht vor kläglichem Schreien schon hochrot war. Aber nirgendwo war eine Schwester oder ein Pfleger in Sicht, der sich um den armen Kleinen gekümmert hätte.

Als Nächstes wurden Dreck und Schimmel an den Wänden sowie verschmutzte Toiletten dokumentiert.

Und so ging es weiter, eine erschreckende Aufnahme nach der anderen. Unten links bewies die Datumsanzeige, dass diese Videos gerade einmal zwei Monate alt waren.

Dr. Dragumir hatte plötzlich das Gefühl, keine Luft mehr zu bekommen. Panik stieg in ihr auf. »Schalten Sie das sofort aus!«, befahl sie dem Techniker, der für die Präsentation verantwortlich war.

Doch der Mann zuckte entschuldigend mit den Schultern. »Es lässt sich nicht ausschalten, jemand hat unser System gehackt!«, entgegnete er.

»Dann ziehen Sie den Stecker raus!«, brüllte die Ärztin.

Als der Techniker nicht sofort reagierte, sprang sie höchstpersönlich von der Bühne und zog das Stromkabel aus dem Beamer, der auf einem kleinen Tisch vor dem Podium stand.

Das Video stoppte und dann brach ein regelrechter Tumult aus. Die Presseleute waren aufgesprungen und schrien nun alle durcheinander.

»Dr. Dragumir, können Sie erklären, was wir da eben gesehen haben?«

»Stellt dieses Video die Zustände in Ihrem Krankenhaus dar?«

»Herr Dr. Esslinger, werden Sie trotzdem zehn Millionen Euro spenden?«

Die Ärztin sah sich gehetzt um, während die Journalisten sie mit Fragen bombardierten.

Dr. Esslinger, der sich in die erste Reihe gesetzt hatte, war ebenfalls aufgestanden. Sein Gesicht war rot vor Zorn. »Wenn das stimmt, dann ist das ein Skandal!«, rief er empört. »Ich werde die Polizei verständigen!« Er zog sein Smartphone aus der Tasche.

Da wurde die Panik übermächtig: Dr. Dragumir drehte sich auf dem Absatz um und floh. Mit beiden Ellbogen boxte sie sich den Weg frei.

Als sie jedoch die großen Schiebetüren erreichte, gingen diese nicht auf. Sosehr sie auch mit ihren Händen an der Lichtschranke hin- und herwedelte, es nützte nichts. Ebenso wenig ließen sich die Türen gewaltsam auseinanderziehen.

Keuchend wandte die Ärztin sich schließlich wieder um. Da sah sie, dass der Krankenhausleiter zu den Wachleuten getreten war und mit dem Finger auf sie zeigte.

»Hab ich dich!«, sagte Franky. Das Schließsystem der Türen zu hacken, hatte sich als etwas schwieriger herausgestellt, als er erwartet hatte, aber es war ihm gerade noch rechtzeitig gelungen.

Er lehnte sich zufrieden im Pförtnerstuhl zurück, während alle anderen in Jubel ausbrachen.

Kapitel 13:

Eine Brosche wird zusammengesetzt

Es war der Bekannte von Schwester Monica – der Journalist Johannes Benz –, der die kleine Gruppe als Erster in der Pförtnerloge bemerkte.

»Monica!«, rief er. »Du hast es geschafft!«

»Nein, diese vier hier haben es geschafft!«, korrigierte ihn die dunkelhaarige Krankenschwester, wobei sie Franky auf die Schulter klopfte. »Ohne sie wäre ich wohl bald nach Rumänien zurückgefahren und Dr. Dragumir hätte weiterhin Geld unterschlagen können.«

»Ach ja? Das klingt ja interessant. Das müsst ihr mir näher erklären«, bat der Journalist und sah die Freunde der Reihe nach an.

»Gerne, aber nicht jetzt«, entschied Franky. »Für heute haben wir genug Aufregung gehabt.«

»Okay, darf ich euch anrufen? Und lest morgen die Zeitung! Da wird alles über den Klinik-Skandal drinstehen!«

Antonia gab Johannes Benz noch ihre Handynummer, bevor er davoneilte, um seinen Artikel zu schreiben.

Alle anderen gingen mit Franky zurück in sein Zimmer, wo er sich mit einem glücklichen Seufzer auf sein Bett fallen ließ. Er merkte, dass er doch noch nicht so ganz auf dem Posten war.

»Das war echt krass, wie du mit diesem Wachmann gekämpft hast!«, lobte er seinen Kumpel. »Antonia und Emma, ihr hättet ihn sehen sollen. Unser Indiana

Jones hier kann locker auch als Karate-Kid durchgehen!«

»Das war nicht Karate«, korrigierte ihn Jaron und rieb sich die Schulter, »sondern Kung-Fu. Und als sie zu zweit waren, hatte ich leider keine Chance mehr.«

Die Mädchen grinsten.

Nun schaltete sich Schwester Monica ein. Sie sah die vier an und sagte: »Ich danke euch vielmals! Ohne euch hätte ich es nie gewagt, gegen Dr. Dragumir vorzugehen. Aber jetzt werde ich meinem Bekannten dabei helfen, alles aufzudecken.«

»Das ist gut«, meinte Antonia.

»Ja, ich bin so froh, dass ihr den Mut hattet, die Wahrheit ans Licht zu bringen. Ich kann euch sagen, ich habe mich schon lange nicht mehr so wohl – so erleichtert – gefühlt wie heute. Jetzt kann alles dafür getan werden, dass sich das Schicksal meines Neffen nicht wiederholt.«

Die Freunde nickten.

»Darüber sind wir auch sehr froh«, erklärte Emma.

Schwester Monica umarmte jeden von ihnen. »Danke!«, flüsterte sie zum Schluss.

»Schon gut«, erwiderte Franky verlegen. »Haben wir doch gerne gemacht.«

Sie ging zur Tür und drehte sich dort noch einmal um. »Ihr seid wirklich ganz außergewöhnliche Freunde.« An Franky gewandt fügte sie noch hinzu: »Und dir wünsche ich, dass du dich schnell wieder komplett erholst. Wir werden dich wohl morgen entlassen, da die Entzündung im Griff ist. Alles Gute!« Damit verschwand sie.

Die vier Freunde schauten einander an, für einen Moment schwiegen alle.

»Das war ganz schön krass!«, seufzte Emma schließlich.

»Ja, ich muss sagen, diesmal hatten wir wirklich Glück«, meinte Jaron. »Das hätte auch schiefgehen können.«

»Ach was – wir haben schon ganz andere Sachen überstanden, da sind eine korrupte Chefärztin und ein paar Wachmänner doch kein Problem!«, behauptete Franky großspurig.

Die anderen widersprachen ihm nicht, sondern begannen zu grinsen.

»Übrigens, da wäre noch etwas«, sagte Jaron nun und griff in seine Tasche. »Ich bin wirklich froh, dass ich das hier beim Kämpfen nicht verloren habe. Denn das wollen wir dir natürlich nicht vorenthalten.«

Er legte die Broschenfassung und die drei Steine auf Frankys Bettdecke.

»Wow!«, staunte Franky. »Ihr habt den dritten Stein also tatsächlich gefunden!« Geradezu ehrfürchtig griff er nach dem kleinen Gegenstand und schaute ihn ganz genau an. »Darauf ist ja ein Vogel eingraviert!«

»Wir hatten leider noch keine Gelegenheit, uns zu überlegen, wohin dieser Hinweis führen könnte«, sagte Emma.

»Schon klar, sind ja auch genug Dinge passiert seitdem«, erwiderte Franky in beruhigendem Ton. »Und – habt ihr schon ausprobiert, ob die Brosche irgendwelche Zauberkräfte entwickelt, wenn man sie zusammensetzt?«

Emma schnaubte nur, während Antonia entgegnete: »Ach, weißt du, wir hatten Wichtigeres zu tun. Unter anderem Kinder in Rumänien retten und einen Kumpel, der meinte, er müsse im Schlafanzug einen Winterspaziergang machen, vor dem Erfrierungstod bewahren.«

»Hahaha.« Franky zog eine Grimasse. Dann griff er nach der Broschenfassung. »Darf ich?«

»Klar!«, stimmte Jaron zu.

Franky legte die Fassung auf seine Handfläche und

nahm den halbmondförmigen Bernstein, den sie als Erstes gefunden hatten. Wie sie schon wussten, passte der Stein genau in die Fassung, füllte die runde Fläche aber nur zu einem Drittel aus.

Vorsichtig ergriff Franky den gleich geformten Stein aus Koralle. Auch dieser Stein ließ sich perfekt einfügen, er bildete jetzt das Gegenstück zu dem Bernstein.

Die Lücke dazwischen sah aus wie ein Fisch. *Ist das nicht ein christliches Symbol?*, schoss es Franky durch den Kopf.

Tatsächlich passte der Mondstein, den sie als Zweites gefunden hatten, genau dorthin. Mit einem leisen Klicken fiel er an seinen Platz und die Brosche lag nun vollständig auf Frankys Hand.

Sie war wunderschön. Die drei Steine schimmerten golden, weiß und orange im Licht der Neonröhren über ihnen.

Unwillkürlich hielt Franky den Atem an und den anderen schien es genauso zu gehen. Sie warteten einen Moment, doch nichts geschah.

Irgendwann zuckte Antonia mit den Schultern. »Na also. Was hattet ihr denn gedacht? Dass die Brosche anfängt zu leuchten und eine holografische Schatzkarte in den Raum projiziert, die uns den Weg zur Schale zeigt?«

»Wieso nicht?«, meinte Franky etwas enttäuscht.

»Na, ist wohl nichts mit Hokuspokus«, stellte Emma fest.

»Dann müssen wir eben weiter nachforschen, wie wir es bisher getan haben«, schlussfolgerte Jaron.

»Ja, mit Cleverness, Wagemut und Expertenwissen«, kicherte Emma und klopfte Franky auf die Schulter.

»Ist ja schon gut«, brummte der. »Wäre einfach schön gewesen, wenn wir jetzt schon am Ziel gewesen wären.«

Er legte die Brosche behutsam auf die Bettdecke und

verschränkte die Arme. »Und wie geht es jetzt weiter? Habt ihr schon nach dem Sekretär suchen können, zu dem der silberne Schlüssel gehört?«

»Nur kurz«, sagte Jaron. »Wir haben einen Abstecher ins Schlosshotel gemacht, wurden aber gleich wieder rausgeschmissen. Deshalb haben wir überlegt, ob wir Weixlhammer nach diesem Möbelstück fragen sollen.«

»Was? Das haben wir gar nicht«, protestierte Antonia.

»Jetzt bleib mal locker! Wenn einer weiß, ob dieses Stück noch existiert, dann ist es wohl er«, entgegnete Jaron.

Franky nickte. »Klingt logisch. Ehrlich gesagt hat mich Weixlhammer überrascht. Ohne seine Hilfe hätte ich euch nicht befreien können. Und es ist ja nicht das erste Mal, dass er uns aus der Patsche geholfen hat.«

Emma stimmte ihm zu, aber Antonia winkte ab. »Jetzt mal langsam, Leute. Lasst uns erst mal warten, bis du wieder zu Hause bist, Franky, und dich wieder ganz erholt hast.«

Bevor sie weiter darüber diskutieren konnten, klopfte es. Die Tür öffnete sich einen Spalt und jemand sagte: »Hallo? Seid ihr hier drin?«

»Opa Hans!«, rief Antonia erfreut und machte dem alten Mann die Tür auf. »Komm doch rein, wir sind alle hier.«

Franky konnte gerade noch rechtzeitig einen Zipfel seiner Bettdecke über die Brosche schlagen.

»Hallo, ihr vier, was muss ich da hören? Ihr habt im Alleingang diesen Skandal mit dem rumänischen Krankenhaus aufgedeckt? Meine Güte, ihr seid wirklich nicht zu stoppen!«

Die vier Freunde grinsten.

»Und du?«, gab Franky zurück. »Brichst Türen auf, um mich zu retten? Das hätte ich dir gar nicht zugetraut. Danke!«

»Gern geschehen«, antwortete Opa Hans freundlich und setzte sich zu ihm aufs Bett. »Das ist doch selbstverständlich. Du hast uns allen große Angst eingejagt.«

»Hab ich wohl wirklich. Das tut mir leid.«

»Schon gut, du konntest ja nichts dafür. Wisst ihr eigentlich inzwischen, was mit dir los gewesen ist?«

»Ja, das wissen wir«, sagte Franky und erzählte von den miesen Tricks, die Dr. Dragumir angewandt hatte, um die Freunde aufzuhalten.

Opa Hans war sichtlich bestürzt. »Ach du liebes bisschen! Du bist in ihr Büro eingebrochen? Das war aber nicht in Ordnung! Und sehr gefährlich!«

»Das ist mir inzwischen auch klar«, gestand Franky zerknirscht. »Ich hatte wirklich Glück, dass das so glimpflich ausgegangen ist.«

Opa Hans nickte. »Ihr solltet wirklich vorsichtiger sein. Aber das habe ich euch ja schon mal gesagt.« Er hielt einen Moment inne, bevor er Franky direkt anblickte. »Wenn du dich solche Dinge traust, warst du dann auch mutig genug, um deinem Vater zu sagen, dass du mit Fußballspielen aufhören willst?«

Jetzt fühlte sich Franky nicht nur etwas zerknirscht, sondern richtiggehend getroffen. Er senkte den Kopf. »Nein, das habe ich noch nicht hingekriegt«, sagte er leise.

Opa Hans kniff die Augen zusammen und musterte ihn. »Hm«, fuhr er fort, »warum war es dir wichtig, den Kindern in Rumänien zu helfen?«

»Na, das ist doch klar. Was diese Dr. Dragumir da abgezogen hat, geht gar nicht.«

»Und warum nicht?«

»Weil es falsch ist.«

»Stimmt, es ist falsch und hat vielen Leuten geschadet. Und was hat dem ein Ende bereitet?«

Franky begriff sofort, was er meinte, und sagte kleinlaut: »Die Wahrheit ist ans Licht gekommen.«

Da lächelte Opa Hans zufrieden. »Weißt du, sich zur Wahrheit zu stellen, erfordert Mut. Weil ihr mutig wart, kann jetzt vielen Leuten geholfen werden. Gott möchte, dass wir uns zur Wahrheit stellen, weil er es gut mit uns meint. Er weiß, dass die Wahrheit uns innerlich oder sogar äußerlich frei macht.«

Franky runzelte die Stirn und dachte nach. Er merkte gar nicht, dass er dabei an seiner Bettdecke herumzupfte, und dann war es schon geschehen: Der Zipfel, den er über die Brosche gebreitet hatte, rutschte zur Seite und enthüllte das Schmuckstück.

Opa Hans zuckte zusammen. Seine Augen wurden groß, eine Weile starrte er stumm auf die Brosche mit den drei Steinen. In seinem Gesicht spiegelte sich Betroffenheit. Schließlich hob er die Hand, als wolle er danach greifen, ließ sie gleich darauf jedoch wieder sinken. Er holte tief Luft und schloss die Augen.

Schnell deckte Franky die Brosche wieder zu. Ihm war sehr unbehaglich zumute, und er war sicher, dass es seinen Freunden genauso ging.

Endlich schlug der alte Mann seine Augen wieder auf. Tränen glitzerten darin, während er die Freunde der Reihe nach ansah. Ein kleines Lächeln erschien auf seinem Gesicht – es wirkte traurig und voller Angst.

Opa Hans räusperte sich. »Nun«, sagte er heiser, »wie schon gesagt: Seid vorsichtig und handelt ehrlich.« Er stand auf und nahm jeden von ihnen in den Arm.

Dann drehte er sich ohne ein Wort des Abschieds um und verließ das Zimmer.

Die vier Freunde blieben zurück und sahen sich ratlos an.

Zum Neunten:

Eine Tür fällt zu

Würmsee, Schloss Unterallmannshausen, 1571

Gustav fluchte leise. Musste sich dieser Bengel so früh schon aus dem Haus schleichen?

Fröstelnd stampfte er mit den Füßen, sah zur Kapelle hinüber und gähnte. *Wie gerne läge ich jetzt noch in meinem Bett,* dachte er. *Aber nein, ich stolpere stattdessen in der Finsternis durch den Wald, nur um diesen Zwerg nicht aus den Augen zu verlieren.*

Ferdinand war schon eine ganze Weile in der Sankt-Valentins-Kapelle verschwunden, als Gustav auf einmal ein Poltern hörte.

Was macht der denn nur da drin! Neugierig geworden ging er zur Tür, schob sie langsam auf und trat in die Kirche. Dann blickte er sich um.

Im Innenraum, der von der Morgendämmerung nur schwach erleuchtet wurde, war Ferdinand nirgends zu sehen. Wo steckte der Junge bloß?

Als Gustav sich noch einmal gründlicher umschaute, bemerkte er, dass eine der Statuen von der Mauer weggerückt war. An der Stelle, wo sie eigentlich hätte hängen müssen, war ein Loch in der Wand.

Erstaunt trat er an die Öffnung heran und blickte hinein. Eine Leiter führte in die Tiefe, unten sah er gerade noch die blaue Jacke seines Bruders in einem Gang verschwinden.

Was hat der denn jetzt schon wieder vor, dachte er verächtlich. *Der ist doch echt verrückt!*

Die Rückseite der Statue war eine glatte Fläche, sie wies keinerlei Vorsprünge oder Vertiefungen auf. Ferdinand hatte einen Hammer zwischen Skulptur und Wand geklemmt, um zu verhindern, dass sich diese Tür wieder schloss.

Als Gustav sich den Mechanismus nun genauer betrachtete, erschien ein Grinsen auf seinem Gesicht: Von innen ließ sich die Tür nur mithilfe eines dünnen Seils öffnen, das aus einem kleinen Loch im Holz kam. Daran musste man ziehen, um den Riegel zu lösen.

Manchmal muss man einfach Glück haben, dachte der junge Graf von Beilstein hochzufrieden. *Das ist ja noch besser als das Kloster! Dort wäre er nicht so sicher eingesperrt wie hier.*

Er zog seinen Jagddolch und schnitt das Seil direkt am Holz ab. Dann schob er den Rest so tief in das kleine Loch hinein, wie er konnte. Als Letztes entfernte er den Hammer, sammelte Ferdinands restliches Werkzeug auf und wandte sich ab.

Die Kirchentür war schon hinter ihm ins Schloss gefallen, als er hörte, dass die Statue mit einem Rumpeln wieder an die Mauer zurückschwang.

Verärgert hob Ginevra den Kopf, als ihr älterer Sohn durch die Tür des Speisesaals trat. »Darf ich fragen, wo du dich so früh herumtreibst? Ich hatte dir befohlen, rechtzeitig zum Frühstück zu erscheinen, weil wir einiges besprechen müssen«, fuhr sie ihn an.

Merkwürdigerweise reagierte Gustav nicht wie sonst – er verzichtete darauf, sich zu verteidigen. Stattdessen setzte er sich, griff nach einem großen Stück Fleisch und biss hinein. Dann lehnte er sich zufrieden zurück und kaute mit vollen Backen.

»Nun?«, hakte Ginevra ungeduldig nach. »Willst du mir nicht erzählen, wo du warst?«

»Hatte was zu erledigen«, nuschelte Gustav.

»Aha. Etwas zu erledigen. Und du willst mir nicht verraten, was das war?«

Er antwortete nicht, sondern aß weiter.

»Also gut. Sei's drum.« Die Gräfin seufzte und griff nach ihrem Becher. Nachdem sie einen Schluck getrunken hatte, blickte sie den Sechzehnjährigen wieder an. »Und deinen Bruder? Hast du den irgendwo gesehen?«

Gustav schluckte und zögerte einen Moment. Dann zuckte er mit den Schultern und biss wieder von dem riesigen Stück Fleisch ab.

Kapitel 14:

Franky kommt nach Hause

Am Starnberger See

»Komm, ich nehme die Tasche«, sagte Germano und griff nach dem Gepäckstück, das Franky gerade aus dem Auto wuchten wollte.

»Danke«, sagte Franky und sah sich um. Er war froh, wieder zu Hause zu sein. Die wenigen Tage im Krankenhaus kamen ihm wie eine Ewigkeit vor. *Es ist aber auch viel passiert in dieser kurzen Zeit,* dachte er.

Nun erschien seine Mutter auf der Türschwelle und breitete die Arme aus. »Herzlich willkommen zu Hause, Franco«, rief sie strahlend. »Was hältst du davon, wenn du es dir in deinem Zimmer eine Weile gemütlich machst, während ich das Abendessen vorbereite?«

»Was gibt es denn?«, fragte Franky neugierig.

»Lasagne«, antwortete sie. »Muss nur noch aufgewärmt werden.«

»Oh super!«, rief der Zwölfjährige begeistert. An die Lasagne seiner Mutter kam wirklich nichts heran. Und aufgewärmt schmeckte sie sogar noch besser.

Im Zimmer warf er sich erst einmal aufs Bett und atmete tief durch.

Sein Vater stellte die Tasche auf den Schreibtisch. »Tja, Franco, im Krankenhaus sie haben gesagt, dass du in vier Wochen wieder kannst trainieren«, sagte er in aufmunterndem Ton.

Er setzte sich auf Frankys Schreibtischstuhl und

stemmte die Ellbogen auf die Knie. »Ich habe schon ausgearbeitet einen Trainingsplan. Damit kommste du ganz schnell wieder in Form! Und wir werden auch versuchen, ob du gleich ein paar Kilo loswerden kannst. Dann biste du nicht mehr zu schlagen!« Er grinste glücklich.

Franky setzte sich auf. *Jetzt oder nie*, dachte er.

»Papa, ich muss dir was sagen«, begann er leise.

»Was iste, *figlio mio*?«

»Ich möchte mit dem Fußballspielen aufhören.«

Germano lächelte immer noch, er schien nicht zu begreifen, was Franky ihm gerade gesagt hatte.

»Wie meinst du das – aufhören?«, fragte er.

»Es macht mir keinen Spaß mehr. Ich möchte mich lieber mit anderen Dingen beschäftigen«, erklärte Franky.

Germanos Lächeln erlosch. »Iste das dein Ernst?«

Franky nickte.

»Du willst gar nicht mehr spielen?«

»Nein.«

»Ja, aber ... der Scout! Der FC Bayern! Franco *mio*, das kannste du mir nicht antun!«

Franky seufzte. »Papa, es geht doch um mich und nicht um dich. Ich bolze gerne mit meinen Kumpels, aber dieser Leistungsdruck macht mich fertig. Ich will das nicht mehr.«

»Aber du haste das Talente!« Germanos Stimme wurde lauter.

»Ich weiß, aber ... ach ...« Frankys Mut sank.

»Das kannste du doch nicht so werfen weg!« Germano stand auf und schaute aus dem Fenster.

»Um Profi zu werden, braucht man enorm viel Ehrgeiz. Man muss richtig gerne trainieren und mit Feuereifer bei der Sache sein. Und das ist bei mir eben nicht so.«

Sein Vater drehte ihm immer noch den Rücken zu und eine Weile sagte keiner von beiden etwas.

Franky biss sich auf die Lippen. Es war offensichtlich, dass sein Vater mega-enttäuscht war. Dieses Wissen belastete ihn so sehr, dass ihm tatsächlich eine Träne über die Wange rollte.

»Es tut mir leid«, sagte er leise.

Germano drehte sich um. Als er sah, dass sein Sohn weinte, ging er zu ihm und kauerte sich vor ihn.

»Oh *figlio mio*, du musse nicht weinen.« Germano blickte ihn eindringlich an. »Ich will, dass du biste glücklich. Wenn du nicht Fußball spielen willst, iste das in Ordnung.«

»Wirklich?« Franky konnte es kaum glauben.

Germano legte eine Hand auf seine Schulter. »Es tut mir leid, dass ich hab dich so unter Dreck gesetzt«, sagte er ganz sanft.

»*Druck*«, schniefte Franky und musste lächeln, während er sich mit dem Handrücken übers Gesicht fuhr.

»Ja, das iste, was ich meine.« Auch Germano musste über seinen Fehler lächeln. »Vielleicht war ich zu ehrgeizig.« Er seufzte tief. »Natürlich kannste du selber entscheiden, was du in deiner Freizeit machen möchtest.«

Eine Welle der Erleichterung schwappte über Franky. *Opa Hans hatte recht*, dachte er. *Die Wahrheit macht wirklich frei.*

»Danke, Papa«, sagte er und nahm seinen Vater in den Arm.

Für einen Moment hielten sie sich fest. Dann löste sich Germano aus Frankys Griff, stand auf und ging zur Tür. »Mal sehen, ob das Abendessen iste fertig«, meinte er.

Die Klinke in der Hand, drehte er sich jedoch noch einmal zu ihm um und fragte leise: »Aber wir spielen ab und zu noch miteinander auf dem Bolzplatz – nur wir beide?«

Franky grinste. »Natürlich, Papa. So oft du willst.«

Epilog:

Der Wächter

Der Wächter stand auf dem Hügel und sah hinaus auf den Starnberger See. Ein kalter Wind trieb ihm Tränen in die Augen, die nun zu schmerzen begannen. Er zog seinen Kragen enger. Sein Blick schweifte über die Wasserfläche, die im letzten Licht des Winterabends schimmerte.

Das Geheimnis der Schale wird bald gelüftet sein, dachte er.

Langsam ließ er sich auf der Holzbank nieder, die am Waldrand stand. Er überlegte.

Die Kinder sind fest entschlossen. Und sie sind dem Ziel schon nahe gekommen – sehr nahe.

Er seufzte. *Dieses Leid muss ein Ende haben.*

Dann fasste er einen Entschluss und ein Lächeln erschien auf seinem Gesicht.

Abenteuer, Freundschaft und die Suche nach einem uralten Schatz schweißen Antonia, Emma, Franky und Jaron zusammen. Begleite die vier vom See auf Verbrecherjagd und tauche ein in die spannende Buchreihe von Alexander Lombardi und Sandra Binder!

Band 1:
Die verborgene Gruft und das Ende aller Tränen
ISBN 978-3-417-28841-4

Band 2:
Ein rätselhafter Unfall und die Suche nach Respekt
ISBN 978-3-417-28855-1

Band 3:
Der silberne Schlüssel und das Geheimnis der Wahrheit
ISBN 978-3-417-28873-5

Band 4:
Der Wächter der goldenen Schale
ISBN 978-3-417-28874-2

Band 5:
Operation Falkenstein und die Angst vor dem Unbekannten
ISBN 978-3-417-28934-3

Band 6:
Die Schatten der Vergangenheit und das schleichende Gift
ISBN 978-3-417-28968-8

Band 7:
Der Fund in der Tiefe
ISBN 978-3-417-28979-4
